P《プロテクション》　O《オフィサー》

警視庁組対三課・片桐美波

深町秋生

祥伝社文庫

目次

プロローグ

水上政男《みなかみまさお》は目を覚ました。物音がしたような気がした。

ナイトテーブルに右手を伸ばしてメガネを探した。室内は深い闇に包まれている。

右手の指先が冷たい液体に触れた。ちゃぽんと音がする。ナイトテーブルに置いていたグラスに手を突っこんでいた。

グラスの底に残っていたウイスキーで指先を濡《ぬ》らしてから、メガネをようやく手にすることができた。メガネをかけ、ベッドサイドライトをつける。灯りが寝室をほんのりと照らす。

ナイトテーブルのデジタル時計は、午前三時四十二分と表示していた。窓の外は闇に包まれている。二階の寝室からは、家の前の公道が見下ろせた。人の姿はない。

彼の家は東京都世田谷《せたがや》区の閑静《かんせい》な住宅街にある。耳をすましたが、遠くで新聞配達のバイクの音がするだけだ。

隣で寝ていた妻の奈美恵《なみえ》が、小さくうなりながら寝返りを打った。クイーンサイズの大きなベッドだが、セイウチに似た奈美恵の巨体が横たわると、ベッドが小さく見える。もっとも、他人《ひと》のことは言えない。政男自身も運動不足で膝《ひざ》を痛め、関取みたいな身体《からだ》がさらに肥大化した。リハビリのための通院と食事制限を始めたばかりだ。

奈美恵が訊《き》いた。

「……どうかしたの？」

「音がしなかったか」

「なんか……お酒の匂いがするんだけど。あんた、飲んだでしょう。今度こそ肝臓がダメになるって、先生に言われたばっかりじゃない」

奈美恵が鼻をひくつかせると、水上の青く染まった背中を掌《てのひら》で叩《たた》いた。

「ただの寝酒だ」

水上はパンツひとつで寝ていた。彼の全身には和彫りの刺青《いれずみ》が入っている。関西彫りで、胸も乳首の下側まで青く染まっている。背中から太腿《ふともも》まで、鯉《こい》の絵柄が彫られてあった。

かつて水上は、極道の世界に身を置いていたが、足を洗って十年近くが経つ。彼が暮らす邸宅は、会社経営者や資産家など、上流の家族が多く住むエリアにある。しかし、水上の過去を知っている者はほとんどいない。せいぜい管轄《かんかつ》の警察署ぐらいだ。

足を洗ってから住み始め、積極的に地域に溶けこむ努力をした。地区会長も何度かこなし、地域の行事にも積極的に参加している――もっとも、温泉旅行だけは理由をつけて断ってはいるが。今では町の世話役だ。

なじむこと自体はさほど難しくはなかった。派手な刺青は入れているものの、極道時代から露骨にヤクザじみた格好は控えていた。むやみに大型犬を飼ったりもしなければ、黒塗りのベンツを所有したりもしない。

ひと財産を築いた水上は、シノギにあくせくする必要がない。静かで穏やかな生活を約束すると、足を洗うさい奈美恵に誓った。

水上が三度におよぶ別荘暮らしをしている間、奈美恵は女手一つで子供たちを育ててくれた。組織のために塀《へい》のなかへと入ったが、組の連中はいつも口ばかりで、家族の面倒など見てはくれない。おかげで彼女には苦労をかけっぱなしだった。

「それより、物音が――」

水上は口を途中で閉じた。奈美恵も眠そうな目を大きく見開かせた。

ミシッという音がした。階段のきしむ音が、はっきりと耳に届く。

水上は口に人差し指をあて、奈美恵に声を出すなと無言で命じた。極道の妻《おんな》だっただけに、彼女は表情を引き締《し》めてうなずいた。

強盗か。水上は寝室を見渡しながら考えた。かつては、日本刀やバットを手が届く範囲に置いていたときもあった。カタギになってからも、しばらくは食いつめたチンピラや三《さん》下《した》が、タカリや嫌がらせをしに来たものだった。しかしここ数年は、そんな招かれざる客も現れてはいない。

水上はベッドからそっと降りた。壁に立てかけてある松葉杖《まつばづえ》を握ると、両手で槍《やり》のように構えた。奈美恵にベッドの陰へと身を潜めるよう手で合図し、寝室のドアへとにじり寄った。

再び沈黙が降りた。奈美恵が小声で尋ねてくる。手には携帯電話があった。

「どうする」

水上は首を振った。通報するのは、せめて物音の正体をつきとめてからだ。ふたりが暮らす邸宅は、敷地面積こそ広いものの、築年数はけっこう経っている。台所やリビングはリフォームをしているが、部屋によっては数十年そのままになっている。寝室もそのひとつだ。ベッドは新しい高級品だったが、部屋の壁は日光で茶色く焼けている。昭和風の造りのままだ。ときおり屋根のしたを、ネズミが走り回るときもある。

今の物音は、明らかにネズミのものとは思えなかったが、邸宅は音を生む要因をいくつも抱えてはいる。それに、できるなら警察とは顔を合わせたくない。極道だった時代はもちろん、カタギになってからも、何年も引退を偽装と思われ、しつこく監視され続けている。でかい仕事《ヤマ》をなんとかこなし、組ともきれいに話をつけてカタギになったというのに。

水上はドアに近寄った。水が溜《た》まった左膝が、鈍い痛みを訴えてくる。本来なら歩行には松葉杖が必要だったが、今はそれを護身用具として使わざるを得ない。寝室内で武器になりそうなものといえば、それ以外に見当たらなかった。

水上はドアノブを摑《つか》んだ。静かにドアを開け、松葉杖を抱えながら、外の廊下を覗《のぞ》きこんだ。廊下は灯りを消しているため、濃密な闇が広がっていた。水上はメガネのフレームをいじって目をこらした。

その瞬間だった。水上のこめかみに、筒状の金属が押しつけられた。ゴリッと硬い音がした。かつての経験上、それがなんなのかは見なくともわかった。

「捨てろ」

男の声がした。ざらついた低い声だ。水上は松葉杖を手放す。

同時に突き飛ばされた。強い力だった。左膝が衝撃に耐えきれず、寝室の床を転がった。奈美恵が叫び声をあげる。

侵入者の脚が四本見えた。現れたのは男ふたり。ともに黒い目出し帽で顔を隠し、紺《こん》色の作業着に身を包んでいる。自動拳銃を手にしていた。

水上を突き飛ばした長身の男が、ベッドの陰にいる奈美恵に拳銃を向け、首を振った。彼女は携帯電話のボタンを押している途中だった。

「騒ぐな。死にたくないなら」

奈美恵は夫をうかがうように見た。しかし、その前に長身の男が大股で近づき、彼女から携帯電話を奪い取ると、自分のポケットにしまいこんだ。その間、相棒の中肉中背の男が、油断なく自動拳銃を向けている。

長身の男がリーダーらしく、自動拳銃を振って相棒に無言で指図をした。中肉中背の手下は、作業服と同じ紺色のバックパックを背負っていた。手下はバックパックを下ろすと、片膝をついてチャックを開けた。

水上は奈美恵に目で伝えた。逆らうべきではないと。侵入者は、水上の派手な関西彫りを目撃しても、とくにひるむ様子を見せなかった。

侵入者たちは、彼が元極道なのを知っている。二人組が手にしているのは〝銀ダラ〟だ。銀色のメッキで覆《おお》われたトカレフを指す。日本の裏社会でもっとも出回った拳銃の一種で、使用される7・62ミリ弾は初速が速く、弾芯《だんしん》が鉄で出来ているがゆえに、防弾ベストを貫通すると恐れられた。水上も極道時代は何度か握っている。銃口は深い闇をたたえていた。モデルガンには見えない。

それに、長身の男の武器は銀ダラだけではなかった。作業用ベルトには、ナイロン製のナイフ用ホルスターがついていた。拳銃だけでなく、刃物も所持している。

水上は口を歪《ゆが》めた。

「金なら一階のリビングだ。とっとと持って帰れ」

長身の男は答えなかった。代わりにブーツを振り上げ、水上の左膝をつま先で突いた。骨の芯まで響くような激痛が走り、彼は左膝を抱えてうずくまった。あまりの痛みに、涙が無意識にこみあげてくる。

奈美恵が懇願《こんがん》した。

「暴力は止めて」

「口を閉じてろ」

長身の男は窓を見やった。

家の前を新聞配達のバイクが近づいてくる。ヘッドライトの光が窓を照らしたが、バイクは何事もなく通り過ぎ、スーパーカブのエンジンが遠ざかっていく。

水上の腹のなかがじわりと冷たくなる。どんな手を使ってでも、窓をぶち破って異常事態を知らせるべきではなかったか。

だが、後悔している場合ではない。こうした修羅場《しゅらば》では混乱や狼狽《ろうばい》こそが一番の敵だ。下手な抵抗や金銭への未練は、ケガや死につながる。

膝の痛みに耐えながら考えた。相手はトカレフを所持している――おそらく極道関係者だろう。

極道にとっては冬の時代だ。暴対法や暴排条例のおかげで、ヤクザは家や事務所を確保することもままならない。極道時代の知人や友人とは、ごくたまに顔を合わせるが、聞こえてくるのは不景気を通り越して、生存していけるかどうかという切実なものだった。なかには、グレた連中や不良外国人と一緒になり、窃盗団に加わったり、無人ATMをユンボで強引に破壊するなど、粗暴な犯罪に手を染めるハグレ者が増えていた。高齢化も著《いちじる》しく進んでいる。

二人組の男も、リーダー格のほうは少なくとも五十代ぐらいに見えた。顔は目出し帽で隠しているため、肌の露出は少ないが、しわがれた低い声や、目の周りのシワを見るかぎり、それなりに年齢を重ねているようだった。なにより、武装強盗という危険な仕事中にもかかわらず、男は薄気味悪くなるほど落ち着いている。

手下の男がバックパックからロープの束を取り出した。作業用の白いビニロンロープだ。ねじれの入った、いかにも頑丈そうな縄だ。

声をあげようとする水上の口元に、長身の男は銃口を向けた。慌てて口をつぐむ。

手下の男は、ロープの束を奈美恵へと投げた。バサッと床に落ちる。彼女は当惑しながら、男たちとロープを交互に見やった。長身の男が命じる。

「ダンナを縛《しば》れ」

奈美恵は途方にくれた顔になった。

長身の男が大げさに足を振り上げ、水上の膝を蹴《け》ろうとすると、慌ててロープを手に取った。奈美恵は気丈な性格だが、今は涙や汗で顔をぐしゃぐしゃに濡らしている。

水上は両腕を差し出した。警官や刑事たちに、手錠をかけられた過去が、なぜか思い出された。抗《あらが》っても損をするだけだ。むかつく連中だったが、与えられるものを与えて、とっとと去ってもらうしかない。

「そうじゃない。後ろ手だ」

長身の男が首を振った。

奈美恵は身体をよろめかせ、ロープを手にしながら水上の後ろへと近寄った。彼女からはきつい汗の臭いがした。

「ごめんなさい……ごめんなさい」

奈美恵が小声でささやきながら、水上の手首をロープで縛《いまし》めた。幾重《いくえ》にも巻かれてはいたが、ロープの縛めはさほどきつくはなかった。

長身の男がロープを指さした。

「騒ぐなよ」

その直後に、手下の男が腰のホルスターから、ナイフを抜き出した。刃渡りが二十センチはありそうなシースナイフだ。

ナイフの刃は黒色のブラックブレードだ。いかにも切れ味鋭《するど》そうな刃だった。ベッドサイドの灯りを浴びて刃が鈍《にぶ》く光る。奈美恵は息を呑《の》んだ。

事前に声をかけられなければ、彼女はおそらく悲鳴をあげていただろう。手下は水上のロープを束から切り離した。頑丈そうなロープがいとも簡単に切断される。

手下は、ナイフをホルスターにしまうと、次に奈美恵の両腕を摑んで後ろ手に回した。手首にグルグルとロープを回すと、きつめに縛り上げる。

奈美恵が苦痛に顔を歪めた。ロープが皮膚に食いこみ、両手がうっ血して赤く染まる。

水上は、抗議の声を上げようと口を開きかけたが、長身の男が右足を振り上げた。ブーツを空中でぶらぶらとさせる。無駄口を叩けば、左膝を再び踏みしめてやると、動作だけで伝えていた。水上は小さくうめく。

やつは、水上が膝を痛めている事実まで知っていた。松葉杖を持ってはいたが、ためらいなく左膝を選んで蹴とばしてきた。膝が痛みだしたのは、約一週間前のことだった。ここ数日の水上の動きを監視していたとしか思えない。

かつての職業柄、無意識に周囲を警戒しながら生きてきた。監視や尾行を見破るのは得意で、マル暴刑事たちを幾度となく嘆《なげ》かせている。しかし、ここ十年のリタイア生活で、すっかり勘《かん》が鈍ってしまったらしい。

長身の男は手下に命じた。つま先で水上の手首を指し示す。

「きつく縛り直せ」

「はいよ」

手下の男が初めて声を出した。三十代あたりと思しき声だった。声からは老いらしきものは感じられない。手下がロープに触れ、両手首の皮膚が強く圧迫される。ロープが肉に食いこむ。奈美恵が緩く縛っていたのを、手下は改めてきつく結び直した。

後ろに回された両腕は、がっちり固定される。修羅場をいくつもくぐり抜けてきたとはいえ、身体の自由まで奪われると、心臓の鼓動が速まり、嫌な汗が身体中から噴き出してくる。

水上は記憶のリストを漁った。声や姿から人物像を探ろうと試みる。侵入者は水上邸を偶然狙《ねら》ったわけではない。むしろ、水上の家だからこそ、押し入ってきたとしか考えられない。顔見知りの連中かもしれなかった。

噴き出した汗が目にしみ、痛みや束縛が考えを遮《さえぎ》ろうとする。リストに該当しそうな人物は出てこない。侵入者に関する情報量が少なかった。

手下が再びバックパックに手を伸ばした。取り出したのは手ぬぐい。それを猿ぐつわとして、奈美恵の口を後ろから封じようとする。パニックに陥った彼女は、陸《おか》に打ち上げられた魚のように、必死に身をよじった。

「おい、よしやがれ」

水上が思わず呼び止めた。

すかさず、長身の男が水上の膝を蹴った。電流を流されたような痛みが脳天にまで響いた。膝をさすりたかったが、後ろ手に縛られたため、ただ身体を丸めるしかできなかった。口からヨダレがあふれる。

奈美恵は暴れるのを止めていた。手下が彼女の頰《ほお》に、ナイフを突きつけていた。手下は息を荒らげながら、奈美恵の口を手ぬぐいで縛る。

「小さな声で答えろ。カネはどこにある」

長身の男が訊いた。すぐには答えられなかった。痛みのあまり、舌がもつれる。

「……さっき言っただろう。カネはリビングの簞笥《たんす》のなかだ。百万くらいはある。通帳や国債は隣の書斎だ」

長身の男は首を振った。

「カネは？」

「それで全部だ。嘘《うそ》なんかついてねえ」

「おれが訊いているのは、そんなチンケなカネじゃない」

水上は顔をあげた。背筋が冷たくなる。

長身の男は自動拳銃をしまうと、目出し帽をめくった。男の顔が露《あらわ》になる。

水上は、やつの予想外の行動に、歯をガチガチと鳴らした。記憶のなかから、該当者を割り出そうとする。しかし、十年もの長い月日が経っている。男の素顔を見ても、すぐには正解を導き出せない。思い出せない。

やつによく似た人物なら、ひとりだけ知っている。だが、そいつはもうとっくの昔に、この世から去っているはずだった。

「カネはどこだ」

長身の男はなおも尋ねた。やつが質問しているのは、この家にある現金《げんなま》なんかじゃない。昔の仕事《ヤマ》で得たカネを指すのだろう。

「……手元に置いておくはずがねえだろう。あれから十年が経つんだ。株や国債に換えるか、投資信託に預けている。後生大事に今でも抱えているとでも思ったのか」

「いいや」

長身の男は口を横に広げた。笑ったつもりらしい。見る者の心を凍《い》てつかせる寒々しい笑顔だった。

水上は奈美恵の顔を見やった。目で訴える――逃げろと。奈美恵の頬には、黒い刃のナイフが突きつけられている。後ろに回された両手には固く結ばれたロープ。すでに手遅れでしかない。それでも訴えた。

侵入者たちは、ただの強盗野郎でもなければ、カネに飢えた三下でもない。長身の男はわざわざ素顔を見せた。つまり、もとから水上たちを生かすつもりなどないのだ。

水上は訊いた。声はみっともないぐらいに震える。

「お前……何者《なにもん》だ」

やつは鼻で笑うだけだった。水上は、踏ん張りの利《き》く右脚に力を集中させる。

長身の男が目出し帽をかぶり直した。水上はその隙《すき》をついて床を蹴る。

「逃げろ！」

奈美恵に叫ぶと、頭から長身の男に突進した。水上の前頭部は、やつの腹の中央にぶつかった。作業服のチャックが額《ひたい》にぶつかり、冷たい痛みが走る。

「なっ」

水上は息をつまらせた。

長身の男の身体はびくともしなかった。いくら片足を痛めているとはいえ、体重百キロの男が全力でぶつかったというのに、やつは揺るぎもしなかった。

自動車のタイヤにも似た硬いゴムのような感触が、頭を通じて伝わってくる。よほど身体を鍛《きた》え上げている。チャックに当たった額が割れ、汗とは異なる赤い液体が目に入る。

視界が赤く濁《にご》っていくなか、長身の男がホルスターからナイフを抜き出すのが見えた。

背中に冷たい痛みが次々に走る。ナイフの刃先が内臓に届くのを感じた。腹のなかから生臭い液体がせり上がり、水上はたまらず吐き出した。口から大量の血液が噴き出て、やつが穿《は》いているズボンを汚す。

水上は膝を折った。それでも、長身の男は斬撃を止めようとはしない。肩や首の後ろを何度も刺される。身体から力が抜け落ちていく。

床にくずおれた。水たまりに落ちたような音がした。目の前がすべて赤く染まっていた。

自分の血液でびしょ濡れになる。生温かい血に包まれるが、身体の内部が急速に冷えていった。這《は》い上がろうとしたが、全身に力が入らない。刺された間に小便を漏《も》らしたらしく、アンモニアと血の臭いが混ざる。

「な、なぜだ……」

奈美恵がのたうち回っていた。口に猿ぐつわをされながら、獣《けだもの》じみたうめき声をあげている。手下の男が同じくナイフを振るっていた。

手下が、逆手に握ったナイフを、彼女の背中に突き下ろしている。着ていたパジャマが血で背中に貼りつき、床に血の池が出来つつあった。手下は作業着が濡れるのもかまわずに、一心不乱に妻の息の根を止めようとしている。

「……やめろ、やめてくれよ」

水上は妻のもとへ近づこうとした。奈美恵もまた必死に水上のもとへ寄ろうとした。だが、全身がたまらなく重たい。寒い。腕をどうにか伸ばすだけしかできない。口や喉《のど》に血が溜まり、思うように息ができない。

水上の視界が天井を向いた。長身の男に頭髪を摑まれたのだとわかる。

喉に鋭い痛みが走った。ナイフで掻《か》き切られたのだとわかる。噴き出した血でなにも見えなくなる。すまない。奈美恵に語りかけたが、声にはならない。

視界はまっ赤に染まった。だが、やがてなにも見えなくなり、奈美恵の声も聞こえなくなり、痛みすら感じなくなった。

1

班長である片桐美波《かたぎりみなみ》が、最初にＬＬサイズのミニバンから降りた。

三人の部下たちが後に続いて、次々にミニバンから外に出る。全員がダークスーツを着用している。美波もブラックのパンツスーツ姿だ。最後にグレーの背広を着た警護対象者の男が降りた。

警察官である彼女たちの目の前には、広大なコンクリートの地面が続いていた。海辺とあって、きつい潮《しお》の香りが漂《ただよ》っている。海風が冷たい。

美波たちは周囲に厳しい視線を投げかけ、警護対象者の男性にぴたりと寄り添った。警護対象者を取り囲みながら、彼女たちはコンクリートのうえを歩く。

歩行を始めてから約十メートル。紺色のブルゾンとスラックスを着た男が、ポケットに手を突っこみながら、美波たちへとゆっくりと近づいてきた。

頭にベージュのキャップをかぶり、顔をマスクで覆っていた。いかにも不審者といった佇《たたず》まいだ。眉間《みけん》にシワを寄せ、鋭い視線を美波たちに投げかけてくる。ただし、緊張のためか歩き方はぎこちない。

「てめえ、ぶっ殺してやる！」

マスクの男は、ポケットからナイフらしきものを抜き出して叫んだ。口をマスクで覆っているにもかかわらず、その大声は広場いっぱいに響き渡る。

「戻って」

美波はふたりの部下に指示を出した。ダークスーツを着た男たちが、警護対象者の背中を押し、降りたばかりのミニバンへとすばやく戻る。

マスクの男は、ナイフを小脇に抱えて、警護対象者へと襲いかかる。しかし、その前に彼女が立ちはだかった。不審者を警護対象者には可能な限り近寄らせない。それが美波たちに課せられた任務だった。マスクの男の行く手を阻《はば》む。

やつは、美波の胸に向けてナイフを突き出した。彼女は左にステップして刃をかわす。ナイフを持つ相手の右手首を摑み、左手で相手の肘《ひじ》を上から強く押さえつける。手首と肘の関節を極め、マスクの男の右腕を縛める。その間に、部下の友成隆道《ともなりたかみち》が、マスクの男の左腕に組みついた。美波はナイフの刃先に注意を払いながら、マスクの男の右手首をひねった。ナイフがやつの手から離れる。

友成とともに二人がかりで、やつの左右の腕を摑むと、足をかけてコンクリートの地面に押し倒した。マスクの男は背中を叩きつけられながらも、絶叫しながら足をバタつかせて抵抗する。

美波たちが、マスクの男を取り押さえている間、二人の部下は警護対象者を押しこむようにしてミニバンに乗せた。すぐにひとりが運転席に乗りこんで走り去る。

ミニバンはすぐにブレーキを踏んだ。赤いブレーキランプがともった。マスクの男も暴れるのを止め、美波と友成は手を離した。想定訓練はこれで終わりだ。

広場に設置されたスピーカーから、男性の声が響き渡った。声の主は、美波の上司の新《あら》谷《や》満広《みつひろ》管理官だ。

「以上で最初の想定訓練は終了です。車両から降車した後に、暴漢に襲われるという、もっとも警護対象者が狙われやすいケースを想定して行われました。そのさい身辺警戒員は、襲撃者を警護対象者に近寄らせず、なおかつ襲撃者の仲間が周囲に潜んでいることも考慮に入れ、現場から迅速《じんそく》に離脱。警護対象者の身の安全を最優先に取り組んでおります」

新谷の説明が終わると、広場の周囲を取り囲む多くの見物人の間から、拍手が起こった。

美波たちがいるのは、東京都江東区《こうとう》にある夢《ゆめ》の島《しま》総合警備訓練場だ。そこを会場に、警視庁は身辺警戒員合同訓練を実施した。

広場の一角にはテントが設けられ、そこには暴力団総合対策本部長でもある副総監を始めとして、組織犯罪対策部の幹部連が訓練を視察していた。

また、多くのマスコミも取材に駆《か》けつけているため、下手をすれば格好のネタにされかねない。参加者である身辺警戒員には、けっこうなプレッシャーがかかる。

身辺警戒員は、プロテクション・オフィサーの頭文字を取って、ＰＯと呼ばれている。全国の警察本部で組織されているが、美波たちは組織犯罪対策第三課に属する。

警備部警護課のＳ　Ｐ《セキユリテイポリス》が、政府要人といったＶＩＰの警護を行うのに対し、ＰＯは、暴力団からの嫌がらせや恐喝《きようかつ》、命の危険に晒《さら》されている可能性のある一般市民や企業幹部の身を守るのが任務だ。

市民と暴力団の関係を断つため、二〇一一年に東京都で暴力団排除条例が施行された。暴対法ができてからも、隠然と続く公共工事の入札やみかじめ料の支払いといった金銭のやり取りはもちろん、飲食店やホテルなどが、暴力団と知って場所や飲食を提供すれば、条例違反となる。

暴力団と知りながら交際を続け、警察からの勧告にも従わない場合は、個人や企業にかかわらず、密接交際者として公表されるというペナルティもある。暴力団排除条例は、暴力団の犯罪を取り締まるだけでなく、一般市民に対しても、暴力団との関係を禁じるのを目的としていた。

とはいえ、市民にとっては一方的に距離を置くのさえ、簡単なことではない。九州などでは公共工事に絡《から》んだトラブルで、関係を断とうとした建設業者が、暴力団に命を狙われるといったケースも発生している。

そうした反社会的勢力から危害を加えられる恐れのある者、関係を切る意思を表した者や、また暴力団排除運動の関係者などを対象者として、身辺の警戒や警備に当たり、保護をするのが美波たちの仕事だ。今日は、そのＰＯの能力向上と連携強化を図るための各種訓練と称し、暴力団排除運動を推進するためのデモンストレーションを行っている。

「大丈夫？」

美波は、暴漢役を演じた本田広人《ほんだひろと》に手を差し出した。美波のチームのなかでは、もっとも若手に入る。

仲間同士の訓練とはいえ、迫真性に欠ければ、あとで上層部から雷が容赦《ようしゃ》なく落ちる。何度も繰り返している訓練とはいえ、二人がかりでコンクリートに押し倒されたのだ。うまく受け身を取らなければケガをする。

訓練でケガなどしてしまえば本末転倒だが、かといってリアルさに欠ければ、デモンストレーションにはならない。そのため、この手の訓練における犯人役といえば、たいていは頑健な若手が選ばれる。

「大丈夫っす。問題ないっす」

美波の手を握って、本田は立ち上がった。

彼の演技はなかなかのものだったが、その彼の左腕を摑んだ友成は、それこそ限りなく本気に近かった。つまり、ほぼ手加減なしに本田を押し倒していた。

本田の言葉はあてにはならない。ガッツはあるものの、かりに骨がぽっきり折れていても、大丈夫だと言いかねない無茶なところがある。

警視庁の身辺警戒員は、刑事部や組対部、警備部などから選抜され、必要に応じて非常勤のPOとなる。しかし組対三課は、巨大暴力団の電撃的な内部分裂を重視。美波を中心に専従班を作った。本田はSPにも負けない柔剣道のスペシャリストであり、高校のときまで、柔道を学びながらプロレスラーになるのを夢見ていた若者だ。学校のリノリウムの床や体育館の板張りの床で受け身の練習をしていたという。

美波たちは、厳《いか》めしい顔つきで座っているテントの幹部連に一礼して、待機所となっている大型輸送車へと引き上げた。機動隊が所有する大型バスをベースにした車だ。

車のステップに足をかけるなり、本田は息苦しそうにマスクを取った。不安そうに訊いてくる。

「……どうだったっすかね」

「OKよ。本当にケガはない？」

「全然問題ないです。ああ、よかった」

本田はほっとしたような顔を見せた。どうやらケガの心配はなさそうだった。初冬の海風が吹きつけているというのに、顔は汗でびっしょりと濡れている。

「安心するのはまだ早い」

友成がナイフで本田の腹を突いた。先ほどの想定訓練で本田が用いたものだ。刃がゴム製の訓練用ナイフだ。たしかに友成の言うとおりで、美波たちの出番はまだ終わってはいない。

最後に二人一組での制圧訓練が待っている。ひとりが刃物や拳銃を持ち、もうひとりがうまく捌《さば》いて取り押さえる――ＰＯ全員が護衛の型を披露して、今日の合同訓練は締めくくられる予定だった。

美波はペットボトルの茶に手を伸ばした。輸送車に私物と一緒に置いていたものだ。演武やデモンストレーションの類《たぐい》には慣れているが、それでもまったくの平常心だったかといえば、そうでもない。口のなかはカラカラに渇《かわ》いていた。少量の茶を口に含むと、ゆすぐようにして口内の隅々にまで茶を行き渡らせてから、ゆっくりと飲みこむ。

要人警護のＳＰと同じく、ＰＯも職務中は水分の摂取を控えるように教えこまれる。警護対象者から勝手に離れて、トイレに行くわけにはいかないからだ。そのため酷暑の夏のさいは、スーツのなかに冷却剤をまとって対応するときもある。美波はひと口でペットボトルのフタを閉めた。

汗だくの本田もミネラルウォーターを、口に溜《た》めてから飲み下した。それを二回繰り返して、ボトルのフタを閉める。排泄《はいせつ》を始めとして、警護に携わる人間は、ふだんから厳しい体調管理が求められる。いくら優れた格闘術や度胸があっても、自己管理ができなければば話にならない。

美波はバスの窓から外を見やった。マイクによる新谷管理官の説明が終わると、大型バイクの排気音が広場に轟《とどろ》いた。訓練会場にどよめきが起きる。今日の合同訓練のなかで、もっとも派手で画《え》になる訓練だ。黒塗りのセダンと大型バイクが広場を並走する。

大型バイクには、フルフェイスのヘルメットをかぶった二人組が乗っている。警護対象者を乗せたセダンが走行中に、バイクに乗った不審者に拳銃で襲われるというシチュエーションだった。

バイクの後部座席に乗った犯人役は、モデルガンを持っている。トリガーを引けば銃声や煙も出る。

かたやセダンの助手席や後部座席にいるＰＯたちは、防弾ガラスのウィンドウを三分の二ほど下げ、窓を盾《たて》代わりにして実銃のリボルバーを突きつけていた。「銃を捨てろ！」「停まれ！」と、バイクのエンジン音とまるで張り合うかのように、ＰＯたちは必死に怒号をあげている。

やがてセダンが先を行き、バイクの行く手を遮るように幅を寄せて停車させる。アクション映画の撮影を思わせる迫力があった。

本田が顎《あご》に手をあてて見やった。

「たんまりいるわりには……いまいち盛り上がりに欠けるような」

「そう？」

美波はとぼけてみせた。同意したいところだったが、班長という立場上、緊張感を削《そ》ぐようなことは言いたくはない。とくに本田はわかりやすい人格だ。緊張でカチコチになられても困るが、やる気をなくされても困る。

ロープとパイロンで仕切られたマスコミ用のスペースには、報道関係者がぎっしりつめかけ、無数のカメラのレンズがＰＯたちを撮影している。取材の申し込みが予想以上にあったため、広報課もだいぶその対応に追われたらしい。

報道陣のなかには、大手新聞社やテレビ局の警察担当者が訓練を冷ややかに見つめていた。警察《サツ》回りの記者たちが、警察の公開訓練を取材するのは当たり前ではある。しかし、彼らの目的は、ＰＯたちの訓練ではない。

東京都内で連続強盗殺人事件が発生している。関心はもっぱらそちらにあるようだった。

第一の事件は三週間前に起きている。世田谷区成城《せいじょう》の住宅街で強盗殺人事件が発生。明け方に二人組と思《おぼ》しき強盗犯が侵入。資産家の老夫婦を殺害したのち、家探しをしている。最初から殺人を視野に入れた凶悪かつ計画的な犯行と思われた。百万ほどの現金と、世帯主の男性がつけていた高級時計といった貴金属類が奪われている。

邸宅には、預金通帳やキャッシュカード、クレジットカードなどがあったが、犯人らはそれらに手はつけずに、現場を立ち去っている。

強盗殺人を扱うのは、所轄の成城署と捜査一課だが、問題は犯行の手口と被害者だ。

被害者の水上政男は資産家として、悠々自適の生活を送っていたが、十年前まで日本最大の関西系暴力団である華岡《はなおか》組系列の組織に所属していた。

足を洗った後の水上は、うまくカタギに化けていた。極道との交際は確認できず、地元の地区会長を何度もこなし、地域の行事やボランティア活動にも積極的に参加していた。区内の障がい者施設や児童養護施設に、たびたび寄付を行うなど、篤志家《とくし》としても知られていた。

まさか元武闘派ヤクザだったとは知らず、水上を知る近所の住人たちは驚きを隠せずにいるという。

和歌山県出身の水上は、十代のうちに華岡組系列の末端組織に加わり、約三十年間を極道として生きてきた。そして、そのうちの半分は刑務所のなかで過ごしている。八〇年代に華岡組が組長の椅子《いす》をめぐり、組を割っての激しい分裂抗争を起こした際、水上は対立組織の幹部を登山ナイフで刺殺し、十三年を府中《ふちゅう》刑務所で過ごしている。それ以前にも、傷害や恐喝といった前科もあった。

ヒットマンとして功績を上げた水上は、華岡組の三次団体である首藤《しゅとう》会の幹部として、出世を果たしている。首藤会は華岡組のなかでも、関東進出の橋頭堡《きょうとうほ》のような存在であり、八王子《はちおうじ》に本部を置く組織だった。水上の職場は池袋《いけぶくろ》にあり、かつて高利貸しをシノギとしていた。

また、組対部の公開訓練に、事件記者が集まっている理由はもうひとつあった。水上夫妻の殺害に拳銃が用いられたからだ。

犯人たちは水上夫妻をロープで縛り上げたうえで、ナイフらしき刃物でめった刺しにし、瀕死《ひんし》の状態に追いこんでから、それぞれの頭に銃弾を撃ちこんでいる。寝室にあった枕を減音器《サプレッサー》代わりにして、銃声を抑えてもいた。

水上夫妻の頭から摘出された弾丸は７・６２ミリ弾。弾芯が鉄だったことから、発射されたのは中国製のトカレフと断定された。かつての共産圏では、鉛《なまり》は高価だったため、弾芯に鉄を用いていたのだった。

それがかえって、弾丸に貫通力をもたらす結果となり、安価で手に入るうえに、一部の防弾ベストを貫く恐怖の拳銃として、日本でも名を知られるようになった。

被害者は元暴力団員。しかも犯人は、ヤクザご用達《ようたし》のトカレフを携行し、枕で音量を下げるといった、慣れた手順で発砲している。

水上夫妻は、まずナイフでめった突きにされていた。刃物だけでも絶命に追いこむのは可能だったはずだが、拳銃という武器を使ってトドメを刺したところに、ただの押しこみ強盗とは思えぬ犯人側の強い意図を感じさせた。目撃者や通報のリスクを冒してまで発砲したのだ。

いくら枕を使用したところで、閑静な住宅街ではかなりの銃声が轟くはずだった。じっさいに、水上邸の隣の住人や新聞配達員など複数の人間が、シャンパンの栓《せん》でも抜くような、ボンという低い音を耳にしている。聞いた者たちは、まさか拳銃の発射音とは思わなかったらしいが。

また、拳銃を使用すれば弾丸という証拠も残る。どこでも購入が可能な刃物類と異なり、拳銃の入手ルートは特定されやすい。

水上夫妻は暴力団とトラブルを抱えていたのではないか。成城署に設けられた捜査本部は、捜査一課や成城署員だけでなく、銃器犯罪を扱う組対五課や、広域暴力団係を抱える組対四課からも応援を募っている。

暴力団とのトラブルか、はたまた警察の裏をかくための強盗団たちの仕業か。捜査本部は、あらゆる角度からの捜査が求められた。

しかし、十日後に事態は一変した。

再び同一犯と見られる強盗殺人事件が台東区《たいとう》で発生。現在では警視庁本部内に合同捜査本部が設けられている。殺害されたのはまたも元暴力団員だった。

被害者は、上野《うえの》でナイトクラブを経営していた四十代の実業家。閉店後に店を出ようとしたところを犯人たちに襲われている。

ビルに入っているナイトクラブのフロア。二人組と思しき襲撃者にナイフで突かれた挙《あげ》句《く》、血の池に沈む実業家の顔に、弾芯が鉄製の７・６２ミリ弾を撃ちこまれている。科捜研が弾丸の線条痕《せんじようこん》を調べた結果、水上夫妻を撃ったトカレフと同一であると発表。犯人らは実業家が持っていた売上金百二十万円を奪って逃走していた。

またも襲われたのが元暴力団員。そして同一犯による犯行。殺害されたのは、華岡組系とは異なる組織の元メンバーではあったが、元極道を狙った冷酷な強盗犯の手口に、捜査陣だけでなく、メディアも目の色を変えている。今日の訓練には、副総監を始めとして、幹部連が顔を揃《そろ》えている。なにか事件について訊き出せないかと、記者たちも虎視眈々《こしたんたん》と狙っていた。

広場では、セダンから降りた屈強なＰＯたちが、鬼の形相《ぎようそう》でバイクの襲撃犯を組み伏せていた。

美波たち以上に、強い力で犯人役たちを床に叩きつけている。犯人役がかぶっているヘルメットが、コンクリートの地面にぶつかり、ガッッという固い音が耳に届く。

友成が呟《つぶや》いた。

「気合入ってるな」

犯人役は、仲間からかなり荒っぽく扱われる。派手なカースタントがあり、本物と見分けがつかないほどの制圧訓練だが、取材陣の反応は鈍い。まばらな拍手が起きる。

「やっぱり、沸き方がいまいちだ」

本田が腕組みしながら言った。友成が呆《あき》れたように息を吐《つ》く。

「だったら、パイプ椅子でも持って、場外乱闘でもしてくればいいだろう。プロレスじゃねえんだ。今日のマスコミの目的は訓練じゃねえ」

「でも、拍手はおれたちのほうが大きかったっすよ。やっぱり班長が女性ってのが珍しいからじゃないっすかね。華もある――」

途中まで言ってから、本田は慌てて口をつぐんだ。友成が彼のわき腹を小突《こづ》く。

美波は聞こえないフリをして、広場の訓練を眺めていた。片桐班では、班長である美波が女性であることや、容姿について口にするのは厳禁だ。美波自身が禁じたわけではない。周囲のメンバーたちが気を遣ってくれている。

警察は男性社会だ。私服警官ともなれば、ほぼ完全に男で占められる。POのなかには女性もいるが、その数はきわめて少ない。専従のPOになる前は、組織犯罪対策第四課の捜査官だったが、そこも大半が男性で占められていた。

ヤクザを相手にするだけあって荒くれ者が多く、男尊女卑の考えに凝《こ》り固まった警官も多ければ、女だてらにマル暴の刑事をやっていると、なにかと珍獣扱いをされる。今さら表だって腹を立てることはないが、目に余るセクハラ野郎にはお灸《きゅう》を据《す》えてきた。友成たちは、そんな彼女の経歴をよく知っている。

美波は眉をひそめた。本田が首をすくめる。

「班長、あの……すみません」

「沸いてきたわよ」

「え？」

美波はテントを指さした。訓練中にもかかわらず、裏方を務める広報課の人間が携帯電話を組対部長に渡していた。なにか緊急事態が発生したのかもしれない。

席を外して電話を受けた組対部長の顔色が変わった。テントの間でもざわめきが起きている。

マスコミ関係者のスペースでも異変が起きていた。警察《サツ》回りの記者たちが、次々に携帯電話を握って外へと出ていく。事件が発生したのかもしれなかった。

2

難波塔子《なんばとうこ》は大会議室へ向かった。

百人以上を収容できる巨大な部屋には、すでに大規模な合同捜査本部が設けられている。捜査一課に属する塔子だけでなく、成城署や上野署の刑事課から派遣されている署員も入っていく。組織犯罪対策部のマル暴刑事もだ。

合同捜査本部は、百人態勢の大所帯であったが、さらなる増員が決定していた。目にする捜査員の半分以上は、塔子の知らない人間だ。

ぞくぞくと大会議室に刑事たちが集まるのを見て、塔子は通路の途中で足を止める。

「どうかしましたか」

部下の水戸貴一《みときいち》が声をかけた。塔子は不敵に笑ってみせた。

「武者震いってやつ」

「わかります。こんだけ、でっかい事件、ひさしぶりですからね」

水戸も緊張しているのか、細面《ほそおもて》の頬が紅潮《こうちょう》していた。いつも髪をジェルでセットしていたが、今日は量を多めにしているせいか、頭髪をギトギトに黒光りさせている。捜査一課員になって間もない若手だ。

班長の塔子にとっても、経験したことのないほどの大布陣といえた。殺人捜査班だけでも、塔子のグループを入れて、合計三班が投入されたことになる。これだけの人数が割《さ》かれるのは、きわめて珍しい。さらに第一機動捜査隊や所轄署、組織犯罪対策部のメンバーたちも加わっている。

案の定、大会議室はすでに熱気であふれ返っていた。道場で寝泊まりしている連中も多いのか、大会議室は都会の河川を思わせる淀《よど》んだ加齢臭と、それをごまかすための男性化粧品のきつい臭いが鼻をつく。

捜査会議が開かれるまで、まだ十分以上の時間がある。にもかかわらず、大会議室はがたいのいい男たちで埋め尽くされつつあった。室内にはパイプ椅子がぎっしりと並べられている。しかし、空きは少ない。

第一の事件が発生して、すでに三週間が経過している。当初から事件に関わっている捜査員たちは、その間休みなく駆けずり回っている。疲労の色を隠せずにいた。容疑者に肉迫するどころか、同一犯らしき人物による第二の犯行を許してしまった。捜査本部は人員をさらに増やしたが、容疑者の特定にいたらないまま、第三の事件と思しき強盗傷害事件が起きている。上層部の読みが浅かったと言わざるを得ない。捜査員の逐次《ちくじ》投入という形が取られ、犯人の後手に回ることとなった。

合計百二十人をゆうに超える態勢が整えられたものの、すでに三週間も取り組んでいる者もいれば、途中から捜査に加わった者、そして塔子のように、本日から新しく加入を命じられた者もいる。

疲労と焦《あせ》りを蓄積させ、目をしょぼつかせた捜査員もいれば、すでにテーブルにメモ帳を広げ、入室の際に渡された事件資料を睨《にら》み、会議が始まるのを今か今かと鼻息を荒くして待っている人間もいる。

姿勢に違いは見られたが、共通しているのは危機感だった。動機がなんであれ、これ以上、犯人に好き放題に動かれれば、首都の治安を守る警視庁の威信にかかわる。拳銃が用いられた事件とあって、メディアもこの件を連日にわたって大きく取り上げている。水戸が後方の椅子に手をかけた。二人分の空きがあった。塔子は顔をしかめて水戸の背中を叩く。

「前よ、もっと前」

塔子は大会議室の前方へと進んだ。

事情を知らない所轄や組対《ソタイ》の刑事たちが、驚愕《きょうがく》の視線を無遠慮に投げかけてくる。捜査一課員を示す〝S1Smpd〟と金文字入りの赤バッジをつけた女が、よほど珍しいようだ。

捜査一課強行係の女班長として、広報誌で何度となく取り上げられているが、未だに天然記念物の動物にでも出くわしたような顔をされる。珍獣扱いならまだマシで、なかには〝女ごときが〟と、敵意をむき出しにしてくる差別主義者もいる。

塔子はゆっくり前に進みながら、その手の敵意をぶつけてくる野郎がいないかを確かめつつ、二列目に空いていたパイプ椅子に腰かけた。残念ながら、もの珍しげな目を向けられるだけで、ケンカを売ってきそうな輩《やから》には出会えなかった。そうしたやつを道場に連れていき、足腰が立たなくなるまで痛めつけるのが塔子のストレス解消法でもある。

捜査会議の時間が近づくにつれて、幹部連たちも姿を現し、捜査員たちと向き合う形で席についた。第一の事件が発生したエリアを管轄する成城署長、第二の事件の上野署長、それに第三と思われる事件を抱えることになった大崎《おおさき》署長。いずれも険《けわ》しい顔つきで入室してきた。

通常、凶悪事件が発生して、捜査本部が立ち上がった場合、事件が発生した地区を管轄する所轄署長が、捜査本部長に就任することとなる。

だが、立て続けに事件が発生したことから、捜査本部は本庁に一本化され、合同捜査本部長には刑事部長が就《つ》いた。署長らは合同捜査本部副本部長という肩書きに改められている。

塔子は会議室の前方を見やった。部屋の正面には、プロジェクタースクリーンが設置されている。被害者たちの写真を中心に、すでに多くの人物の写真や、事件の概要などが映し出されていた。画面の明るさを保つため、大会議室の窓はカーテンで覆われている。

捜査会議が始まると、刑事部長の大山忠明《おおやまただあき》が挨拶《あいさつ》を述べた。

それは挨拶というより、叱咤《しった》に近い口調だった。演壇にはマイクが用意されていたが、あえてマイクのスイッチを切ると、大会議室の隅々にまで響き渡るほどの声を張り上げ、捜査員たちに檄《げき》を飛ばしてみせた。

続いて、新たに合同捜査本部の副本部長に就任した大崎署長が、刑事部長の迫力に感化されたのか、マイクを使用しながらも怒鳴《どな》る調子で挨拶を述べた。

じっさいに事件の現場指揮にあたるのは、捜査一課の沢木啓一《さわきけいいち》管理官だ。叩き上げのベテランであり、無数の現場に携わってきた殺人捜査のエキスパートだった。血なまぐさい事件をいくつも経験しているが、警察官というより大学教授のような知的な雰囲気を持った理論家だ。警視庁が誇る殺しの専門家も、今回は手を焼いているらしく、目の下には隈《くま》ができている。

改めて捜査本部が増員されたこともあり、沢木は拳銃を用いた連続強盗殺人について一から捜査員に説明をした。刑事部長や署長らとは異なり、プロジェクタースクリーンと、レーザーポインターを用いて、淡々《たんたん》とした口調で語りだした。

最初に発生したのは約三週間前。世田谷区成城に住む元暴力団員の老資産家とその妻が射殺され、邸宅から現金と貴金属類が盗まれている。

それから十日後に、台東区上野でナイトクラブを経営していた四十代後半の実業家が、二人組と思しき襲撃者にナイフでめった刺しにされ、顔に銃弾を叩きこまれている。被害者はやはり元暴力団員だ。

そして二日前、品川《しながわ》駅からほど近いオフィス街で第三の事件が発生した。プロジェクタースクリーンと、手渡された書類には新たな被害者の写真と事件概要が加えられている。

狙われたのは布施隆正《ふせたかまさ》。和食やイタリアンなどのレストランを、首都圏で展開させている実業家だった。グレーの頭髪を七三に分け、白い口ヒゲを生やすなど、貫禄《かんろく》を感じさせる男前だ。今どきの言葉ではないのだろうが、ロマンスグレーという名称が似合いそうだった。

布施は本社ビルの地下駐車場に車を停めたところで、二人組の襲撃者に待ち伏せされていた。降車したと同時にナイフで切りつけられている。

襲撃者らは、布施が新規で起《た》ち上げたばかりのダイニングレストランの売上金を奪うと、去る前に銃を何発も撃っている。そのうちの二発が、布施の運転手兼秘書に命中した。

秘書は大腿部とわき腹を貫かれ、救急車で搬送される途中で意識を失い、出血多量の危《き》篤《とく》状態に陥った。現在も集中治療室で生死の境をさまよっている。ナイフで切りつけられた布施も、前腕の骨に達するほどの重傷を負っている。

犯人らが発射したのは、弾芯が鉄製の７・６２ミリ弾だ。弾丸の線条痕は鑑定中ではあったが、合同捜査本部は過去のふたつの事件で使用されたトカレフから発射された可能性が高いと判断。襲撃者の数と姿形、そして拳銃を使った粗暴な手口が似通っていることから、同一犯による犯行と決めた。

三件とも襲撃者は金品を強奪しているが、なによりも特徴的かつ異様なのは、その強烈な殺意だった。合同捜査本部のなかでは、第一の目的は強盗ではなく、被害者の殺害にあるのではないかという意見が強かった。布施への襲撃は、その見立てに対してさらに説得力を与える結果となった。

トカレフの装弾数は八発。一発は地下駐車場の天井に向けて撃ち、布施らを脅《おど》しつけているが、それ以外の銃弾は、すべて布施と秘書に向けて撃っている。プロジェクタースクリーンには、布施が乗っていたアウディのドアに残る数発の銃痕が映っていた。

第一の事件では、資産家の水上夫妻をロープで縛り上げ、完全に自由を奪って刃物で幾度も刺し、枕を使って銃声を抑えながら射殺している。

第二の事件の被害者である塚元輝《つかもとてる》も、ナイフで瀕死状態にされたうえで、顔面に三発もの銃弾を加えられている。配られた資料には、メガネをかけた理知的な容貌《ようぼう》の塚元と、銃弾を鼻や顎に浴び、ナイトクラブのフロアに転がる彼の遺体写真も添付されていた。

水上夫妻にしろ、塚元輝にしろ、説明がなければ同一人物とは判断できないほど、どちらも複数の銃弾で顔や頭を惨《むご》たらしく砕《くだ》かれていた。

被害者の水上、塚元、布施は元暴力団員だ。犯人が使用したトカレフも、一九八〇年代に共産圏から日本へと大量に流れこみ、暴力団ご用達の拳銃として名が知られた。単なるヤクザ絡みの暴力沙汰《ざた》として、事件を軽んじるわけにもいかない。

オリンピック開催も決定し、国際都市東京がいかに安全で、充実したホスピタリティを提供できるかが問われている。とくに上層部は、銃器や組織暴力による凶悪犯罪など、もってのほかと、神経を尖《とが》らせている。刑事部長の大山が、マイクなしの挨拶というパフォーマンスに出たのも、これ以上の犯行を許せば、彼自身の地位が危うくなるからだ。

また、被害者三人は暴力団から足を洗い、それぞれ十年近くもの月日が流れている。一般市民として暮らし、ある者は事業に成功し、ある者は町の名士として知られていた。

トカレフという拳銃が用いられていたが、水上夫妻の強盗殺人の捜査が進むにつれて、捜査本部は暴力団とのトラブル説に疑問を投げかけるようになった。

水上の肉体にはほぼ全身にわたって、巨大な鯉の刺青が入っていたが、きっぱりと極道時代の過去と決別を果たしていた。富裕層が暮らす閑静な住宅街で、積極的に地域に溶けこむ努力も怠っていない。

町内会の清掃活動や、独居老人の面倒を見るなど、ボランティア活動や行事にも参加。地区会長を何度となくこなしている。外交的で世話好きな性格が好まれ、彼の過去を知らなかった近所の会社経営者は、彼を世田谷区議会議員として担ぎ上げるつもりでいたという。妻の奈美恵も陶芸教室に通い、地元のセレブたちと良好な関係を築いていた。

水上自身が、元ヤクザと思われるのをひどく嫌っていたらしく、所有している車もハイブリッドカーで、つねにノリの利いた清潔なワイシャツと英国製のジャケットを着用していた。集会に参加するときはもちろん、散歩のときさえ身なりには気を遣っていた。

だが、凶悪犯に命を奪われたことで、彼の長年の努力は水の泡となって消えた。メディアの報道により、水上の過去はきれいに暴かれている。関西系暴力団に所属し、恐喝などの罪で刑務所に何度も入った懲役《ちょうえき》太郎で、ヒットマンとして敵対組織の幹部を射殺した過去も明らかとなった。彼と交流のあった近隣住民を大いに驚かせている。

当初こそ捜査本部は、水上夫妻と暴力団との間になんらかの問題が起きたものと判断していた。しかし、水上の近年の交友関係を徹底して洗ってはみたものの、暴力団関係者の影を見つけられずにいた。

それは、第二の被害者でナイトクラブ経営者の塚元輝も、同じであった。夜の商売にかかわっているとはいえ、現在では暴対法と暴排条例で身動きがとれなくなった暴力団に、みかじめ料を納める飲食店のほうが少数派だ。

塚元も、上野の地元商店街からなる振興組合に加わっていた。そこは警察幹部の天下り先のひとつであり、組合の理事のひとりに警察OBがついている。みかじめ料は警察組織に納めるようになった。

もともと塚元は、暴力団員だったころから、ナイトビジネスの経営手腕に長《た》けていたらしく、所属していた組にも多額の金を支払って、足を洗うことを許された。

ただし被害者たちが、きれいに闇社会と関係を断ったつもりでいても、闇社会の住人はそう考えてはいない。

拳銃を使った犯罪ともなれば、まず暴力団の存在を疑うのが鉄則だ。そのために組対部からの応援部隊が捜査本部に加えられ、闇社会から情報を得るように命じられたが、ことは思うように進んではいない。

そもそも、捜一と組対《ソタイ》は険悪な仲である。捜一がＮシステムやＤＮＡ鑑定、防犯カメラといった科学捜査を多用するなか、公安出身も多い組対は、古くさく対人関係にこだわり、暴力団員から情報を得ようと、ときにはなれ合いのような取引をかわし、悪党を泳がせようとする。

自分たちだけで情報を後生大事に抱え、あげくの果てに牛のクソみたいなガセネタを摑まされ、捜査をかく乱されかねない――そうはっきりと組対を邪魔者扱いする捜査一課のメンバーもいる。じつをいえば、塔子も同じ考えを抱いている。

殺しともなれば、本来は捜査一課強行係の領域だ。しかし、暴力団絡みとなれば、なにかと首を突っこんでくる。そして勝手に暴力団幹部と話をつけ、真犯人とは言いがたいチンピラを出頭させては、安直な幕引きを図ろうとする。捜査一課は何度も煮え湯を吞まされている。

しかし、暴力団に対する厳罰化が進み、組の命令で殺人を犯せば数十年は人生を棒に振る。場合によっては死刑もありうる。

もたれ合いに慣れきったマル暴刑事たちは、警察との対決姿勢を打ち出され、マフィア化や地下に潜る暴力団から、今までのようには情報を得られずにいる。暴力団と満足にコミュニケーションさえ取れなくなっているというのに、組対の縄張り意識は相変わらず強く、ヤクザ絡みの事件《ヤマ》を組対抜きで進めるなと、それこそ極道顔負けで割りこんでくる。

自分たちの縄張り《シマ》だと、組対部はメンバーを送りこんできているが、今のところかんばしい成果をあげているとは言いがたい。ヤクザの秘密主義に手を焼いているうえ、被害者が所属していた組織がすべて異なっているからだ。第一の被害者である水上は、日本最大の暴力団である関西系暴力団の華岡組系の組織に身を置いていた。

水上は、いつの間にか世田谷区の名士となっていたが、その土地で暮らしていた期間は短く、人生の大半を神戸や大阪、もしくは刑務所で過ごしている。ヒットマンとして敵対勢力の幹部を射殺し、府中刑務所で過ごしたあと、関東進出の橋頭堡といわれた首藤会という八王子の組の幹部として取り立てられ、池袋にある金融業をシノギとしていた。

第二の被害者である塚元輝は、関東系の広域暴力団の印旛《いんば》会に所属。上野や鶯谷《うぐいすだに》、新《しん》橋《ばし》などを中心に、デリヘルなどの派遣型風俗をいくつも経営していた。本番行為のある裏風俗だったため、何度か風営法違反で逮捕されていた。

そして、今度の布施隆正が在籍していたのは、広域暴力団の巽《たつみ》会系の組織。巽会は同じく関東系の暴力団だ。そのなかで博徒《ばくと》系の団体にいた布施は、赤坂《あかさか》や六本木《ろっぽんぎ》を中心に、極道だった時代は裏カジノやバカラ賭博《とばく》の経営を任されていたという。

たとえ所属する組織が違っていても、刑務所やビジネスで外兄弟になったり、組織の外交のために盃《さかずき》を交わすことはある。暴力団社会はそれほど広くはない。犯人が単なる強盗殺人だけではなく、明確な殺意を持っていることから、被害者三人にはなんらかの共通項があるかと思われた。しかし、マル暴たちはそれを探り当てられずにいる。

沢木管理官が事件の説明を続けるなか、塔子はそっと会議室を見渡した。

捜一と組対の仲の悪さを示すかのように、大会議室の集団はくっきりとふたつに分かれていた。応援部隊に送りこまれた組対の捜査員たちは部屋の右隅に固まっている……。

塔子は思わず目を見張った。その組対の集団のなかに女性がいた。思わず呟く。

「美波……」

押し出しの強そうな男たちに囲まれながら、片桐美波がペンを走らせていた。むさくるしいがたいのいい捜査員たちのなかでも、さらにコワモテや肉体派ぞろいのメンバーに囲まれているせいか、久しぶりに見る美波は、ことさら女らしく見える。

「どうかしました？」

隣の水戸がそっと耳打ちした。

「なんでもない」

何事もなかったように、前方のプロジェクタースクリーンに目をやった。あくまで平静を装いながら。だが、ざわざわと心が波立つのがわかった。なんであの女が……。

美波が組対四課の広域暴力団係から、組対三課のＰＯとなったのは知っていた。ＰＯは、暴力団からの嫌がらせや脅し、命の危険に晒されている可能性のある一般市民や、企業幹部の身を守るのが任務だ。嫌な予感がした。

沢木が言った。

「……本日より合同捜査本部に加わった難波班は、大崎署刑事課員とともに、被害者である布施隆正の人間関係、事件現場周辺の情報収集にあたっていただきたい」

塔子は、自分の名を呼ばれて我に返った。沢木に向かってうなずいてみせる。

新たに投入された塔子の班は、第三の事件の捜査にあたることとなる。大きな事件に関われるのは嬉《うれ》しくもあった。三つもの強行班が、ひとつの捜査本部に投入されるのは、異例中の異例だ。しかし、もっと早くに手がけたかったというのが、塔子の本音ではある。

捜査一課長と沢木管理官は、水上夫妻が射殺された時点で、事件の重大性を見抜き、殺人捜査のなかでエースと目される桐生《きりゅう》班の投入を決めている。

第二の事件が発生した際は、南雲《なぐも》班を捜査本部に加えている。桐生班も南雲班も、職人と呼ばれる熟練の集団だった。たとえ三番手とはいえ、まだ実績の少ない塔子の班が呼ばれるのは、それだけ上層部から評価されているともいえる。だが、それで満足できる性格ではないのは、塔子自身がよく知っていた。できることなら、この大きな事件を最初から手がけたかった。

捜一と組対の仲はかなり悪いが、捜一内部のいがみ合いも負けてはいない。

かつての捜一内部の班同士における手柄争いは今よりもっとすさまじく、班員が他の班の人間と口を利こうものなら、班長や先輩刑事から大目玉を食らったという。「そんなに他の班と仲良くしたけりゃ、そっちへ行きやがれ」と。

　まるで暴走族や不良学生のグループ争いのように、感情むき出しで競い合っていたものだ。やはり捜査一課にいた父が、昔の話をよく語ってくれた。

　現在はそれほど露骨で青くさいぶつかり合いなどめったにないが、それは表面的なだけであり、現在もいがみ合いはさほど変わってはいない。

　合同捜査本部に向かう際、他の班の年長刑事から、聞こえよがしに「横綱大関クラスの次は前頭か」と嫌味を言われてきている。殴り殺してやろうかと思った。ここでさらなる結果を出し、周囲に対して実力を認めさせる必要がある。

　ただし、その桐生班や南雲班といった〝横綱大関クラス〟が手こずるだけあって、一筋縄ではいかないのは、資料に目を通してわかった。

　初動捜査を手がけた鑑識課や機動捜査隊によれば、布施を襲った地下駐車場には防犯カメラがいくつも設置されていた。

　二人組の犯人は、他のふたつの事件と同じく、顔を黒い目出し帽で隠し、紺色の地味な作業服を身に着けていた。

　目出し帽や作業着が、どこで購入されたのかを特定しようと、桐生班はかなりの人数を割《さ》いているが、未だに購入先を絞りこめずにいる。頭を目出し帽で覆い、軍手もつけていたため、三つの事件現場からは、犯人のものと思しき頭髪や指紋《しもん》も見つからなかった。

犯人らは、強盗としての腕も確かだった。過去のふたつの事件に続いて、布施らが襲われた事件現場周辺の防犯カメラの映像の収集が始まっている。地下駐車場や近所のコンビニに設置された防犯カメラが、犯人が使用したものと思われる逃走車をとらえていた。業務用の白のワゴンだ。

捜査一課としては、機動捜査隊から引き継いだ証拠をもとに、防犯カメラの映像データやNシステムを活用し、犯人らの逃走経路の割り出しを行うのが常道だ。

だが、犯人側は捜査陣のやり方を承知しているかのように、逃走車は、品川区内の小さなコインパーキングで乗り捨てられていた。逃走に用いられたワゴンは、事件発生の五日前に足立《あだち》区内の食品会社から奪った盗難車だった。ワゴンからは指紋や頭髪が採取されたが、食品会社の社員のものしか残されてはいない。

逃走用のワゴンが乗り捨てられたコインパーキングにも、防犯カメラは設置されていた。犯人らが停めた時刻の映像データを確認したが、カメラは犯人らの姿を映し出してはいない。犯人たちは防犯カメラの位置を把握していたらしく、防犯カメラにレーザーポインターを向けていた。それは空き巣や強盗犯が好んでやる方法だ。

高出力のレーザービームを浴びた防犯カメラは、強力な光によって、本来の機能を失ってしまう。記録された映像は、レーザービームで塗りつぶされ、防犯カメラはワゴンから降りた犯人たちをとらえることができなかった。

被害者を刃物でめった刺しにし、トカレフを何発も発射するなど、粗暴かつ荒っぽい手口で襲いかかる一方、用意周到といえるほどの狡猾《こうかつ》さを持ち合わせている。

これは布施を狙ったときに限らず、水上夫妻や塚元輝を襲ったときも同じだ。桐生班や南雲班という熟練の捜査集団が手こずる要因のひとつとなっていた。

盗難車を使って逃走し、近くの駐車場に乗り捨てている。駐車場に設置された防犯カメラにはレーザーポインターを浴びせ、一時的に機能不全に追いやっている。三つの殺人捜査班が投入されたのも、犯人たちの油断ならぬしたたかさを打ち破るためだ。

沢木は捜査員たちに呼びかけた。

「諸君、スクリーンに注目していただきたい」

若手捜査員が、彼の言葉を合図に動いた。大会議室の電灯のスイッチを切る。室内が暗闇に包まれ、スクリーンの画像がより鮮明になる。

沢木は最前列にいた捜査員にうなずいてみせた。活動服に身を包んだ鑑識課員らしき男だ。テーブルのうえにノートパソコンを置いている。人差し指でパッドを操作した。プロジェクタースクリーンが静止画から動画に切り替わった。

モノクロの映像が映し出された。打ちっぱなしのコンクリートの壁で覆われた殺風景なフロアがスクリーンを覆う。床には車一台分の白線が引かれている。布施が襲われた地下駐車場の防犯カメラらしき映像だった。画面の下部には、時刻を記したテロップが表示されている。

被害者の布施たちを乗せたアウディが、白線で囲まれた駐車スペースに滑りこむようにして停まった。

捜査員たちの間からどよめきが起きる。布施が後部座席から降りるのと同時に、黒の目出し帽をかぶった作業服姿の犯人が駆けてくる。手には、刃渡り二十センチはありそうなシースナイフが握られていた。

アウディから降りる途中の布施の顔面に、シースナイフを振り上げた覆面姿の男が切りつけた。反射的に布施は、左腕をあげて顔をカバーする。ナイフの刃が彼の左腕を斬り、コンクリートの床から壁にかけて血が飛び散った。

塔子はスクリーンを睨んだ。すでにふたつの凶悪な強盗殺人が起きており、犯人を断片的にとらえた静止画や動画はいくつかあったが、犯行現場そのものをとらえた映像は初めてだ。

突然の凶行に驚いた布施の運転手が、シートから転がり落ちるようにして降りる。

映像には音声まで収録されてはいない。しかし、慌てて降りた運転手が「おいこら！」と、怒号を張り上げているのがわかった。運転手兼秘書の坂口淳二《さかぐちじゅんじ》は、この大会議室にいる捜査員らに負けないほどの大柄な中年男だ。ナイフを持った犯人にタックルを仕かけようと、相撲《すもう》の立ち合いに似た姿勢で駆け寄る。

襲われた布施は、左腕に深手を負ったにもかかわらず、右手でナイフの襲撃犯の喉に手刀を叩きこんだ。だいぶ威力があったのか、襲撃犯は顎を引いて後じさりした。

布施は、スーツを着用していたが、すばやくそれを脱いだ。傷つけられた左腕にきつく巻きつけた。止血のためであり、ナイフの攻撃から身を守るためでもある。

「ケンカ慣れしてやがる」

捜査員たちの間から声があがる。

だが、布施と坂口は、動きを急にストップさせた。身体をびくっとさせると、その場で抵抗を諦《あきら》めたように立ち尽くした。何者かが発砲して、ふたりを釘《くぎ》づけにしたようだった。その後の調べで、トカレフの７・６２ミリ弾が発射され、天井に弾が喰《く》らいこんでいたことが判明している。

もうひとりの襲撃犯がフレームインする。やはり、黒の目出し帽と作業服で顔と身体を覆っている。最初に現れた襲撃犯と同じ格好だ。

背の高い男で、自動拳銃を握っている。モノクロの映像だが、トカレフと思しき自動拳銃は、ときおり地下駐車場の灯りに照らされ、銃身がピカピカと光を放った。中国語で〝黒星《ヘイシン》〟と呼ばれるトカレフだったが、そのなかには銃身を銀メッキで覆っているものもある。日本の裏社会では〝銀ダラ〟という名称で呼ばれてもいる。

まるで真打ち登場とでもいわんばかりに、悠然《ゆうぜん》とした足取りで布施たちに近づいていく。まっすぐに伸ばした腕で、銃口を被害者ふたりに向ける。

長身の男はトカレフを右手で握り、左手でナイフの男に指示を出した。襲撃犯ふたりは対等な関係であるのではなく、長身の男がリーダー格のようだった。

長身の男がふたりにトカレフを突きつけている間、手下がアウディのなかを物色し始めた。運転手の坂口は、追いつめられた獣みたいに、襲撃者を睨みつけていた。

一方の布施は、荒い息をつきながらも、冷静な表情で長身の男と向き合っていた。なにかを語りかけているのか、布施のトレードマークといえる白い口ヒゲが動いていた。防犯カメラの角度のせいで、長身の男の口元は見えない。じっとトカレフを構えるだけだ。

手下の男がアウディから出てきた。左手でセカンドバッグを摑んでいる。セカンドバッグのなかには、布施の店の売上金が入っている。手下の男は、お宝を示すかのようにセカンドバッグを振ってみせた。

長身の男がうなずいた。それと同時に、運転手の坂口がボスの布施を突き飛ばした。トカレフの銃口が光り、坂口のわき腹と大腿部が弾けた。坂口のスーツの生地が弾け、血煙があがった。硝煙《しょうえん》が立ち昇り、防犯カメラの映像自体が白く濁る。

坂口が巨体をよろめかせた。二発の銃弾を喰らっても、彼は倒れようとはせず、両腕を広げて立ちはだかる。まるで主人を守ろうと、立ち往生をする武蔵坊弁慶《むさしぼうべんけい》を思わせる。

主人の布施は、床を這いながらアウディの陰に隠れようとした。長身の男が布施に向かって、連続してトリガーを引いた。コンクリートの床が弾け、アウディのボディや窓にあたった。ガラス片が飛び散る。

過去のふたつの事件や、残された証拠からは強い殺意を感じさせられたが、長身の男はぶっきらぼうに発砲していた。布施の息の根を、どうしても止めようという必死さは感じられない。発砲と殺人という異常な行為を実行しているにもかかわらず、長身の男にはある種の余裕が感じられた。遊んでいると言い換えてもいい。その冷酷さに戦慄《せんりつ》を覚える。

手下の男が、撃たれながらも仁王立《におうだ》ちしている坂口を、突き飛ばした。坂口はこらえきれずに尻もちをついた。しかし、なおも布施に向かって叫んでいた。「逃げてください！」と、唇の形が動いている。

アウディの陰に身をひそめた布施は、戦場の兵隊のように床を匍匐《ほふく》前進した。アウディの隣に停めてあったＳＵＶへと這う。そのスピードは速い。再び捜査員の間から感嘆の声があがる。長身の男がさらに発砲するが、その前に布施はＳＵＶの下に潜りこむことに成功していた。

人は生命の危機を感じたとき、思いもよらぬ力を発揮するものだ。火事場のバカ力、窮鼠《きゅうそ》猫《ねこ》を嚙《か》む。いろんな言い方はある。しかし、布施の動きはそうした必死さというよりも、洗練されたスマートさを感じさせた。日ごろから訓練をしていなければ、これほどスムーズには動けない。

手下の男がSUVの下を覗きこみ、ナイフを振ったが、すでにそのころには、布施はSUVの下から這い出て、反対側へと脱出していた。左腕に巻かれたスーツは血で濡れそぼっていたが、右手にはケータイを持っていた。資料によれば、布施はそこで110番通報をしている。緊急事態でありながら、布施は冷静な顔つきをしていた。

手下の男が、なおも布施を追いかけようとしたが、長身の男が左腕を振った。持っていたトカレフのスライドが後退し、薬室がむき出しになっている。弾切れを起こした証拠だ。

長身の男は、弾の切れたトカレフを突きつけ、布施になにかを言ったようだった。後退したスライドを元に戻すと、腰のホルスターにしまい、足早に手下を連れて現場から立ち去っている。

防犯カメラの映像は、SUVの陰から出てきた布施が、運転手の坂口のところへ駆け寄ったところで終わっていた。捜査員の間からため息が漏《も》れた。音声こそなかったものの、映画のアクションシーンを見せられたようだった。

しかし、これはフィクションではない。坂口の度胸や布施の機敏な身体能力がなければ、水上夫妻や塚元と同じ運命をたどっていただろう。目出し帽の犯人たちはナイフや銃器の扱いに慣れていた。射撃そのものはもちろん、人に銃口を向けるのさえ、少しもためらったりはしない。

そんな冷酷な戦闘能力を有した凶悪犯を追いかけることになる。トカレフの銃弾や、シースナイフの刃が捜査員に向けられるのも覚悟しなければならない。刑事部長の大山が声を張り上げたときよりも、大会議室には緊張がみなぎっていた。ため息が漏れたきり、室内はしんと静まり返った。

沢木が咳《せき》をひとつしてから言った。

「見てのとおり、犯行は大胆だが、その一方で盗難車を用意し、人気《ひとけ》のない場所を選んで襲撃を試みつつ、すばやく引き際を見極めるなど、冷静さと周到さを兼ね備えている。高い知能と豊富な経験を持ち合わせていると言わざるを得ない。また、きわめて反社会的な性格の持ち主であり、捜査員に対しても躊躇《ちゆうちよ》なく発砲、あるいは刃物での攻撃を仕かけてくる可能性が高い。今後、捜査員は防弾ベストを着用したうえで臨《のぞ》んでもらいたい」

塔子は手を挙げた。

「質問があります」

「のちほど改めて時間を設ける。今は説明を優先させていただきたい」

壇上の沢木はわずかに首を振った。

塔子は手を下ろした。出しゃばりが。周囲の男たちから、そう言いたげな冷ややかな視線が集まる。だが、いちいち気にしていたら、捜一の班長などやっていられない。

沢木は続けた。

「犯人は引き続き、布施隆正を狙う可能性が高い。犯人が去り際《ぎわ》、さらに襲撃を加える旨を告げて立ち去っている。現在は意識不明の坂口が、救急隊員に対して告げている。そこで本日より、組織犯罪対策第三課所属の身辺警戒員らにも加わってもらった。犯人の冷酷な性格を考えると、布施の家族にも危害が及ぶものと、捜査本部は判断し、組対三課に応援を要請した」

沢木は美波のほうを見やった。それを合図に美波が立ち上がり、淡々と挨拶を始めた。

「身辺警護担当の片桐です。私、以下四名で布施氏と家族の警護にあたります」

今日の会議最大のざわめきが起きる。

敵はたった今、捜査員たちの目の前で非情な手口を見せつけたばかりだ。布施は被害者であると同時に、犯人を捕らえるための重要な鍵でもある。

機動捜査隊の訊きこみによれば、布施は見覚えのない連中だと証言しているものの、容疑者となんらかの形で関係しているかもしれない。貴重な生き証人だ。

しかも、犯人らは再び襲撃をすると、わざわざ脅している。犯人らの行動を考えると、ただのブラフとは思えない。他の捜査員もそう考えているのだろう。

その身辺を守るという重要任務を担うのが女だという。捜査員の間で、あからさまに「大丈夫か」「あのねえちゃんがかよ」などと、不安や嫌味の声があがった。

当の美波の耳にも届いているはずだが、彼女は表情ひとつ変えなかった。塔子とは違い、いつでもクールにやりすごせる。昔からそうだった。

「静粛に」

沢木が手を大きく振った。「私も長い間、殺人捜査に関わってきたが、これだけの大所帯を指揮するのは初めてだ。手柄争いは歓迎するが、つまらぬいがみ合いは、犯人たちに隙を与えることになる。これ以上、好きにさせるわけにはいかない。それぞれのリーダーのもとで、チームワークを最優先に考えて行動してほしい。諸君たちの健闘を祈る」

質問の時間が設けられ、塔子は沢木に質問をぶつけた。布施の過去についてだった。元暴力団員のわりには、襲撃に遭《あ》った際に機敏な動きを見せていた。

暴力団は、刑務所に行くのを躊躇《ためら》わない人間を多く飼っているからこそ、社会から恐がられる。しつこい嫌がらせ、なにをするかわからない暴力こそが最大の武器だ。だからといって、誰もが腕っぷしやケンカが強いわけでもない。むしろ、酒やタバコ、麻薬などに溺れ、不摂生な生活を過ごしている者が多数を占め、一般人よりも腕力やスタミナが劣る。

もともと、自分をコントロールできるような人間は、ヤクザなんかにはなったりしない。塔子が見てきた暴力団員とは、口ばかりが達者で、衣服やアクセサリーで虚勢を張るハリボテみたいな連中ばかりだ。

沢木が答えた。

「布施は二十代のころ、巽会系の政治団体に所属していた。長いこと山中にこもって、軍事訓練を受けていたらしい。当時は華岡組の露骨な関東進出などもあって、激しい抗争を想定し、元自衛隊員をインストラクターとして雇うなど、かなり本格的なトレーニングが行われていたらしい。布施本人は口を濁しているが、おそらく拳銃やライフルの扱い方も習っている。現在も仕事の合間にフィットネスクラブに通い、年に何度かハーフマラソンに参加している。今回、命拾いしたのも、日ごろの鍛錬のおかげと言えるだろう。諸君たちも見習うべきかもしれん」

沢木のジョークに、小さな笑いが起きる。

激務にまみれた刑事たちの間では、肥満や成人病に悩まされている者が少なくない。殺人捜査班のエースと目される桐生は、体重百キロを超える巨漢だ。二番手として捜査本部に送りこまれた南雲にしても、痛風やヘルニアに悩まされており、食事を終えるたびに、手からこぼれ落ちそうなほどのカプセルや錠剤を呑んでいる。父も強行係には長く在籍していたが、肝臓を壊したのを機に、デスクワークの部署へと異動を命じられていた。

「布施の過去については、君自身が続きを訊き出してくれ」

沢木は塔子に言った。その後も、彼は捜査官からの質問にテキパキと答え、捜査会議を締めるように手を叩く。

「繰り返すが、チームワークを最優先に考えて行動してほしい。以上だ」

捜査員たちが一斉に立ち上がった。パイプ椅子やテーブルがガタガタと音をたてる。百人以上の人間が動いたため、大会議室内は地響きのような音に包まれた。

塔子も椅子から立ち上がった。

美波のほうへと近づいた。彼女は腰を下ろしたまま、書類をじっと見つめていたが、塔子に気づいてふいに顔をあげた。微笑《ほほえ》みかけてくる。

「ひさしぶりね」

塔子は答えなかった。

ただ黙って、同期の彼女を見下ろした。彼女の部下のＰＯたちが怪訝《けげん》な顔を見せたが、美波は微笑を崩さない。しばらくお互いの顔を見つめ合う。

「私の捜査の邪魔はしないでね」

塔子はそれだけ言い放って、その場から去った。バカバカしいとわかっていながら、言わずにはいられなかった。

警官になって以来、どんなライバルにも競《せ》り勝ってみせた。男であろうと、女であろうと。そして念願の赤バッジも手に入れた。

そんな彼女にも、なかなか打ち破れない相手がいる。片桐美波がそうだった。塔子は唇を嚙んだ。

3

「このたびは、ご面倒をおかけします」

布施隆正は頭を下げた。

彼は、名刺交換をしたときから腰が低かったが、改めて深々と頭を下げた。高級ホテルのマネージャーのように、姿勢はきっちりとしている。

美波は思った。実物の布施は、捜査会議で見た写真よりも、精悍《せいかん》な顔つきの二枚目だ。グレーの頭髪を七三に分け、ほのかにムスクの香りを漂わせている。写真では白い口ヒゲを生やしていたが、目の前にいる彼の鼻の下はきれいに剃《そ》られてあった。頭髪と似た色の高級スーツとシャツ。高級ブランドのネクタイを隙なく身に着けている。履《は》いているブラックの革靴は、新品のような光沢を放っていた。

ガッチリとした骨格のため、背はそれほど高くはないが、肩幅は広かった。年に何度かハーフマラソンに参加していることもあるが、なにより、あの冷酷な襲撃から身をかわした運動能力が、捜査員たちを驚かせた。年齢のわりには、肉体は引き締まっている。

それだけに、左手に巻かれた包帯が目立つ。痛々しそうな印象が増幅されて映った。

布施は、地下駐車場で謎の襲撃者に狙われた。自家用車から降りたところで、シースナイフを持った犯人に、掌から前腕部まで縦《たて》に切り裂かれている。裂傷《れっしょう》は骨にまで達していた。二十針にも及ぶ重傷だった。おまけに、彼の秘書はトカレフで撃たれ、現在も集中治療室で生死の境をさまよっている。

美波は冷静に告げた。

「しばらくの間、なにかと窮屈な生活を強《し》いることになるかもしれません。あなただけでなく、ご家族や社員も。緊急性が求められる事態が訪れたときは、いかに重要な商談があったとしても、我々の指示に従っていただく場合もあります」

「承知のうえです。命あっての物種ですから……」

布施は再び頭を下げてから答えた。

「あの駐車場に設置された防犯カメラには、襲撃の一部始終が映っていたと聞いています。ご存じのように、淳二は……いや、秘書の坂口は私をかばって撃たれました。彼のためにも、私は絶対に生きなければなりません。私だけじゃない。家族や社員も同様です。それに私を撃ち損じたことで、別の誰かが狙われるかもしれない。これ以上の惨劇《さんげき》はごめんです。協力は惜しみません」

「ありがとうございます」

美波はコーヒーをすすった。隣の本田が目で語りかけてくる――今度の警護対象者《マルタイ》は、けっこうやりやすいんじゃないすかね。

本田の意見には、まだ賛同できない。布施の言葉からは、固い決意と悔恨《かいこん》の念が感じられる。とはいえ、かつては闇社会で生きてきたという過去もあるが、襲撃現場で見せた身のこなしといい、ミステリアスな印象はぬぐえなかった。

ＳＰ《セキユリテイポリス》にしろ、ＰＯにしろ、もっとも重要なのは、警護対象者との信頼関係をしっかり構築することにある。

いくら警護のために訓練を費やしたところで、警護対象者の理解を得られなければ、万全な態勢を敷《し》くことはできない。むやみに身体を鍛えるだけでなく、相手を説き伏せられるような交渉術を、会得しておかなければならなかった。

とくにＰＯは、暴力団や反社会的勢力から、嫌がらせや恐喝を受け、命の危険に晒《さら》されている一般市民や企業幹部の身を守らなければならない。

警護対象者はさんざん脅され、いじめられ、冷静さを失っているケースが多いため、ＰＯはなかなか信頼してもらえない。腰の重たい所轄署に何度も袖にされ、警察そのものを恨《うら》んでいる場合すらある。

とくに、美波のような女性が来訪したときなどは、さらに警護対象者の心をかき乱すことになりやすい。頼りになりそうなマッチョな男性でないことに、露骨にがっかりとした表情を浮かべ、もしくは怒鳴り散らした。まるでデリヘル嬢みたいに、チェンジを執拗《しつよう》に要求する者もいる。

なにしろ、敵であるヤクザは脅しのプロだ。圧倒的な暴力をバックに、口八丁《くちはっちょう》手八丁《てはっちょう》で相手からカネやコネを引き出して、メシを食っている。相手のどこを突けば、心をかき乱せるのかを熟知している。

ＰＯに堅く守られているというのに、ヤクザからの脅しに屈し、ひそかに銀行口座からネットバンキングを通じ、暴力団の架空口座にあやうく大金を振りこもうとした警護対象者もいた。ＰＯの目をごまかしてまで。

あるいは正反対に、暴力団に在籍していた人間や、グレーゾーンのなかを泳いで生きていた企業経営者のなかには、警察の保護を受けているのを恥ずかしいと考え、急にタフガイを気取りだすケースもあった。

照れ隠しのためにあれこれと虚勢を張り、防弾ベストの着用を嫌がったり、ＰＯに黙って単独で繁華街をうろついては、行きつけのクラブやキャバレーに顔を出し、メンツを保とうとしてくだらぬ冒険に出る見栄っ張りもいた。

襲撃者から逃げるための運転技術や、不審者を取り押さえる格闘術も重要ではある。しかし、なによりもＰＯには地味な粘り強さと細やかさが求められる。

密にコミュニケーションを取り、ときにはヤクザに怯《おび》える警護対象者を励まし、安眠できるように心を和らげる。あるいは軽々しい行動を取らないように諫《いさ》め、相手の面目を潰《つぶ》すことなく、マッチョ気取りになるなとやんわり諭《さと》す。

最終的には、暴力団との腐れ縁を断ち切らせるのが、美波たちの本来の仕事だった。また彼らの家族に対して、因果を含めるのも大切な任務のひとつだ。

美波がPOの主任として選ばれたのも、フィジカルな面はもちろんだが、緊張と恐怖に心を蝕《むしば》まれがちで、扱いの難しい警護対象者と冷静に対話ができる交渉術が、上層部から認められたからだ。

夢の島の警備訓練場で披露したデモンストレーションのような、アクション映画じみたケースもなくはない。だが、なによりも重要なのは、警護対象者はもちろんのこと、ストレスと恐怖を胸のうちに溜めこんだ家族や関係者を励まし、POの実力を信じてもらう。それには相手の心を細やかにくみ取れるような能力が求められた。

「それに」

布施は自嘲《じちょう》的な笑みを浮かべる。

「……窮屈な生活でしたら、今すでに経験している真っ最中ですから」

彼は応接セットのソファから立ち上がった。七階の窓から外を見下ろす。

布施らがいる品川区のビルの前には、メディア関係者の車がずらっと停車している。大崎署交通課のパトカーがひんぱんに巡回し、スピーカーで車をどかすよう何度も警告をしていた。警官の声が窓越しに聞こえる。

美波たちが訪れたときから、ビルの玄関周辺は記者たちがうろちょろしては、出入りする社員たちに声をかけていた。テレビ局の連中もいるらしく、ビデオを担いだカメラマンや、マイクを持ったアナウンサーらしき男もいた。

湾岸《わんがん》エリアにある布施の自宅マンションに関しても同様だ。どこへ行っても、報道陣の車両がつきまとってくるという。窮屈な生活どころか、すでに彼のプライバシーは喪失しているも同然だった。

首都東京を震え上がらせる連続銃撃殺傷事件。しかも用いられたのは拳銃であり、被害者はこのうえなくむごたらしい形で、殺害されている。すでにふたつの事件で、報道は充分すぎるほど過熱している。

週刊誌は、すでに被害者らが元暴力団員だったことを強調して伝えている。記事によれば、第一の被害者である水上は、かつては関西系暴力団が抱えていた最強の武闘派ヒットマンであり、東京への本格進出を実現するための切り札だったという。水上に殺人などの犯罪歴があったのは確かだが、任侠《にんきよう》ムービー顔負けのエピソードを、極道界に明るい事情通とやらが、ハッタリと嘘をたっぷり混ぜこんで紹介していた。

第二の被害者の塚元輝は、東京の性風俗界を牛耳《ぎゆうじ》る夜の帝王として語られていた。たいていの記事は、殺されたふたりが、現在も暴力団との縁が切れなかったがゆえに、トラブルに巻きこまれて射殺されたのだと匂わせていた。

しかし、現在のところ捜査本部は、殺害されたふたりが暴力団員とつながっていたという事実を摑んではいない。水上の遺族は、まったく事実に反すると、週刊誌相手に民事訴訟の準備を進めているという。

布施についても同様だ。すでにスポーツ紙などが、元暴力団員だった事実を記している。いずれまた事情通とやらが、彼の極道時代の物語を派手派手しくこしらえるだろう。

美波らが訪れたのは、布施が経営する会社の本社オフィスだ。五階から七階までの三つのフロアを借りている。彼らが襲われたのは、同ビルの地下駐車場だ。現在も事件現場一帯は、ブルーシートとバリケードテープで覆われ、複数名の制服警官が立っている。

美波は労《いたわ》るように言った。

「社内も、だいぶ慌ただしそうでした」

布施の表情が曇る。

「事件以来、社の電話回線もファックスもパンク寸前です。参りました。ヤクザのレストランだったなんて騙《だま》された、という苦情から、お前みたいな犯罪者が大きな顔をしているから、治安が悪くなるんだという言いがかりまで、朝から晩までひっきりなしです。ネットにもあることないこと書かれ放題で、店の売上にも影響が出ていまして」

窓辺の日差しが、布施の顔を照らした。

顔色の悪さや目の下の隈が際立《きわだ》って見えた。事件を担当している沢木管理官や捜査官たちも、むごい顔つきをしていたが、それ以上にやつれ、疲労の色が濃く表れていた。美波らと話をしている間に、何度か咳をしている。体調を崩しているのは明らかだ。

もの静かな態度を取ってはいるが、襲撃によるケガや秘書の容体《ようだい》、会社のイメージダウンなど、突然の災厄に見舞われた苦しみや疲れは隠しきれていない。

布施は忌々《いまいま》しそうに外を見やり、再び応接セットに座った。大きなため息をつく。

「会ったばかりのあなたがたに、こんなことを言うのはなんですが……」

「私たちでよければ」

「ショックだったのは、何名かの若い社員が退職を申し出てきたことでした。社を支えてくれた有能な人間だったのですが、彼らの家族たちが不安がりまして。そんなドンパチに巻きこまれる会社なんてまともじゃない、辞めたほうがいいと、強く説得されたようです。反論したいのは山々ですが、こちらとしてはなにも言えません。こんな恐ろしい事件が起きてしまった以上、無事に働けるという保障は出来ませんから。また、社員のなかには、騙されたという思いもあるようです。とんだブラック企業じゃないかと。私が元暴力団員と知っていたのは、ごく一部の古株社員だけでしたから」

「撃たれた秘書の坂口淳二さんも、その古株社員のひとりだった。正確に言うなら、暴力団員時代からつきあいがあったというべきでしょうか」

「あいつは……弟分です。組から盃を受けてはいません。いわゆる準構成員でしたから。そちらのリストには、名前が載っていなかったかもしれません。私が極道稼業から足を洗ったときから、ずっとついてきてくれた数少ない仲間です。今の会社を起ち上げたときはもちろん、この十年以上の間、右腕として動いてくれていました」

布施はうつむいて答えた。坂口の名が出ると、充血した目が潤《うる》みだす。

美波は聞き役に徹しながら、彼の言動に矛盾《むじゅん》や嘘がないかを慎重に確かめていた。今のところ正直といえた。

彼が所属していたのは、関東系の広域暴力団である巽会の三次団体。僚屋会《りょうや》という組織だった。すでに六年前に解散している。

警視庁組織犯罪対策部は、すでに消滅している僚屋会の名簿リストを洗い直している。坂口の名前はそこになかった。しかし、武蔵野《むさしの》署の少年係に彼の名が記録されていた。十年以上前、吉祥寺《きちじょうじ》を拠点としていた愚連隊のリーダーとして暴れており、傷害や銃刀法違反などの前科があった。

美波は防犯カメラの映像を思い出した。

トカレフを構えた犯人の前で仁王立ちになり、兄貴分である布施を守る姿だ。わき腹と太腿を撃たれながらも、倒れようとはしなかった。むしろ、大きく両腕を広げて立ちはだかり、ＰＯ顔負けの動きを見せた。布施との強い絆《きずな》を感じさせたものだ。

布施は息を吐いた。

「じつは……私に足を洗うよう、説得してくれたのはあいつでしてね。ご存じのように、当時の私は、裏カジノやゲーム賭博の経営に手を染めて、坂口は店員として働いていました。ボロい商売ですから、誰もがやりたがる。昔のように共存共栄で食っていける時代は終わっていましたので、毎日のようによその組と足の引っ張り合いです。警察への密告、嫌がらせ、ハッタリだらけの交渉など、実りのない仕事に神経をすり減らしていました。組全体のシノギも厳しくなるばかりで、求められる上納金も半端な額ではなかった。そんな状況にうんざりしていた私に、坂口はヤキを入れられるのを覚悟で、発破《はっぱ》をかけてくれたんです。このままじゃ、兄貴の才能がダメになると」

「坂口さんのアドバイスは正しかった」

「才能があるかどうかは、今でもわかりません。ただし、あいつのおかげで、もっと大きな海へと船出ができたのは事実です。この十年、決して楽な道ではありませんでしたが、あの発破がなけりゃ、今ごろは刑務所のなかで過ごしているか、トウのたった三下として生きていたでしょう」

美波は静かにうなずいた。

警護対象者の近くにいる限り、なにげない雑談やこうした相談を通じて、取り調べとは異なる形で情報が入ってくるものだ。むろん事実かどうか、裏を取る必要はある。しかし、坂口が拳銃をものともせず、身体を張って布施を守った理由がわかった気がした。

布施は続けた。

「本来なら、ほとぼりが冷めるまで、じっとしているべきかもしれません。せめて犯人が捕まるまでは。ですが、十年走り続けました。ここで立ち止まるわけにもいかないのです。発破をかけてくれた、あいつのためにも」

話の途中で、応接室のドアがノックされた。

「どうぞ」

布施が答えた。ドアが開かれる。部屋の空気が急にぴりっとしたような気がした。

入室してきたのは難波塔子だ。美波らと同じく、新しく捜査本部に加わった捜査一課の女班長だ。若い部下を引き連れ、硬い表情でやって来る。

隣にいた本田が顔をわずかにしかめた——せっかく話が弾んできたってのにといわんばかりに。

塔子が割って入った。美波たちには目もくれず、布施に話しかける。

「今回の事件を担当する捜査一課の難波です。お疲れのことと思いますが、よろしくお願いいたします」

「こちらこそ」

彼女は、美波たちよりも遅れてやって来た。捜査本部で防犯カメラの映像を繰り返し見ては、地下駐車場の事件現場とその周辺を見て回っていた。布施は立ち上がり、美波たちを迎えたのと同様に、深々と頭を下げた。名刺を交換しあう。

「機動捜査隊から質問を受けているかと思いますが、一から話を訊かせていただきます。面倒と思われるかもしれませんが、犯人逮捕のために、ご協力ください」

「なんでも訊いてください」

布施は座席を勧める。広いスペースのある応接室は、十人以上は腰かけられるほどのソファがある。中央には巨大なテーブルが鎮座《ちんざ》してあった。

「感謝します」

塔子は美波の対面《トイメン》に腰かけた。肩から下げていたバッグから、筆記用具やメモ帳を取り出した。

彼女はボールペンを握り、布施に向かって口を開きかけた。しかし、居座っている美波に気づくと、ボールペンを置いて立ち上がる。

「ちょっと、失礼します」

塔子は布施に断りを入れると、ソファから立ち上がった。美波の肩を叩き、外に出ろと合図する。

美波は彼女とともに、応接室の外の廊下に出た。彼女たち以外に人気はない。美波は尋ねた。

「なに?」

「邪魔をするなと、言ったはずよ」

くる。

塔子は睨みつけてきた。

布施の耳に届かないよう、小声で囁《ささや》いてはいるが、声色からは激しい苛立《いらだ》ちが伝わってくる。

今朝の捜査会議でも、久しぶりに会ったというのに、彼女はとげとげしい警告を放ってきた。美波は慣れてはいるが、部下の本田らは目を白黒させたものだった。

塔子は目鼻立ちのくっきりとした美人だ。しかし、つねに仏頂面《ぶっちょうづら》か、張りつめた表情をしている。それが迫力や威圧感となり、犯罪者たちを怯《ひる》ませている。

警察社会においては、女性警官の立場はもろい。とくに男性が圧倒的に数を占める刑事という職についている場合、つねに人並み以上の結果が求められる。ミスは許されない。男たちはここぞとばかりに常とう句を持ち出す——しょせん、女ごときが。

刑事のなかのエリート集団である捜査一課で働くのは、塔子の入庁以来の悲願ではあった。しかし、そこに到るまでの道のりは、とてつもなく厳しかったはずだ。

塔子の姿勢は一貫している。警察学校のときから肩肘《かたひじ》張って生きてきた。念願の捜査一課《ソウイチ》のメンバーになっても、その姿勢はまるで変わっていない。おまけに彼女は、美波を天敵のように忌《い》み嫌っている。

美波は首をひねった。

「いつ邪魔をしたというの？」

「たった今よ。あなたの任務は、お尻でソファを温めることじゃないでしょう。こちらが事情聴取をするさいは、黙って席を外して、自分の仕事をしなさい」

「断るわ」

　塔子は眉間にしわを寄せた。

「……どういうつもり？」

「捜査一課《ソウイチ》の班長さん。私たちも捜査本部のメンバーよ。どのみち、あなたが集めた情報は、毎日の捜査会議で共有することになる。あなたが、手柄を独占したいというのなら、話は別だけど」

　塔子は頰を歪めた。くだらない挑発には乗らないと言いたげだった。かつての彼女であれば、胸倉のひとつでも摑んできただろう。

「そういうのをゲスの勘繰《かんぐ》りというのよ。私は、それぞれの役割分担について話をしているだけ。あなたはＰＯ。警護対象者《マルタイ》と、その家族の身を守るのが任務でしょう。黙って警備につきなさい」

　美波は肩をすくめた。

「その任務をまっとうするには、警護対象者《マルタイ》に関する情報が欠かせないの。しかも、つねに新しい情報が。捜査会議で知ってからでは遅い。あなたがた捜査一課《ソウイチ》が特別なネタを仕入れて優越感に浸ってる間、こちらに情報が行き渡っていないおかげで、布施氏とその家族の安全が脅《おびや》かされるかもしれない。あなたの尋問に立ち合わせてもらうのは、そうした警備上の理由からでもあるし、合理的に情報を共有するためでもある。つまらない縄張り争いに精を出す気はないし、あなたの邪魔をする気もないわ」

ふたりは、同時に横を見やった。

廊下では、盆を持った女性社員が立ち尽くしていた。彼女が抱えている盆には、塔子たちの分の茶碗を載せていた。ドアの前で、激しく火花を散らし合う女性警察官のおかげで、応接室に近寄れずにいる。

「ごめんなさい」

美波は、にっこり笑ってドアを開けた。女性社員が手にした盆は震えていた。ドアを静かに閉じてから言った。

「いつまでも、こんなところで立ち話なんかしてられないわね。戻りましょう。納得できないというのなら、管理官にでも訴えることね」

美波のほうが長身であるため、塔子はずっと見上げるようにして睨んでいた。その彼女がふいに目を伏せる。

「嫌がらせじゃないわよね」

「なにを言い出すの」

「あなた自体が目障《めざわ》りなのよ」

「あなたはいつだって正しい。あのときもそう。だけど、私は受け入れられない。あなたのせいで――」

「……」

「塔子」

美波は息を吐いた。かつての親友の顔を見つめた。

美波と塔子は同期だ。卒業時の成績は塔子が上回り、次席で警察学校を卒業した。

塔子は、祖父や父親も警察官という、警察一家に生まれた。父親の難波達樹《たつき》は、平成初期に捜査一課長を務めている。ベテランの間では、未だに語り草になるほどのキレ者で、捜査の鬼として名を轟かせた。

警察学校時代をふいに思い出す。そんな偉大な父親の背中を見て育った彼女と、学生気分が抜けきらない警察志願者とは、初めから志も実力も違っていた。彼女は父親のような刑事になるという使命感を当時から抱いていた。

あのころは、同じ釜のメシを食った仲間として、互いに尊敬しあっていた。親友というよりも、同志と呼び合える仲だったかもしれない。

逮捕術や格闘技といったフィジカルな面に関しては、美波に一日《いちじつ》の長《ちよう》があった。高校時代は剣道部に所属し、帰りにテコンドーの道場に行くようなおてんばだったおかげで、警察学校では男子も含めて、美波と互角に渡り合える者はいなかった。

塔子はそのころからプライドが高かったが、美波から教えを乞《こ》うために、頭を下げて頼みこんできたのを覚えている。テコンドーの足技を手取り足取り、塔子に教えてやった。代わりに美波は、彼女から柔道の技術を学んだ。

こうして専従のＰＯに選ばれたのも、あの若い時代に、お互いにテクニックを磨きあげていったおかげといえる。

警察学校を卒業し、塔子はバイタリティと情熱を買われ、激戦区である新宿《しんじゆく》署の地域課に赴任。美波もまた秋葉原《あきはばら》という繁華街を抱える万世橋《まんせいばし》署に配属された。互いに制服警官として、多忙の日々を送るようになったが、月に一度は居酒屋やレストランで、飲みながら語らう仲にあった。

友情が崩壊したのは六年前だ。所轄署の道場で、特殊警棒で殴りかかった塔子に、美波はテコンドー式の回し蹴りを見舞った。こめかみにキックを入れ、彼女を失神に追いやって以来、今日にいたるまで、会うのはもちろん、言葉さえ一切かわしていなかった。

美波は冷ややかに言った。

「私を憎むのは勝手だけど、私情は持ちこまないで」

塔子は答えなかった。もとの仏頂面へ戻り、応接室のドアを開けた。

4

「事件から二日経ちますが、犯人の容姿や声など、思い出したことはありませんか」

塔子は布施に訊いた。

坂口の容体や、左腕に負った傷について語ると、本題である事情聴取を開始した。彼女は筆記用具だけでなく、タブレット型端末をテーブルに置いた。

布施は天井を凝視した。記憶を必死に探っているのか、何度も瞬きをする。

彼は、現場に駆けつけた機動捜査隊に対して、具体性にとぼしい証言しかしていなかった。とにかく殺されまいと必死に抵抗し、逃げ回った末に通報した——防犯カメラの映像以上に、実のありそうな言葉は出てこない。

もっとも、あのような凶悪犯に前触れもなく襲撃され、ナイフと拳銃で危うく殺害されかかった人間が、ディテール豊かに事件を把握できるとも思ってはいない。

「あれから二日間、何度も思い出そうと試みました。ただの思いこみかもしれませんが……まず、私に襲いかかってきた最初の男は、おそらく二十代から三十代の間くらいの若い男ではないかと。はっきりとした自信はないのですが」

塔子の部下の水戸が、彼の言葉をメモ帳に記す。

「なぜ、そう思われたのですか？」

布施は右手を掲《かか》げた。

「突然、ナイフで襲われましたから、こうして手を闇雲に振り回しました。それがたまたま犯人の喉に入った。ナイフの男はうめき声をあげまして、そのときの声は、今思うと青年くらいのような感じがしました」

「闇雲ですか」

「ええ、刺されたくない一心で。とにかく必死でした」

塔子は顔をあげた。

対面に座っている美波と思わず目が合う。彼女は無表情だった。今のところ、約束通りにおとなしくしている。ただし、本田という部下のほうは、ときおり口をもごもごと動かし、なにか言いたげだ。

塔子は顔を曇らせた。

「防犯カメラの映像データを見るかぎり、あなたの動きは闇雲どころか、格闘家や兵隊顔負けでした。正確に手刀を叩きこんで、犯人をひるませると、すぐにスーツを腕に巻いて、刃物を持った相手と対峙《たいじ》している」

布施は困惑した表情を見せた。

「そうだったのですか？」

「ご覧になりますか。愉快な映像とは言いかねますが」

塔子はタブレット型端末を掲げた。布施は一瞬、ひるんだが、表情を引き締めてうなずく。

彼女は画面をタッチし、防犯カメラの映像を再生した。布施に端末を差し出した。彼は、国宝級の茶碗でも手渡されたかのように、おずおずと受け取る。

音声のないモノクロの映像。地下駐車場に停めたアウディから布施らが降りると同時に、目出し帽をかぶった作業服姿の犯人ふたりが、ナイフとトカレフで襲いかかってくる……。

布施は、ためらいがちに画面に目をやっていたが、徐々に前のめりになり、食い入るように見つめた。やがて顔を紅潮させ、額から汗を噴きだした。布施が携帯電話で通報し、犯人が逃走するところで映像が終わる。

「失礼」

彼は、スーツのポケットからハンカチを取り出し、額から伝う汗を拭《ぬぐ》った。今にも画面に滴《したた》り落ちそうだ。塔子は、映像を見る彼の表情をずっと注視していた。

「こういうことでしたか……初めてなにが起きたのかが理解できました」

「捜査員たちの間では、かなり話題になりました。襲撃犯に立ち向かう坂口さんの勇気と、それにあなたの機敏な動きに。襲撃犯たちは武器の扱いに慣れていました。並みの人間であれば、おそらく殺害されていたでしょう。我々、警察官でもあれほど見事に対処できるかは疑問です」

布施はうなずいた。

「つまり、私がとぼけているのではないか。そう言いたいわけですね」

「率直に言えば」

布施は寂しげな笑みを浮かべた。

「たしかに……どうしてこれほど動けたのか不思議です。日々のトレーニングの成果でもありますが、身体に染みついていたというべきでしょうか」

「極道時代の経験ということですね」

「すでにご存じでしょうが、若いころ、私は僚屋会が運営する政治団体に在籍し、北海道で軍事訓練をみっちり受けさせられました。そのおかげでしょう。傍《はた》から見れば、冷静のように映るかもしれませんが、頭のなかはまっ白でした」

「その軍事訓練のときに、格闘術はもちろん、拳銃やライフルの扱い方も習ったのね。銃弾を避ける方法も」

「それは……」

「もう大昔のことでしょう。とっくに時効よ」

「仰《おっしゃ》るとおり実銃も扱っていました。コルトやベレッタ、それにウージーなどのサブマシンガンも。アサルトライフルのM－16も撃ち方を教わりました」

「トカレフは？」

布施は首を振った。

「ありません。当時の会長は熱烈な反共主義者でしたから。トカレフやマカロフ、カラシニコフといった共産圏の銃をひどく嫌っていました」

彼は過去について語った。

軍事訓練を受けたのは、裏カジノなどの賭博場を経営するためだった。スジの悪い客や賭場《とば》荒らしを撃退するためには腕力がいる。関西系暴力団との抗争に備えるためでもあったと告白した。

「私があの業界で働きだしたころといえば、ルールを知らない中国人マフィアやイラン人が徒党を組むようになり、関西の華岡組にしても東京に食い込もうと必死でした。青竜《せいりゅう》刀《とう》を持って襲いかかるやつらもいれば、今回のように拳銃を振り回すやつもいました。さきほどお話ししたように、賭博場の経営は儲《もう》かりましたが、昔のように、代紋《だいもん》を掲げていれば、黙って食っていけるような時代は終わっていましたから」

塔子は眉をひそめた。

「『さきほどお話しした』とは？」

美波が口を挟んだ。

「あなたがここに来る前、少し過去のお話をうかがわせてもらっただけ」

塔子の喉元まで文句がこみ上げてくる。勝手な真似を。それを無理やり飲み下した。相手は元少なくとも布施がいる前などでは、美波との対立を見せるわけにはいかない。相手は元暴力団幹部だ。見た目こそ品のいい紳士を装っているが、それが却《かえ》って塔子の目には、暴力性や後ろ暗さを隠すための擬態に見えた。リッチな一般市民になりすましても、叩けばいくらでも埃《ほこり》が出そうな輩《やから》だ。

塔子は微笑みを浮かべた。さりげなく美波に尋ねる。

「どんな話?」

美波よりも先に布施が答えた。

ヤクザとして賭博場の経営をしていたこと。商売敵が増えたうえに、上納金の額も大きくなるばかりで、行き詰まりを感じていたことなど。

布施をかばって撃たれた秘書の坂口が、いっそ極道から足を洗うように勧めてくれたというエピソード。カタギになってからもしんどい日々が続いたが、坂口の励ましのおかげで今日の自分がある……いかにもヤクザが好みそうな浪花節《なにわぶし》みたいな話だ。たいした内容ではなかったが、すべてが嘘っぱちというわけでもなさそうだった。

彼の言葉に耳を傾けながら、塔子は防犯カメラの映像を思い出していた。

坂口は、布施の盾となって、トカレフの前に立ちはだかり、わき腹と大腿部に銃弾を喰らった。実銃を前にして、身体を晒けだす——ただの雇い主と従業員の間柄ではこうもいかない。兄弟分としての絆を強く感じさせた。塔子にとってはなかなか衝撃的なシーンではあった。

警官になれば嫌というほど痛感させられるが、ヤクザどもが語る任俠道や仁義なんてものはすべて嘘っぱちだ。少なくとも塔子はそう思っている。己の欲望を満たすことだけしか頭にない獣以下の連中だ。暴力団が冬の時代を迎え、仁義もへったくれもなく、生き残るために身内や親分を食い物にする事例を山ほど見てきている。

それゆえ、銃弾を自ら身体で受け止めた坂口を目撃したときは、珍獣を見たような気がしたものだった。また、防犯カメラを見たかぎりでは、布施らの動きは、暴力の世界と決別した人間のものとも思えない。

襲撃者に手刀を叩きこんだだけではない。布施は戦場の兵士のごとく、床を匍匐前進し、相手が弾切れを起こすまで逃げきっている。危機がギリギリにまで迫った人間の行動というより、塔子の目には想定内のスマートな動きに映った。

過去に政治団体に属し、軍事訓練を受けていたとしても、それは何十年も前の話だ。襲撃者への対応といい、すばやい匍匐前進といい、現在までトレーニングを継続的に行っていなければ、あれほどすみやかに行動に移せない。

塔子が属する捜査一課には大学柔道部出身の猛者《もさ》が何人もいるが、不摂生と不規則な生活で、今ではとてもアスリートだったとは思えないメタボな男たちが、ごろごろしている。

塔子自身も定期的にジョギングし、暇を見ては柔道場やボクシングジムに顔を出しているが、それでも長丁場の事件を扱ったときなどは睡眠時間が短くなり、食事もファストフードやコンビニ弁当で済ませる日々が続く。さらにストレス解消のため、焼肉や酒をたらふく胃袋に収め、腹回りに余計な肉がつくようになった。なにを食べても、肉体が勝手に脂肪を燃やしてくれたときのような年齢でもない。

美波を盗み見た。彼女はといえば、専任のPOだけあって、日々のトレーニングで肉体を厳しく鍛え上げている。服のうえからでも、鋼鉄のような筋肉をつけ、余計な脂肪などつけていないのがわかる。ふだんから節制もきちんと行っているのだろう。モデルのような長い脚は入庁して以来、まったく形は変わっていない。

布施と対面しながら思う。この四十七歳にもなる男と、もし闘うことになった場合、果たして自分は勝てるだろうかと。ハーフマラソンやフィットネスクラブで鍛えているというが、防犯カメラに映った彼の動きを見るかぎり、現在でも軍事訓練をひそかに続けていたのではないかと思う。

塔子は咳払いをした。

「そろそろ、本題に入らせていただきます」

「はい」

布施は、撃たれた坂口のことを話したとき、目に涙を溜めていた。一転して表情を引き締める。

「我々は今回の事件を、今月発生した過去二件の連続強盗殺人と、関連性があるものと考えています。被害者はいずれも元暴力団員ですが、二件の事件についてはご存じですか？」

「はい、ある程度は」

布施はわずかに顔をしかめた。

答えるまでもないと言いたげだった。たしかにそうだろう。関連性が高いと睨んでいるのは、なにも捜査本部だけではない。もはや日本中の誰もがそう考えている。

塔子は、部下の水戸にタブレット型コンピューターを手渡した。布施との会話を記録するように指示をし、改めて布施と向き合う。

「どこまで」

「マスコミが報じているのを見聞きしている程度です……殺害された方も私と同じく、ヤクザから足を洗って、カタギとしてまっとうな生活を送っていた。だが、いきなり賊に襲われ、トカレフで射殺されたうえ、金品まで奪い取られたとか」

「約三週間前に殺害されたのは、水上政男氏とその妻の奈美恵さん。水上氏はかつて関西系の華岡組系列で、八王子に本部がある首藤組の幹部でした。ヒットマンとして過去に対立組織の幹部を刺殺した経歴を持っていました。その十日後、今度はナイトクラブなどを経営していた塚元輝氏が殺されました。ナイフでめった刺しにされたのち、顔面に三発の銃弾を浴びて絶命しています。彼は関東系の広域暴力団の印旛会に籍を置いていました」

「そうらしいですね」

「被害者とは、面識はありましたか?」

「ありません」

布施は即答した。

塔子は顎を引き、上目遣《うわめづか》いになって訊いた。

「おわかりでしょうが、これはとても重要な質問です。被害者のふたりとは、一度も会ったことがありませんか?」

布施は眉間にシワを寄せた。

「ありません。名前や経歴も今回の事件で初めて知りました。極道社会は狭いようで、あんがい広いものです。私がいた巽会にしても、末端組織の準構成員まで入れれば一万人近い人間がいた。系列の幹部たちの顔を覚えるだけでも大変でした。ましてや違う代紋の人たちともなれば……刑務所やビジネスで知り合うことはあるかもしれませんが、このふたりとは」

「そうですか」

塔子はうなずいた。部屋にいる全員が黙りこんだ。

予想された答えではあった。布施は、現場に駆けつけた警官や機動捜査隊から、犯人の人相や容疑者の心当たりについて、すでに多くの質問を受けている。そのとき、過去二件の被害者である水上と塚元のふたりを知らないと答えていた。

布施が沈黙を破った。

「……事件の被害に遭ってから、ろくに眠らずに考え続けました。どうして私たちなのか。もう十年も経つというのに。もしかしたら、亡くなられた被害者の方々とも、極道時代にどこかで出会っていたのかもしれないのかと……しかし、今にいたるまで思い出せずにいます」

彼は左手の包帯に目を落とした。悔いるように苦々しい表情になった。

「二件の事件についても、あれほどたくさん報道されていたにもかかわらず、ろくに関心を持たずに過ごしていました。属していた組織は違っていても、被害者は私と似たような経歴の持ち主だったのに。自分がヤクザだったのを忘れ、すっかりカタギになった気で商売のことばかり考えていました。少しでも事件に関心を持っていれば、自分が犯罪をメシの種として生きてきた人間だったことを思い出し、しっかりとした対策が取れていたかもしれない。坂口だって撃たれずに済んだでしょう」

塔子は静かに耳を傾けつつ、彼の言葉に反発を覚えずにはいられなかった。

まったく無警戒だったわりには、あざやかに反撃し、犯人らの攻撃をかわしたではないか。坂口にしても、それこそＰＯのお株を奪うような、見事な護衛ぶりだった。

彼女は角度を変えて質問した。

「過去の事件はひとまず置いておくとして、実業家としてご活躍されている現在も含めて、あなたに恨みを抱いている人物に心当たりはありませんか」

布施は力なく首を横に振った。

「恨みを抱く人物……そうですね。果たしてどこから語ったらいいのか」

「大勢いらっしゃる」

「今度の事件は、自分がヤクザだったことを、まざまざと思い出させてくれました。改めて振り返ってみると、いろんな人物と関わってきたものだと」

「いろんな人物とは？」

「いわば博徒として過ごしてきたわけです。足を洗って十年が経った。私はといえば、十年も月日が経ったものと考えて、のうのうと生きてきましたが、ある一部の連中にとっては、十年しか経っていないということです。加害者はすぐに事件を忘れてしまうが、被害者は恨みを一生忘れずにいるものでしょう。博打なんて因果なシノギで食べていたわけですから、恨みを持つものは腐るほどいるはずです。何千万と大負けした客もいれば、持っていた会社を手放さざるを得なくなった客もいる。客だけじゃありません。近隣に商売敵が店を開けば、手下をよこして賭場荒らしをさせたこともあります」

「今の飲食業は考えられませんか」

　布施は中空を睨んだ。

「ありえません。断言こそできませんが。かりにそれが原因だとしたら、日本中の経営者が襲われるはずです。トラブルがないとは言いません。流通業者やテナントのオーナー、社員たちの不満……揉め事はキリがありませんが、だからといって拳銃なんかで襲ってくるような人間はいないでしょう」

「会話をされてましたよね」

　塔子は変化球を投げた。布施は困惑の表情を浮かべた。

「誰とですか」

「あの現場で。背の高いほうの犯人にトカレフを突きつけられながら、なにを話していたのですか？」

「私が犯人とですか？」

　塔子は水戸を見やった。

　彼はうなずくと、すぐにタブレット型端末の液晶画面を、再び防犯カメラの映像に切り替えた。指で画面を操作し、塔子の言うシーンに合わせる。

　長身の男が姿を現し、坂口や布施にトカレフを突きつけるところで映像を再生した。

運転手の坂口が獣のように睨みつける一方で、ナイフで腕を切りつけられた布施は、荒い息をつきながらも、冷静な顔つきで犯人と向き合っていた。

布施のトレードマークだった白い口ヒゲと唇が動いていた。防犯カメラは長身の男を背中側から捉えており、やつの口は見えない。水戸が映像を停止する。

塔子が、映像の布施を指さした。

「ああ……」

布施は深々とため息をついた。「会話と呼べるものでは。一方的な懇願と質問です。正確になんと言ったかは覚えてませんが、とにかく『撃たないでくれ』『金なら車のなかにある』と許しを願ったり、『人殺しはお前らか』と訊いたり……そのようなことは言った記憶があります。持っていたのがトカレフでしたし、問答無用でナイフで襲撃されて……そのときになって、ようやく亡くなられた水上さんや塚元さんを思い出したというわけです。坂口が回復してくれたら、もっと現場のことがはっきりするかもしれませんが」

「犯人はなんと答えましたか」

「なにも。ただこれだけは覚えてます。なにも答えませんでしたが、口元に笑みを浮かべました」

「笑み」

塔子はオウム返しに訊いた。

「その笑みを見て、連中が強盗殺人の犯人だと確信しました。やつらは、金品をかっさらうだけじゃなく、襲った相手の息の根を止める。なんとか逃げ切れたのは、坂口が盾になってくれたのと、あの犯人の笑みを見たからです。ただの強盗じゃない。逃げなければ殺《や》られると」

布施は茶を口にした。襲撃時を思い出したのか、茶碗を持つ手が震えていた。何事も疑ってかかった塔子だったが、さすがに演技には見えない。

「犯人たちは、去り際になにかを言い残していますよね」

布施はうなずいた。

「トカレフの発砲音のおかげで、鼓膜を痛めてしまって。よくは聞き取れませんでした。ただ、『狙う』だの『殺す』だのといった脅し文句だけは耳に届いて」

「声に聞き覚えは？」

布施は苦しげにうなった。

「わかりません……聞き取れたのは、わずかな言葉です。耳鳴りがひどかったものですから。もしかしたら、面識のある人物かもしれません。声からなにか思い出せないかと、何度も犯人の正体について考えてはみましたが、今のところは」

塔子は彼の目を改めて観察した。瞳の奥に苦悩が見て取れた。証言に不審な点があれば、容赦《ようしゃ》なく切りこむ予定ではあったが、今のところ見つからない。

彼女は話を締めくくった。

「あなたの言葉を借りるなら、十年前までは悪党として過ごしてきたからには、恨みを持つ人間は大勢いらっしゃるとのこと。お手数ですが、片っ端から教えていただく必要があります、大変な作業かもしれませんが、あの犯人は非常に危険です。早急に身柄を押さえなければなりません」

布施は怯んだような顔を覗かせたが、改めて表情を引き締めて答えた。

「私の身代わりになってくれた坂口のためにも。でき得る限り協力いたします」

5

「なんか、嫌《や》なやつですね」

本田がハンドルを握りながら言った。車に乗りこむ前から、彼は顔を赤くして、憮然《ぶぜん》とした表情をしていた。

助手席の美波が訊き返す。

「布施《マルタイ》のこと?」

「そうじゃなくて……捜査一課《ソウイチ》の女班長ですよ。捜査会議のときだって、美波さんに赤バッジをチラつかして、開口一番『邪魔するな』ですもん。何様かと思いましたよ」

「鼻息が荒いのは確かね」

「それに、さっきだってそうですよ。先に来た美波さんを廊下に呼び出したりなんかして。いちゃもんつけられたんじゃないですか？」

「邪魔をするなと、念を押されたわ。先に布施氏と口を利いたのが癇《かん》に障ったみたい」

「なんすか、そりゃ」

　ハンドルを叩いた。

「おれらをゴキブリみたいな目で見やがって。うちら組対《ソタイ》が嫌いだからって、あんな敵意むきだしな態度がありますかってんだ。あれじゃ布施《マルタイ》だって不安がるでしょう。こいつら大丈夫かって」

「そうね。布施氏は勘が鋭そうだから、おそらく私と塔子の仲が険悪なのも、すぐに見抜いたことでしょう」

「参るなあ」

　本田は後頭部をガリガリ掻いた。口を尖らせて、なおも塔子への批判を続けた。

「だいたい、布施《マルタイ》への事情聴取も感じ悪すぎっすよ。必死に襲撃から身をかわした人間に、後ろ暗いところがあるから機敏に動けたんだろうとか、犯人となんか喋《しゃべ》ってただろうとか。なんか完全に暴力団員《マルB》扱いして。あれじゃ、おれたちまで布施《マルタイ》から疎《うと》まれちまう。こっちは心を摑まなきゃならないのに」

美波が前方を指さした。

「距離が開いてる」

「あっと、すんません」

本田は慌ててアクセルを踏み、前方を走る業務用ワゴンとの距離をつめた。

前を走るのは布施の会社である〝パシオン・フードカンパニー〟の社用車だ。パシオンは情熱を意味するスペイン語だ。布施専用の社用車であるアウディのセダンは、トカレフの銃弾がボディに当たり、鑑識による調べを経て、現在は修理工場に持ち込まれている。

ワゴンのボディには社名が記されてあったが、マグネットプレートで社名を隠していた。襲撃者の格好の的となってしまう。被害者であるにもかかわらず、会社の名前を隠さなければならない。経営者の布施にとっては屈辱ですらあるだろうが、彼は美波のそうしたアドバイスに素直に従った。

また、社用車には布施が乗っているが、運転しているのは、同じＰＯの友成だ。

彼は警視庁地域部の第一自動車警ら隊と、交通部の第六方面交通機動隊に属していた。ベテランのタクシードライバー並みに、東京都内の地理や道路事情を知り尽くしている。

そのうえレーサー顔負けのドライビングテクニックを持っていた。助手席には学生相撲の猛者だった今井《いまい》衛《まもる》。警棒や警杖《けいじょう》を使った逮捕術の名人でもある。

布施らが乗るワゴンと、美波らが乗るミニバンは、新宿方面の一般道を走っていた。

かりに襲撃者が車で襲ってきた場合、友成が全速力で逃走し、警護対象者である布施の安全を確保。美波たちが通信指令本部を通じて周辺の各警察署に緊急手配を要請。襲撃者の進行を妨害し、足止めさせたうえで応援を待つ計画を立てていた。

もっとも、そう都合よく襲いかかってくるとは言えない。本田はチラチラとバックミラーを気にしていた。背後には、メディア関係者らしき車やバイクがついてきている。布施が、取引先に向かうたびに、コメントを得ようと必死に近づいてくる。記者やテレビクルーに化けて襲撃してくるケースも考えられるため、目的地に着くたびに美波たちは壁となって、取材陣と布施の間に立ちふさがらなければならなかった。

美波はミントタブレットを噛んだ。

「あなたはそう言うけれど、塔子が私を嫌うのは仕方ないことなの」

本田は頬を膨らませた。

「なんでですか」

「昔のことだけど、彼女のオツムを、私が思いっきり蹴っ飛ばしたから。塔子とはいろいろ揉めて、派手なケンカをやらかしたから」

本田は大笑いした。運転中でなければ、身をよじらせて笑い転げていただろう。

「そりゃひどい。嫌われるわけだ。テコンドーですか」

「後ろ回し蹴り《ティットラチャギ》。踵《かかと》がまともにコメカミに入ってね、失神させちゃった」

本田は再び爆笑した。笑い声をあげつつも、布施たちが乗る車にしっかりついていく。十字路を右折する。

のんきに笑っていた本田だったが、徐々に真顔へと戻っていった。

「超ウケましたよ。でも……冗談ですよね」

「本当よ。だからあんなに、敵意むき出しなんじゃない」

「マジっすか……なんだって、そんなことに」

美波は肩をすくめてみせた。

ちょうど前のワゴンが、西新宿の高層ビルの前でスピードを緩《ゆる》めた。高層ビルの地下駐車場へと入る。

高層ビルのなかには、布施と懇意にしている輸入食材業者のオフィスが入っている。布施の自宅や会社には、彼への見舞い品が取引先から山のように届いている。そのお礼や心配をかけたお詫《わ》びのため、この日は商談をかねていくつもの取引先を回っていた。

ワゴンは、エレベーターホールへと通じる自動ドアの前で停まった。美波たちのミニバンも、ワゴンの真後ろにつける。

先にミニバンの美波と本田が、それにワゴンの助手席に乗っていた今井が降りた。それぞれの手には、ビジネスバッグがある。なかには防弾プレートが入っている。高密度のポリエチレン製で、トカレフの銃弾にも耐えられる仕組みとなっている。

布施らが襲われたのが、打ちっぱなしのコンクリートの地下駐車場だったこともあり、心臓の鼓動がわずかに速まった。淀んだ排ガスの臭いのせいで息苦しく感じる。

車の乗降時は、もっとも狙われやすいポイントのひとつだ。美波ら三人が周囲を確認した。ブラックの大型バンが、タイヤのスキッド音を立てて近づいてくる。

助手席はヒゲを生やした中年男性だ。手にシルバーのハンディカムを手にしている。メディア関係者の車両だとわかっていても、ぶしつけにレンズを向けられると、拳銃の銃口に見えてヒヤリとさせられる。犯人たちが持っているのは銀メッキでコーティングされたトカレフだ。

ブラックの大型バンに続いて、バイクや別のマスコミの車両が押し寄せてくる。地下駐車場にはぎっしりと車が停まっている。取引先の会社の要請で、ビルの警備員が地下駐車場を何度もパトロールしているとはいえ、身を隠す場所はいくらでもある。美波は駐車スペースに停められた車を注視した。

彼女は手を上げた。それを合図に布施と彼の部下が降りる。注意深く動きたいところだが、もたもたしてもいられない。メディア関係者が殺到する前に、美波らは布施を囲むようにして、ビルのエレベーターホールへと移動した。カメラ機材やＩＣレコーダーを持った記者たちは、自動ドアの出入口に立っていた警備員たちに堰《せ》き止められていた。

エレベーターのボタンを押すと、扉がすぐに開いた。美波と今井が、布施の前に立ちはだかる。

エレベーターのカゴ箱には誰も乗っていない。警護対象者が移動するとなれば、危険な襲撃ポイントに出くわすことになる。ただし、美波は外出をむやみに控えたりはせず、布施には自由に動くよう勧めている。さすがに海外渡航までは認められないが。

ただ警備をするだけならば、警護対象者を自宅にでも閉じ込めておくのが、もっとも手間がはぶける。襲撃に遭遇する可能性もぐっと減るだろう。

しかし、もともとPOは、警護対象者の身の安全を確保するだけでなく、暴力団や犯罪者グループの脅しや暴力に屈しないようサポートするのが役目だ。ここで警護対象者を、籠《かご》の鳥みたいに監禁してしまえば、反社会的勢力の意に沿うことになってしまう。本末転倒もいいところだ。その点でも、捜査一課と組対三課は意見が対立している。

襲撃者の銃撃から逃れた唯一の被害者を、好き勝手に行動させ、再び襲撃されたらどうするつもりだ。布施の身になにかが起きたら責任が取れるのか。捜査一課はそう主張してきている。美波の上司の新谷管理官は、合同捜査本部で批判の的にされているという。

責任など取れやしない。たとえ、美波たちが全員クビになったとしても。だからこそ、布施が再び傷を負うような事態は、絶対に起こしてはならないのだ。そのため美波たちと同じく、布施にも防弾防刃ベストを着用させている。

警護対象者にはできるだけ自由に動いてもらうが、POの指示に従ってもらい、外出するたびに重たい防弾防刃ベストをつけさせるなど、決して好き勝手に行動させているわけではない。いくつもの条件がついてまわる。プライバシーはないに等しい。ＰＯに黙って外をうろつくことも許されないからだ。今まで警護した警護対象者のなかには、ＰＯの目をごまかし、愛人の家へとこっそり出かけようとした者もいた。

警護対象者と対立することなく、巧みにコントロールするため、強固な信頼関係を構築する必要があった。本田が文句を言うのも理解できる。

とはいえ、捜査一課は何事も疑ってかかるのが仕事だ。お互いに邪魔だと感じているのは今に始まったことではない。

とりわけ、塔子は暴力団を憎んでいる。暴力団幹部だった布施にきつく問いつめるのは、予想済みではあった。美波に敵意むき出しで接してくるのも。

塔子と美波は、ほぼ同時期に刑事となった。三十代前半のころだ。女性警察官が、その年齢で資格を得るのは奇跡のようなものだった。

刑事への道はおそろしく狭い。日ごろの実績や勤務態度はもちろんだが、刑事となるためには、捜査専科講習を受けなければならない。その講習を受講する資格を得るのがきわめて難しいのだ。所属長である署長の推薦が必要であり、おまけに講習が開かれるのは年に一度だけだ。

署長推薦を受けられるのは、ひとつの署からひとりかふたりだけだ。推薦を逃してしまえば、翌年まで待たなければならなくなる。

そのため、どこの署でも推薦を欲しがる署員で、長い行列ができている。いくら熱意にあふれ、優秀な成績を誇っていても、刑事の椅子自体が少ない。ふたりは突出した成績をあげ、署長推薦をもぎ取っていた。

6

美波と布施は、エレベーターホールの前で立ち止まった。

本田ら部下たちを先にカゴ箱へと乗せ、ビルの一階へと向かわせた。先遣隊を送り、安全を確認させる。一階からは、別の高速エレベーターで、二十五階にある輸入食材業者のオフィスへと向かう予定だ。

今日からしばらく、布施の業務は、取引先への挨拶回りが中心となりそうだった。美波たちも、それにつき合う必要がある。訪問するのは取引先だけではない。業界団体や商工会議所、区議会議員の事務所と多岐にわたる。

布施には慈善家としての面もあった。障がい者施設や児童養護施設に多額の寄付を行っている。すでに施設の子供たちが折った千羽鶴や、布施の似顔絵が大量に送られている。挨拶回りの移動中にも、彼を気遣う電話が方々からひっきりなしにかかってきている。

布施は、エレベーターホールで足止めされ、腕時計にさりげなく目を走らせた。

美波は尋ねた。

「お急ぎでしたか」

「問題ありません。移動に時間を要することは、すでに先方も知っていますから」

彼は静かに答えた。美波らＰＯたちよりも、落ち着いているともいえた。

今日の彼はひとりだった。部下を連れていない。アタッシェケースを右手で抱え持っている。

随行《ずいこう》を志願する部下たちは多かった。布施の盾となった秘書の坂口に負けない愛社精神を持った社員たちだ。男女問わずに彼の随行員を務めようと手を挙げた。

それは、布施という男のカリスマ性や魅力を垣間《かいま》見た瞬間でもあった。任侠道を重んじる暴力団社会でも、なかなかお目にはかかれない風景ではある。

いわば、いつマトにかけられるかわからないトップのために、盾になることをいとわないという意味だ。意地悪く考えれば、社長に取り入るチャンスと考え、ここぞとばかりにゴマをすっている者もいるのかもしれない。

しかし、いくら社長のお気に入りとなって、出世がかなったとしても、身体を銃弾で穴だらけにされては意味がない。リスクを考えれば、とても割に合わないと判断するはずだ。同一犯と思われる犯人たちは、きわめて残忍な人間たちだ。ボディガードの専門家である美波らさえ、普段とは異なる緊張を強いられているというのに、幾人もの社員が随行を希望したのだ。

事態の深刻さを理解していないだけかもしれない。とはいえ、布施の器の大きさを見ることができた気がした。布施が元極道と知って、少なからず動揺する社員もいる。家族から促され、退職した者もいるという。社内が大きく揺れているのは確かだが、結束力の強さも見せつけられていた。

もっとも、布施は社員の随行を許さなかった。再び襲撃を受けたさい、社員に危険が及ぶかもしれない。そんな事態は避けなければならないというのが、彼の考えだった。自分よりも社員の身の安全を考慮する。そんな人柄だからこそ、社員たちから慕われているのだろう。

美波のイヤホンを通じて、一階の本田から声が聞こえた。

〈チェック完了。問題ありません〉

「了解」

美波はエレベーターのボタンを押した。布施に尋ねる。

「たったひとりで、不安はありませんか」

彼は不思議そうに首をひねった。

「ひとりどころか……あなたたちがいてくださる」

「社員をひとりも随行させていないことです」

「ああ」

エレベーターのドアが開いた。カゴ箱には誰も乗っていない。布施をなかに促したのちに、美波も乗りこんだ。布施が答える。

「今日に限っていえば、とくに問題はありません。細かな打ち合わせや数字の交渉となれば、それぞれ担当者を連れてくる必要がありますが、今日は心配をかけたことに対するお詫びと、このとおりピンピンしているのを披露しに行くだけですから」

「そうではなく――」

「もちろん、わかっています。社員たちの気持ちはじつにありがたかった。あれほど凶悪な事件が起きて、私の経歴を知ってもなお、ガードしたいと申し出てくれた。こんな危機を迎えるまで、ずっと気づきませんでした。社員や家族、取引先……多くの人から愛されているということに。経営者冥利《みょうり》に尽きるというものです。これほど嬉しいことはありません。ただし――」

高層ビルの一階にたどりついた。

美波の部下らに加えて、ビルの出入口には制服を着た警備員たちが立ちふさがり、メディア関係者と押し問答を繰り広げている。社員証を首からぶら下げたビル内のサラリーマンらが、もの珍しそうに布施を見つめてくる。

吹き抜けのロビーを歩いた。高速エレベーターのドアの前に、本田らが待機している。

布施は静かな口調で続けた。

「ただし、危害を加えられるような事態を二度と起こしたくはない。社員たちは飲食店の経営や、目玉になるメニューの開発、品質のいい原材料を調達するために働いています。私のボディガードをするためではありません」

「つまり、足手まといにもなる……という事情も、あるのではないですか」

布施は苦笑いをした。

「見抜かれましたか。はっきりと言ってしまえば……それもあります。社員たちの大半はなにも知らない一般人です。彼らの気持ちはひじょうにありがたいのですが」

美波はうなずいた。

彼女らPOにとっても、社員の随行は少なければ少ないほどありがたかった。秘書の坂口のように、訓練を積んだ人間であれば話は違ってくるが、ズブの素人《しろうと》である社員が護衛役を願い出たところで邪魔になるだけだ。かえって布施の護衛に支障をきたす恐れがある。

また襲撃となったさい、社員にケガでもされてしまえば、結成して間もないPOの評判は地に落ちる。今回の事案は世間の注目度も高い。POの未来を左右しかねないほどの重大性を秘めている。そう言っても過言ではなかった。

美波たちはエレベーターホールで足を止めた。やはり先に二十五階に着いた本田が、無線機を通じて報告してくる――チェック完了です。

エレベーターホールでは、サラリーマンやビルの関係者の何人かが待っていたが、美波たちのただならぬ気配を察したのか、彼らは一緒に乗りこもうとはしなかった。四基ある高速エレベーターの別のカゴ箱へと消えていく。

同じく一階に着いた高速エレベーターに乗りこんだ。布施とＰＯの面々だけだ。表示板を見上げていた布施に語りかける。

「邪魔と感じているのは社員だけでなく……私たちもではありませんか」

彼は目を丸くした。

「あなたの眼力はすさまじい。私ひとりでは犯人に太刀《たち》打ちできませんが……なんというべきか。あなたがたに護《まも》られて、居心地の悪さを感じているのは確かです。十年前まで、そちらの手を焼かせる側の人間だったというのに、これほど手厚く護衛をしてもらっていると思うと」

「どうか胸を張ってください。今は多くの社員に慕われているれっきとした企業経営者であり、立派な一般市民です。かりにあなたが現役のヤクザだとしても、答えは変わりません。生命が脅かされている者がいるのなら、我々は黙っているわけにはいきません。むしろその分、協力していただくこともあるわけですが」

「協力……そうですね」

布施は口元をほころばせた。おかしそうに笑い声を漏らした。美波は尋ねる。

「どうしましたか」

「今朝のことを、つい思い出しましてね。経験上、多くの刑事さんと向き合ってきました。しかし、久しぶりです。あれほどの威圧感を持った刑事さんに会ったのは」

「難波警部補のことですか」

「やましいことはしていないつもりですが、あの鋭い目つきで見つめられながら質問されると、心の奥底まで見透《みす》かされているようで、どうも……」

彼は照れたように頭を掻いた。

出会ったときから顔色が悪く、顔はやつれていたが、捜査一課の塔子の尋問によって、さらにくたびれたようにも見える。美波は微笑んでみせる。

「彼女は、とりわけ正義感が強いですから。凶悪犯の確保に必死になっています。敵に回せばたしかに恐いかもしれませんが、味方と思えば、あれほど頼もしい者もいないでしょう。なにか事件について……いや、かりに事件に関係ないことでもかまいません。気軽に話しかけてみてください。よき相談相手になってくれるはずです。情に厚い人ですから」

当の美波自身は、彼女との交流を断っている。しかし、嘘はついていない。顔を合わせていない六年もの間、性格が変わっていなければの話だが。

布施は中空を睨んだ。

「私の記憶違いかもしれませんが……」

「はい」

「難波さんのお父様というのは、やはり警察官だったんじゃありませんか？」

美波は目を見開いた。思わず返答につまる。なにかと個人情報の取り扱いにはうるさい時代だ。ましてや警察官となればなおさらだった。

布施は、彼女の心境を汲《く》み取ったのか、顔色をうかがうように言った。

「難波達樹課長。捜査一課で辣腕《らつわん》を振るった伝説の刑事です。退官間際まで、凶悪事件の捜査に携わっていた」

美波は息を吐いた。そこまで知られているのなら、ダンマリを決めこんでも意味はない。

「よく御存じで」

「というよりも、難波さんが有名だったというべきでしょう。マル暴やら防犯やら、いろんなところで勤務されていた方ですから。もう二十年以上も前になりますか。東京の極道で、その名を知らぬ人間はモグリだとさえ言われたものです」

彼女はうなずいた。

難波達樹は、警視庁の歴史に名を残した名刑事だ。プロ野球に喩《たと》えるなら、背番号が永久欠番にされるほどの選手というべきか。警視庁の刑事畑で活躍したレジェンドだった。

現役時代は、捜査一課長として過ごし、数ある難事件を解決へと導いた。退官後もしばらくは、警察学校で講師をしている。

生活安全部や組織犯罪対策部と呼び名が変わる前――防犯部や刑事部捜査四課に所属。警視庁本部と所轄署を行ったり来たりしていた。

難波の能力は、異動のたびに大きくなる人脈にあった。多くの部署を渡り歩いたことで、多面的な視点で事件を見られる独特の視野の広さにあった。

マル暴や防犯部での勤務で裏社会の事情に精通し、ホステスや風俗嬢、ボーイやクラブ経営者といったナイトビジネスの関係者が殺害されたときなど、あるいは繁華街で武装強盗が発生した場合などは、捜査本部の捜査員に組みこまれ、しょっちゅう捜査一課からアドバイスを求められたという。

やがて、捜査一課の課員に加えられた。手強いヤクザや密売人を相手にしてきただけあり、とくに難波は取り調べで重宝がられたらしい。

落としの名人として名を馳《は》せ、彼からノウハウを学び取った刑事も多く、彼らは〝難波学校〟と呼ばれた。塔子はそんな偉大な父の背中を見て育った。

美波は尋ねた。

「彼に会ったことは？」

彼は懐《なつ》かしむように遠い目をした。

「大昔のことです。私が一介のチンピラで、赤坂の賭場で見張りをしていたときでした。大勢の警官を引き連れた難波さんが、先頭に立って賭場のドアをぶち破ってきました。抵抗する間もなく、一本背負いで投げ飛ばされましてね。とても忘れられません。あの鬼のような形相と迫力は、今でも脳裏《のうり》に焼きついています。ただし、取り調べの段になると、一転してインテリのように、声を荒らげることなく理詰めで問いつめてくる。難波という名前と、くっきりとした目鼻立ち。それに父親と似た迫力。彼女から質問を受けているうちに、なんとはなしに難波さんのことを思い出しましたが……やはり、そうでしたか」

彼の言葉に耳を傾けた。

まさか、この場で難波達樹の名が出てくるとは思っていなかったが、考え直してみると、それほど不自然ではないのかもしれない。裏社会に精通した伝説の刑事と、首都有数の歓楽街で極道をしてきた男。接点があったとしてもおかしくはない。

難波達樹とは何度も会っている。すでに現役を退《しりぞ》いてからだが。塔子とまだ友人関係を保っていたころ。彼女は父のいる実家によく招待してくれたものだった。

顔立ちは塔子によく似ていた。アイラインを引いたような、くっきりとした目と大きな鷲鼻《わしばな》が特徴的な、西洋人風の顔をしていた。なんでも難波達樹の祖母がフランス人だったらしく、肩幅の広いがっちりとした体格と、グローブみたいに大きな手をしていた。前頭部は禿《は》げ上がっていたが、濃い腕毛やすね毛に覆われ、男性的な風格を漂わせていた。フランス人の血が混じったクォーターではあったが、自宅には西洋趣味をうかがわせるものはなく、甚平《じんべい》やドテラを着こんだ姿で出迎えてくれたものだった。

自宅は中央区《ちゅうおうく》の月島《つきしま》にあり、純和風のこぢんまりとした造りだった。床は畳《たたみ》が敷きつめられ、壁には、警察庁長官賞や警視総監賞の賞状がぐるりと飾られてあった。

夏の時期に訪れたときは、塔子の母が茹《ゆ》でてくれた素麺《そうめん》を食べ、夜には縁側に腰をかけながら、塔子一家とスイカを食べたのを覚えている。そのときに耳にした風鈴の音が、昨日のことのように思い出された。

また、自宅が月島とあって、よくもんじゃ焼き店にも連れていってもらった。難波は、慣れた手つきで生地を鉄板に流しこみ、土手を築いてもんじゃを作った。いかにも下町で生きてきた気取りのない江戸っ子で、ラムネ酎《ちゅう》ハイやホッピーをうまそうに飲んでいたものだった。

——美波も刑事を目指してるの。

塔子は、自慢の父親に美波を紹介した。

——そうかい。それなら、なおのこと健康に気をつけなさい。頑健な身体あっての仕事だからね。頑張りなさい。

難波は、これといって説教やアドバイスの類はしなかった。いつも機嫌よさそうにニコニコしながら接してくれたが、刑事志望の若手警察官というより、勝気な娘と仲のいい友人という目で見ていたと思う。

ユーモアもある愉快な人で、彼と過ごすのは楽しい時間ではあった。しかし相手は、警視庁の生ける伝説だ。貴重な体験談や、刑事としての心構え……むしろ美波のほうは説教を期待していた。女ということもあり、ただ小僧っ子扱いされただけのようで、つい食い下がったときもある。

――私は……塔子と同じく本気で目指しているんです。巡査刑事任用科の受講資格にしても、おとなしく順番を待つ気はありません。先輩たちを抜かしてでも、署長推薦を得るつもりです。

ニコニコと上っ面だけの社交辞令ばかり言わないで、もっと厳しい言葉を与えてくれ――〝難波学校〟の一員に加えてくれと懇願した。彼が贔屓《ひいき》にしているもんじゃ焼き店で。彼は機嫌よく酎ハイを飲んでいたが、グラスをテーブルに置いて、美波を大きな目でじっと見つめた。

いつも温和な顔をしていた難波だったが、そのときは一瞬だけ、厳しい表情を見せてくれたのを覚えている。難波は静かに言った。

――刑事ってのは、退いた人間があれこれ言えるような、甘《あめ》え仕事じゃないのさ、お嬢さん。これは刑事だけじゃねえ。どの仕事にも言えることだろうな。たとえば捜査一課《ソウイチ》にしたって、靴底すり減らしてコツコツ歩き回る時代じゃねえ。科学捜査がどんどん幅を利かせている。ケータイの着信履歴や防犯カメラの顔認証、Nシステム、DNA鑑定。捜査方法は日々、飛躍的に進歩している。年寄りはそれについていけねえもんだから、どうしたってひがみっぽいことを言い出す。最後までパソコンのいじり方を理解しねえまま、退官したおれもそのひとりだ。そんな老いぼれから得られるものなんて、たいしてありはしねえ。

——ただ消え去るのみ……ですか?

難波は、酎ハイを口にしながら笑みを浮かべるだけだった。

塔子が口を尖らせた。

——でも、今でもしょっちゅう元部下だった人たちが、お父さんに意見を聞きに足を運んでくるじゃない。この間だって、捜査一課長もこっそりやって来たぐらいだし。

彼女は、父を最高の刑事として尊敬していた。ざっくりと言えば、ファザコンの気《け》が強かった。そのへんをからかうと、顔をまっ赤にして怒るので、かなりクロに近い。

——やっこさんは、ただグチをこぼしに来ただけさ。まさかそこらへんのスナックや小料理屋で、ペラペラ喋るわけにもいかないだろう。

彼は指を鳴らした。

——そういや、これだけは言えるな。刑事ってのは孤独なんだ。しょっちゅう、よその部署とつまらん縄張り争いをやったかと思えば、同じ部署のなかでも、班長同士がいがみ合う。手柄争いや足の引っ張り合いのせいで疑心暗鬼に陥りがちになる。挙句《あげく》の果てに、よそもんを見下すようになり、同じ班の人間にも情報を与えなくなって……犯人《ホシ》をいつまでも野放しのままにしちまう。こうならねえように、いろんな人間と腹割って仲良くやるんだな。これは古今東西変わらねえはずだ。

彼は捜査一課を始めとして、数多くの部署を渡り歩き、それぞれ実績を残してきた男だ。それだけに言葉には妙な重みがあった。彼は膝をポンと叩いた。

——そうだ。お前ら、指切りしろ。

——はあ？

塔子は眉をひそめた。

——指切りと言っても、小指詰《エンコ》めるんじゃねえぞ。ゆーびきーり、げーんまんってよ。ずっと仲良くやっていきますと、おれの前で誓い合え。かりにふたりして、念願の刑事になったとしても、友情は決して変わりませんと。

塔子は口をひん曲げた。

——いやよ、子供じゃあるまいし。それに、そんなことしなくたって、すでに私たちは友人であり同志だもの。

——やりましょ、塔子。

美波が真顔で小指を差し出すと、塔子は身体をのけぞらせて驚いたものだった。

――本気?

――もちろん。

難波が手を叩いてはやし立てた。

――話がわかるな、お嬢さん。難波学校ではそいつが校歌みたいなもんさ。ほれ、ゆーびきーり、げーんまーん、嘘ついたら針千本の〜ますっと。

刑事らしい張りのある声で、難波は手拍子を打ちながら歌い始めた。満席だったもんじゃ焼き店の客たちが、何事かと彼女らを見つめた。

塔子は顔を赤らめた。

――ちょ、ちょっと、お父さん。静かにしてよ。お店に迷惑がかかるでしょう。

――だったら、恥ずかしがってねえでやればいいじゃねえか。減るもんでもねえしよ。

塔子と美波は小指をからめ、歌いながら腕を上下に振った。難波は娘たちの姿を満足そうに見つめていた。

美波らが二十五歳のころだ。警察官としての仕事にも慣れてきたころ。その先の人生になにが待ち受けているかはわからない。刑事になるどころか、警察官を辞めざるを得ないような事態が待ち受けているかもしれない。なにしろ職務中に大ケガをするかもしれない。結婚だって、まったく頭にないわけではない。

しかし、当時はなにがあっても、彼女との友情は変わらない。そう思っていた……。

難波達樹はそれから二年後、肺ガンが発見され、全身にそれが転移しているのが判明。本人が延命治療を拒んだために、ガンが発見された年にこの世を去った。美波たちが刑事になる姿を見ることはなかった。

だが、あの指切りをしてから、彼が亡くなるまでの間、難波は多くの現役刑事たちを紹介してくれたものだった。本庁組対部所属のマル暴、コンピューターに強いサイバー犯罪対策課や鑑識課の技官たち、新宿や渋谷《しぶや》という激戦場で働く人間たちなど。

彼らを、自宅や例のもんじゃ焼き店に連れてきては、美波や塔子たちと引きあわせてくれた。なかには、交通捜査課や鉄道警察隊のメンバーなどもおり、難波学校の幅広い人脈に圧倒されたものだった。

美波たちが、長い行列を作っているのを飛び越して、刑事の登竜門である巡査刑事任用科の署長推薦を得られたのも、難波学校を卒業した多くの警察官に顔を売ったおかげとも言えた。

推薦を受けた者は選抜試験を受け、人数が絞られて、ようやく受講資格を得られる。約三か月にも及ぶ講習を経て、最後にもう一度試験と面接を受ける。それら関門を潜《くぐ》り抜けて、ようやく刑事となる資格を獲得できるのだ。

美波たちはそれらを一度でクリアし、ふたりで難波の墓前に赴いて、資格獲得を報告した。最後の難波学校の卒業生として、より優れた警察官として生きていくと誓った。

あれから、さらに数年が経った。残念ながら、難波との約束を反故《ほご》にしてしまった。恥ずかしさをこらえて、指切りまでしたというのに。

久しぶりに会った塔子とのやり取りを思い出す。先に布施と雑談をしたのに腹を立て、席を外させて文句をつけてきた。

――あなたはPO。警護対象者《マルタイ》と、その家族の身を守るのが任務でしょう。黙って警備につきなさい。

そう言っては睨みつけた。

化粧は昔と変わらず、薄いままだった。六年ぶりに見かけたが、体型こそわずかにふくよかになったものの、筋肉質の引き締まった身体を維持していた。やはり父親の血を受け継いだのか、目鼻立ちのくっきりとした西洋人風の美人だ。

捜査一課という睡眠時間も食生活も不規則になりがちな部署で働きつつ、おそらく彼女はわずかな時間も見逃さず、ジムや道場で身体を鍛え続けたのだろう。勝気な性格も変わっていない。

――あなた自体が目障りなのよ。あなたはいつだって正しい。あのときもそう。だけど、私は受け入れられない。あなたのせいで――。

彼女は唇を嚙んで、悔しさをにじませたものだった。

難波が指切りまでさせたのも、もしかすると、こうした運命になるのを予想していたからかもしれない。今となっては、そう思うときもある。

六年前の記憶がふいに蘇《よみがえ》る。塔子と対峙したときだ。難波達樹の名を耳にした以上、記憶を封印しておくのは難しかった。

7

「どうしてよ、美波」

激怒する塔子と向き合ったのは、麻布《あざぶ》署の最上階にある道場だった。

特殊警棒を正眼に構える塔子と睨みあった。塔子の特殊警棒の先端は震えていた。深夜の時間帯。嵐みたいな日だったように思う。無数の雨粒が窓や屋根を叩いていた。

そのころの美波は、麻布署の組織犯罪対策課に在籍していた。麻布署は、六本木や西麻布といった都内有数の歓楽街を抱える。警官にとっては激戦地のひとつだ。暴力団と距離を置く愚連隊、素性の知れない不良外国人グループ、暴力団の舎弟企業が無数に存在している。いくつもの暗黒が複雑に蠢《うごめ》く厄介《やっかい》な土地だ。

街が抱える悪徳に吸い寄せられるように、新興企業の経営者や芸能人、外国人投資家が集まっては、女やドラッグを買い求める。組対課の銃器薬物対策係として、ドラッグ密売のルート解明と壊滅に追われていた。

美波が在籍したころの六本木や西麻布は、ＭＤＭＡや覚せい剤はもちろん、コカインといった非合法の薬物、加えて得体の知れない成分を含んだ脱法ドラッグ……ありとあらゆるクスリが出回っていた。

販売を仕切っていたのは、アフリカ系やアジア系で構成される不良外国人グループ、のちに芸能人との癒着や派手な暴力沙汰、死傷事件を起こして悪名を轟かせる〝東京同盟〟と呼ばれる元暴走族ＯＢの愚連隊組織、それに暴力団から偽装破門された元ヤクザだ。ルートは多岐にわたるが、最終的に売上の一部は暴力団の金庫に収められる。

連中の顧客は、もっぱら富裕層が中心だ。あぶく銭を手にした企業経営者や芸能人、ミュージシャン、スポーツ選手など。または彼らと行動をともにする愛人たち――高級クラブのホステスやグラビアアイドルたちだ。

美波たち銃器薬物対策係が狙っていたのは、その六本木界隈《かいわい》で幅広い販売網を築いていた〝フジヤマデリバリー〟と呼ばれる巨大密売グループだった。

富士山並みに豊富な量と、多彩な商品を扱うことから、外国人からそう呼ばれ、やがてその名が定着するようになった。〝ゴジラストア〟〝シンカンセン〟などという別名もある。豊富な在庫を持ち、密売人がバイクや自転車ですばやく配達してくれるため、手っ取り早くハイにさせてくれるという意味だ。

フジヤマデリバリーを運営していたのは、広域暴力団の印簾会系組織から破門されたヤクザたちで、不良外国人やチンピラに捌《さば》かせていた。

フジヤマデリバリーの販売網の解明は、麻布署組織犯罪対策課の長年の悲願でもあった。麻布署管内の高級ホテルで、ＭＤＭＡや脱法ドラッグのパーティを行っていた金持ち学生が、急性腎《じん》不全によって死亡している。

また、キャバクラのトイレで男性客が、やはりコカインのオーバードーズによって死亡した。アルコールとの同時服用などでショック症状を起こし、病院の救急病棟に運ばれるケースは数えきれない。それでもフジヤマデリバリーには、砂糖に集まる蟻《あり》のように多くの客が群がった。

六本木や西麻布界隈には、アメリカや中国大使館を始めとして、多くの国の在外公館が集中している。〝二十四時間迅速配達〟を謳《うた》うフジヤマデリバリーの顧客のなかには、大使館員やその家族も含まれていた。政治的な問題が絡んでいたため、組対課の捜査に公安課が横槍《よこやり》を入れるなど、麻布署内でも牽制《けんせい》や妨害が発生し、容易に手が出せない状況にあった。

フジヤマデリバリーの、これ以上の肥大化は深刻なドラッグ禍《か》をもたらし、ますます政治的な配慮によってアンタッチャブルになると判断した麻布署と第一方面本部は、この麻薬シンジケートの本格的な殲滅《せんめつ》を図った。

印旛会の資金源を叩くとともに、顧客名簿を掌握《しょうあく》。顧客となっていた有名タレントやカリスマ経営者を吊《つ》るし上げ、ドラッグの恐ろしさを世に知らしめるのが目的だった。その捜査の最前線で指揮を執っていたひとりが美波だった。

「どうしても、なにも」

美波は肩をすくめたものだった。

目の前には、特殊警棒を向ける塔子がいた。彼女の身体からは殺気が漂っている。脅しではないと悟る。

「あたしは本気よ」

塔子が距離をじりじりとつめてきた。特殊警棒の先端が顎に届きそうになる。

「わかってる」

塔子を冷ややかに見下ろした。「それで私の頭をかち割れば、多少はすっきりするでしょう。だけど、難波学校はもう終わりね。名誉も結束もありはしない」

「美波！」

塔子が特殊警棒を振り上げた。首筋を狙って、打ちすえようとする。

その打撃自体に手加減はなかった。まともに喰らっていれば、仕事に支障をきたすほどの重傷を負っていただろう。鎖骨《さこつ》がぽっきり折れていたかもしれない。塔子の腕力は、柔道で厳しく鍛えていただけあって、屈強な男性警官をも凌駕《りょうが》する。

半身になって彼女の攻撃をかわした。金属製の警棒が、風を巻き起こしながら空を切る。彼女は冷静さを失っていた。

　塔子に尋ねた。

「私からも訊かせて。もし、あなたが私の立場だったら、どうする気だった？」

「うるさい！」

　塔子は、振り向きざまに特殊警棒を横に振った。頬のあたりめがけて。

当たれば頬骨が砕かれ、歯を数本失うだろう。しかし、ボクシングにたとえるなら、脇が開きすぎた大振りの右フックみたいなものだ。膝のバネを使い、屈《かが》んで避《よ》けた。塔子の特殊警棒は頭髪をかすめるだけだった。

　塔子を見上げた。さらに質問を浴びせる。

「身内なのだから、見て見ぬふりをすべきだった。そう言いたいわけ？」

　塔子の顔は紅潮していた。

　だが、一気に血の気が引いていき、顔を青ざめさせた。特殊警棒だけでなく唇を震わせる。とはいえ怒っていたのは、なにも塔子だけではない。美波も同様に冷静を装いながら、目の前が赤くなるほど激怒していた。

　六本木界隈にはびこっていた〝フジヤマデリバリー〟を壊滅させるため、まず上客である薬物中毒者から逮捕した。宮口《みやぐち》淳《じゅん》太郎《たろう》という、六本木の高級マンションで暮らすボンボンだった。

母親の宮口宣子《のぶこ》は、有名な下着ブランドを手がける辣腕経営者で、その息子はといえば、親が稼いだ金を湯水のごとく使うしか能のない三十男だった。金遣いの荒い成金やIT長者、芸能人や詐欺師《さぎし》が集まる街で、ひときわ派手に夜の世界で豪遊する、〝六本木五人衆〟のひとりとして知られていた。芸能人やスポーツ選手、不良グループや暴力団員などともつながりを持つ小悪党だ。

宮口は、薬物の不法所持や使用程度では、まったく懲《こ》りることのない札《ふだ》つきだ。無駄に優秀な弁護士がバックについている。そのため、長期間にわたる監視を行っては、さらなる悪事を見つけ出そうと努めた。

その末に、宮口がカクテルやサワーに薬物やウォッカを混入して女性を泥酔《でいすい》させ、自宅マンションへと連れこんでは性行為に及ぶといった、デートDVを繰り返していたことを掴んだ。被害者のなかには、未成年の少女や高校生も含まれており、被害者たちに、宮口を準強姦《ごうかん》罪で訴えるように説得した。

長期刑を恐れたボンボン息子は、ドラッグ仲間や売人たちの名前をきれいに打ち明けた。

長いこと、六本木の顔として知られていただけあって、裏社会との関係は予想以上に深かった。のみならず宮口は、〝フジヤマデリバリー〟の販路拡大に一役も二役も買っていた。幅広い人脈を通じて、金とコネを持った友人知人にドラッグを勧め、密売組織からキックバッグを得ていた。

その宮口に販路の開拓を勧めていたのは、暴走族ＯＢの愚連隊組織〝東京同盟〟の幹部で、暴力団印旛会系の三次団体の組織から盃を受けていた小早川龍馬《こばやかわりようま》という男。生粋《きつすい》のアウトローだった。

美波ら麻布署組対課は、小早川をさっそく任意で引っ張った。彼には、刑務所を仮出所中という弱点があった。十九歳で結婚し、すでに子供もいる。残りの刑期と合わせて、覚せい剤の密売に手を染めていたとなれば、三十代の人生も棒に振りかねなかった。

そこで、彼に取引を持ちかけた。長期刑を科せられたくなければ、〝フジヤマデリバリー〟の中心人物をすべて告白しろと。一度目の事情聴取では、アウトローの矜持《きようじ》を見せ、取引を拒否した小早川だったが、取り調べでの態度を見るかぎり、応じるのは時間の問題のように思えた。

しかし、その直後に事件が発生した。任意の事情聴取を行った二日後に、小早川が何者かに襲われ、ナイフで背中と腹を数カ所刺されたのだ。西麻布のクラブで酒を飲んだ彼は、目出し帽をかぶった三人の男たちにより、コインパーキングでメッタ刺しにされた。

小早川の動向を、麻布署の刑事ふたりが見張っていた。凶行は彼らの目の前で実行されたものの、刑事らが止めに入る間はなかった。小早川はアスファルトに血の池を作った。

襲撃犯たちは、止めに入る小早川の友人の背中も刺している。刃渡り二十センチにもなるステンレス鋼のナイフで切りつけ、一方的に突きまくると、停車していたミニバンに乗りこんで、現場からすばやく立ち去った。

美波は、その一報を聞いて慄然《りつぜん》とした。だが同時に、あまりのタイミングに疑念を抱いた――組対課の情報が漏れているのかと。

ナイフで武装した襲撃犯は、小早川の口を封じるために、〝フジヤマデリバリー〟が差し向けた刺客だ。

美波たちは即座に動いた。なに食わぬ顔をして六本木をうろつく宮口を捕まえると、警察車両のバンへと引きずりこんで訊き出した。

――えらく舐《な》めた真似をしてくれたものね、未成年へのわいせつ犯は刑務所《ムショ》じゃ、とりわけ囚人の間でも愛されるというのに。ママに泣きついたところで無駄よ。男の尻が好きな雑居房に叩きこんでやる。

拉致《らち》と脅しという、いささか手荒な手段を用いて、小早川の件を誰に漏らしたのかを問いつめた。貴重な証言者を失い、メンツをも潰された組対課のメンバーたちは、みんないきり立っていた。美波もそうだ。

彼は必死に否定した。世間で甘い汁を吸って生きてきた自分が、刑務所なんかに放りこまれれば、一週間と持たずに参ってしまうと。

――あんたら警官以外に話してねえ。本当さ。カマ掘られるなんて耐えられねえよ。

宮口は、最後まで誰にも話してはいないと抗弁し続けた。子供みたいに泣きじゃくりながら。

――私ら以外の警官には話したのね？

宮口はうなずいた。

彼は広い交友関係を有していた。それはなにも六本木の遊び人やアウトローに限った話ではない。六本木や西麻布で派手に遊んでいれば、警官とも顔なじみになる。宮口は自分の身が心配で、昔から知っている刑事に探りを入れていた。本当に刑務所にぶち込まれずに済むかどうかを。

――誰に。

宮口は打ち明けた。だが、その刑事の名を聞いたとき、美波は目まいを覚えたものだ。

宮口が相談した相手は、本庁組織犯罪対策部の組対五課に属する係長だった。

新浦成明《にうらなりあき》警部。かつて捜査一課にも在籍していたベテラン刑事であり、塔子の父親である難波達樹の右腕として活躍していた。

難波の死後は、塔子や美波のよき相談役であり、教育係でもあった。難波が好んでいたもんじゃ焼き店で、ともに生ビールや酎ハイを飲んだ仲でもある。

美波たちが、刑事の登竜門である巡査刑事任用科の署長推薦を若いうちに取得できたのも、新浦のような現役の腕利き刑事たちが、あちこちに口を利いてくれたからでもある。難波の遺伝子を継いだ子たちを刑事にしようと。

それだけ難波学校の結束は強かった。ただ単に身内びいきをしてくれたとは思っていない。日ごろの勤務態度や心構え、観察眼やバイタリティなど、刑事になるのにふさわしいと判断してくれたからだと思っている。

難波がガンで亡くなってからは、彼の生徒たちが、彼の命日に合わせて、もんじゃ焼き店を貸し切りにして一斉に集まり、彼の死を悼《いた》んだものだった。それらの幹事を、進んで引き受けてくれたのも新浦だった。

美波たちにとっては、刑事のいろはを教えてくれた恩人であり、恩師でもある。それゆえに、彼が抱える家庭の事情をよく知っていた。経済状態が思わしくないことも。

新浦の実家は、秩父《ちちぶ》で造り酒屋を営んでいた。小規模ながらも歴史ある蔵元であり、彼の兄が経営者として踏ん張っていたが、赤字経営が続いていた。老朽《ろうきゅう》化していた設備を取りかえるため、地元の銀行や信用金庫からめいっぱいに借りていた。

先代である父親は脳梗塞《のうこうそく》で入院していたが、それらの面倒を見ていたのは新浦であり、造り酒屋の経営維持のために、借金の一部を肩代わりしていた。

経営難が続くために、精神をすり減らした兄夫婦が喧嘩《けんか》沙汰を起こすことも珍しくなく、兄夫婦の子供を東京の官舎にしばらく引き取っていたこともあった。

新浦の勤務態度は真面目で堅実だった。大酒も飲まず、女やギャンブルもやらなかった。やれなかったというのが正しいかもしれない。

新浦は、実家が火の車になってから、その後十数年にわたって質素倹約に励まざるを得なかった。同期の人間たちが共済組合から金を借り、立派なマイホームを郊外に建てたり、都内の高層マンションを購入。または子供を学費のかかる私立の学校に進ませるなか、築数十年も経過した官舎で暮らし、子供たちを公立学校へ通わせた。

官舎で暮らす他の警官一家が、アッパーミドルな暮らしを享受するなか、貧しい生活を送らざるを得ない新浦の妻は、何度かその理不尽に耐えきれなくなり、子供を連れて北海道の実家に帰ってもいる。

上司の難波達樹は、彼の苦境を熟知していた。目を光らせていたともいう。辛抱強く貧困と戦う彼を、何度もなじみの店へと連れていき、息抜きをさせたという。塔子に言わせれば、飲食店のときもあれば、吉原《よしわら》にあるような店に行くこともあったそうだ。難波の部下への面倒見のよさのおかげで、塔子ら難波家までもが、貧乏生活を強いられたと述懐する。

新浦の兄夫婦はギリギリの経営を続けたが、ついに百五十年続いた造り酒屋は廃業に追い込まれ、土地と家、酒蔵すべてを売り払った。だが借金は残った。その一部は新浦が保証人になっていたため、返済に追われていた。難波学校の恩師であるがゆえに、懐《ふところ》事情は詳しく把握していた。

新浦を疑いたくはなかった。難波が第二の父親だとすれば、その部下である新浦らは叔《お》父《じ》のようなものだ。難波という精神的な支柱を失いながらも、新浦のような現役の警官たちがいたからこそ、男性社会の職場でも負けじと生きてこられたのだ。拠《よ》り所であり、希望でもあった。彼らのような警官になるのだと。

その難波学校の重鎮《じゅうちん》が、宮口から得た情報を〝フジヤマデリバリー〟側に漏らしていた。まちがいであってほしい。そう強く願ったのは他でもない。美波自身だった……。

塔子が特殊警棒を振り下ろしてきた。

かわすまでもなかった。威力は相変わらずだったが、涙のおかげで視界がぼやけたせいで、狙いがそれていた。

彼女になおも尋ねた。

「教えてよ、あなたなら」

塔子は闇雲に特殊警棒を振るばかりだった。

「あなたは汚い。卑怯《ひきょう》よ！」

「……いい加減にして」

苦笑いを浮かべた。

塔子が至近距離から特殊警棒を投げつけた。金属の棒が、鼻柱めがけてまっすぐに飛んでくる。首をひねってかわす。ロケットのごとく飛来する特殊警棒は、美波の耳をかすめて、道場の壁に衝突する。窓や屋根を叩く雨音に混じって、重たい金属音が道場内に響きわたった。

「汚い真似を」

特殊警棒を捨てた塔子は、ワイシャツの襟《えり》に摑みかかってきた。生地が引き裂けそうな強い力で引っ張った。第一ボタンが弾け飛んだ。美波は床を転がるボタンを見つめた。

警官になってから、人間というものを多少は理解できたつもりでいた。

心温かな善人が、ほんのわずかなきっかけで悪人へと変わる。規範と倫理を重んじてきた人間が、魔が差して一生を棒に振ってしまう。じつにもろい生物だと知った。新浦の件はそれを痛感させられた。

小早川がコインパーキングで腹をめった刺しにされ、赤坂の病院の救急病棟へと搬送された。宮口を問いつめた美波は一計を案じた。行いたくはなかったが。

小早川は救急車で運ばれた時点で、瀕死の状態にあった。同行していた刑事によれば、小早川は大量に出血、腹や背中に刺傷を負っていた。搬送中に意識も失っていた。

彼を運ぶ救急隊員、それに搬送先の病院関係者の顔が物語っていた。この患者は持たないと。それでも、小早川は緊急手術を施されて、輸血と傷の縫合《ほうごう》が行われた。その夜の彼の心臓は、どうにか動いていた。かろうじて、鼓動し続けていたというべきだろう。

しかし、美波は周囲にこう知らせた。とくに本庁の組対五課に向けて。小早川の傷は命に別状はなく、意識もはっきりしているという。いずれ医者の許可が下り次第、事情聴取を行う予定だと。むろん虚偽の報告であり、無謀な賭けに近かった。

翌朝のうちに動きがあった。小早川がいる集中治療室に、看護服とマスクで病院関係者に扮した男たちが迫ってきた。その数は、コインパーキングで彼を襲ったときと同じく三人。手術用メスまで握りしめて。

病院内部の警備は、見た目は手薄にしていた。制服警官の配備は最少にしていたが、麻布署組対課の私服警官たちが見張っていた。美波もその場にいた。

集中治療室の出入口までやって来た男たちを、美波と組対課の刑事たちが包囲して逮捕した。

捕えたのは東京同盟のメンバーたちだった。同グループにはいくつかの派閥が存在するが、三人は小早川に近しいとされる連中だった。同じ刑務所で過ごしたムショ仲間や、同じ渋谷区の中学を出た幼馴染《おさななじみ》などだ。緊急逮捕となったそのとき、小早川の心臓が動きを止めた。

三人を緊急逮捕して麻布署へと引っ張った。東京同盟の結束は強く、容疑者たちを自供に追いこむのは容易ではないと思われた。しかし、三人は小早川の死を知ると、涙を流して告白し、コインパーキングでの襲撃を認めた。

三人は〝フジヤマデリバリー〟の密売人だった。裏切る可能性が高い小早川を始末するよう、上から指示されたという。

コインパーキングでめった刺しにし、確実に致命傷を与えられたと安堵《あんど》した三人だったが、上の人間からどやしつけられた。小早川はまだピンピンしている。確実に息の根を止めてこいと。

今度こそ仲間の息の根を止めるために、三人は悲壮な思いで小早川が搬送された病院へと向かったという。まんまと美波の作戦に嵌《は》まったのだ。

抹殺《まっさつ》指令を出したのは印旛会系の暴力団組長だった。三人の供述により、組長を署に連行すると同時に、組長の事務所と自宅、三人や小早川の自宅を捜索した。

やがて組長の自宅から押収した携帯端末やノートパソコンの中から、本庁組対部の捜査員と情報を詳しく交換しあう形跡を発見した。組長自身が電話記録やメールを逐一《ちくいち》保存していた。捜査員を飼いならす材料とするために。捜査員の電話番号やメールアドレスはもちろん、会話の音声まで記録していた。

組長と話し合う捜査員の声を聴き、美波の目の前は真っ暗になった。自分の狙いどおりではあったが、恩師である組対五課の新浦だった。

その事実は、麻布署や第一方面本部を通じて、警務部人事一課へと伝えられた。人事一課は警察内部の取り締まり活動を行う監察係を抱えている。

監察係の調査によって、新浦の経済状況や家庭環境、不正行為が明らかになった。新浦は、その約一年前から独り暮らしをしていた。妻子は貧困生活に耐えきれず、実家のある北海道へと帰っていた。なにしろ月給やボーナスは、夫の実家がこしらえた借金の返済に消えていったのだから。スーパーでパートをしていた妻の月給も同様だった。

新浦は過去にも何度か妻子に逃げられていたが、いよいよ本格的な別居生活へと陥っていた。ただし、そのころから債権者に対して大金を支払い、借金の残高を大幅に減らしている。月給は変わっていないというのに。

新浦の銀行口座には、ヤマダタロウやスズキイチロウといった名義による振り込みがあった。ある月は十万、またある月は二十万と、金が定期的に新浦に送金され、彼はその不明瞭な金を借金の返済にあてていた。ときには月に五度もの振り込みがあり、合計百万近い金額に達するときもあった。

決定的な証拠は、組長が保存していた音声記録だ。新浦が品川区の路上にある公衆電話からかけたときのものだ。麻布署が小早川に極秘で事情聴取を行った事実を組長に伝えていた。美波は何度もその音声を聴いた。いくら聴いても結果は変わらない。やはり新浦だった。

監察係は、新浦の身柄を拘束しようと動いた。監察係員が、組対五課のオフィスがある富坂《とみさか》庁舎に向かったが、もはや手遅れだった。新浦は風邪を理由に欠勤。捜索の結果、月島の公園で発見された。首を吊った状態で。

　公園に植えられた樹木の枝にロープを使ってぶら下がっていた。靴底をすり減らした古い革靴をきちんと揃《そろ》え、地面にはビニールシートを置いていた。首吊り死体と化した自分が糞尿《ふんにょう》を漏らすのを懸念して敷いたものと思われた。

　機密情報をリークするという罪を犯したものの、彼の几帳面《きちょうめん》な性格を表しているといえた。革靴のうえには封筒に入った遺書が発見された。遺書には、ヤクザに情報をリークした事実と、殺害された小早川や、警察関係者に対する詫びが記されてあった。また自宅には、妻や子供宛ての遺書が一通ずつ残されていた。

　なぜ暴力団組長に極秘情報を売るに到ったか。遺書にはそうした言い訳は一切書かれていなかった。ただし、難波学校にいる者たちは理解していた。実家の事業が失敗に終わり、膨大な借金がのしかかり、さらに家族も離散状態にある。それが彼を限界まで摩耗《まもう》させた。

　新浦が死に場所に月島の公園を選んだのも、亡き恩師である難波に対する詫びのつもりだろう。警視庁上層部や監察係は、新浦の死に胸を撫で下ろしたようだった。彼が永遠に口を閉じたおかげで、刑事の汚職を隠ぺいできる。組長が大切に保管していた音声記録は紛失し、パソコンや携帯電話記録の一部は抹消《まっしょう》した。新浦が罪に問われることもなく、情報漏えいという不祥事は表には出なかった。

麻布署組対課は〝フジヤマデリバリー〟の壊滅に成功した。口封じに動いた密売人三人と、密売組織の頂点に君臨する組長を逮捕した。事件はそれで幕引きとなったが　当の美波ら組対課は、結末に満足してはいなかった。新浦のリークがなければ、小早川は殺されずに済んだはずだった。余計なことは喋るなとばかりに、人事一課は麻布署組対課に警視総監賞の贈呈を決定した……。

塔子に襟首を摑まれ、道場の壁に背中を押しつけられた。塔子は声を震わせた。

「あんたが……罠《わな》なんか仕かけたりしなけりゃ、新浦さんは」

「いい加減にしなさい」

手首のスナップを利かせて、塔子の頰を張り飛ばした。手加減はしなかった。彼女の首がねじれるほど強く。

「言われるまでもない。あの人は先輩であり恩師だった。大切な人よ。でも、私の仕事は身内をかばうことじゃない」

「あなたが殺した」

塔子は身体をぐらつかせたが、すぐに距離を縮めた。

「好きに言えばいい。あの人のせいで死人まで出た。そんな汚れた人間を見逃せるはずがない。今のあなたもひどく醜《みにく》い。難波さんだって草葉の陰で悲しんでるはず」

「美波！」

塔子は特殊警棒を拾い、再びそれを振り上げた。

それより先に美波は動いた。身体を回転させて、テコンドー流の後ろ回し蹴りを放った。踵が塔子のこめかみにヒットし、彼女は床に倒れた。膝まで衝撃が伝わるほど、踵はまともに彼女の頭蓋骨《ずがいこつ》を叩いていた。

失神して倒れる塔子を見下ろした。道場内は一転して静かになる。だが、雨は激しさを増すばかりだった。

8

難波塔子はこめかみを押さえた。

隣にいた水戸が訊いた。

「どうかしましたか」

「なんでもない」

ほんの一瞬、鋭い痛みが走った。久しぶりの痛みだ。昔はよく悩まされたものだが。美波を思い出すたびによく起こる。あの夜の対決が頭をよぎり、たまに側頭部がズキッとすることがある。

「こっちだ」

石狩《いしかり》が、相撲取りのような身体を揺らして案内してくれた。赤坂署の組織犯罪対策課の係長だ。

赤坂二丁目の坂道を、汗を拭《ふ》きながら導いてくれる。豊富な黒髪をオールバックにした姿は、ざんばら頭の力士に見えるが、ダークスーツを着用しているため、今は暴飲暴食の限りを尽くしたヤクザに映る。いかにもマル暴刑事らしき姿であり、赤坂の風景になじんでいる。

塔子らが歩いているのは、車がぎりぎりにすれ違える程度の細道だ。衆議院赤坂議員宿舎とは、目と鼻の先であり、総理官邸からも近い位置にある。また、中長期滞在型のマンションなども建っているため、狭い道を多くの外国人が行き来していた。

タワーマンションや高層ビルが囲むようにして林立しているため、日光がビルによって遮ぎられている。視界がわずかに暗い。吹きつける風も、なにやら冷たく感じられる。

石狩があるマンションを指差した。せせこましく並んだビルの一角だ。築三十年以上は経っていそうな古ぼけた建築物だった。白色だったであろう壁が、年月を経て褐色《かっしょく》に変化している。バブル期に建てられた物件で、当時は億を超える値段がついたという。

石狩が玄関前に立ち、インターフォンを鳴らした。スピーカーを通じて、しわがれた老人の声がした。

〈誰だい〉

「石狩だ。開けてくれ」

インターフォンにはカメラもついている。石狩はレンズを睨みながら言った。

ややあってから玄関の自動ドアが開いた。一階は広々としたラウンジになっており、隅のほうに応接セットが置かれてある。だいぶくたびれた革製のソファには、ふたりのジャージ姿の老人が腰かけ、将棋《しょうぎ》を指していた。

ひとりは脚をだらしなく組み、履いているサンダルをブラブラさせている。どちらも白髪をさっぱりと刈《か》っているが、着ているジャージは色褪《いろあ》せ、しょう油らしき染みがついている。彼らは無表情のまま、塔子らを見つめてきた。

石狩は老人たちに軽く手を挙げた。しかし、彼らは無視して盤面に目を落とす。

塔子はエレベーターに乗ってから尋ねた。

「あのお年寄りは？」

「僚屋会の元構成員だよ。元親分からボディガードの役割を仰《おお》せつかってる」

「ボディガードね……」

石狩が鼻で笑った。

「おかしいだろう。腰痛だの痛風だの抱えて、まともに歩けるかどうかもわからねえ。徳《とく》嶋《しま》が小遣いをやって、見張りをやらせてるのさ。極道ってのは、なにかと自意識過剰な連中ばかりだからな。次はおれが狙われるんじゃねえかと、どいつもこいつもびびってるんだ。命を狙われる理由なら、連中は腐るほど持っているからな」

徳嶋典三《のりみつ》は、僚屋会の最後の親分だった。僚屋会は関東系暴力団の巽会の三次団体であり、大正時代からの歴史を持つ暴力団だったが、六年前に組織を解散させている。徳嶋が抱える糖尿病の悪化が、組の歴史に終止符を打った……ということになっている。

トップの病気を解散の理由に掲げているが、じっさいは警察による取り締まりの強化と、不況による経済的な困窮が真の理由と言われている。また、徳嶋の跡を継いで、僚屋会のトップに立とうとする者も現れなかった。

若い人間はヤクザ社会の窮状を知っており、暴力団に加わろうとする者は激減しているため、高齢化も著しく進んでいる。さっきのような、六十をとっくに過ぎた老ヤクザはたいして珍しくはない。

一方で、行き詰まった暴力団員による逮捕覚悟の恐喝や強盗事件も相次いで発生している。だからこそ、美波らのようなＰＯが誕生した経緯がある。足を洗おうとする暴力団員や、交際を断とうとする一般人に対し、懲役覚悟で危害を加えてでもつなぎ止めようとする。

そして、それが現実になった。元暴力団員に対する殺傷事件が、短期間で三件も発生している。ある新聞やテレビなどは、暴力団の先鋭化を指摘しており、関東一帯の暴力団には、各県警の組織犯罪対策課や機動隊を出動させて、各事務所を取り囲んでいるという話だった。

エレベーターのなかで思考をめぐらせた。ただし、暴力団員犯行説には疑問が残る。

今回の撃たれた被害者は、いずれも暴力団を抜けてから、長い時間が経っている。第一の被害者の水上にしろ、次に射殺された塚元にしろ、ＰＯに守られている布施にしろ、カタギになってから約十年が経つ。いずれも暴力団を辞めた者のなかでは、数少ない勝ち組といえたが、あまりにも年月が経ち過ぎている。

しかも、襲撃者は成功者たちの懐や金庫を狙ったわけではなかった。そもそも脅迫相手を殺害してしまっては、大きなリスクだけが残り、なんの利益も得られない。組織ぐるみの犯罪とは考えにくかった。合同捜査本部も、組織ぐるみの犯罪ではなく、個人による怨《えん》恨《こん》によるものとの見方を強めている。被害者たちを結ぶ決定的な共通点は今のところ発見できていないが……。

マンションの八階に到着した。最上階ではあったが、あたりは高層ビルにぐるりと囲まれている。巨大建築物によってできた影にすっぽりと包まれていた。大柄な石狩にとっては涼しいらしく、ハンカチをポケットにしまった。湿《しめ》り気をともなった冷風が吹きつけ、水戸はコートの襟を立てた。通路を歩いて、角部屋にあたる徳嶋の自宅へと向かう。

部屋の玄関にたどり着く。ドアの横にはインターフォンが設置されていたが、石狩が面倒臭そうに、合板製のドアを強めにノックした。

「開けてくれ」

部屋の内側から物音がした。

ドアロックが外れる音がする。ドアが開いた。ただし、ほんの少しだけだった。隙間から白髪《しらが》頭の老人の顔が現れた。徳嶋本人だった。薄くなった頭髪を角刈りにしている。水気を失ったひょうたんみたいなツラをしていた。不健康そうな土気《つちけ》色と、しわだらけの頬と額が特徴的だった。

昔はこの繁華街の顔役だったらしい。大島紬《おおしまつむぎ》の和服でも着ていれば貫禄も自然と出てくるだろうが、白いジャージを着用しているため、一階のしけた老ヤクザたちと区別がつかない。

彼は石狩や塔子らの顔を見渡した。その目はとても友好的とはいえない。疑いや怯えが見て取れた。思った以上に警戒している。

「手帳を見せろ」

徳嶋が命じた。

「ああ？」

石狩は面倒臭そうに身体を揺する。

「手帳だ。早く見せやがれ。じゃなきゃ話すことはなんもねえ。帰《けえ》ってくれ」

「びびりすぎだろ。爺《じい》さんよ」

石狩がつめ寄った。巨体を揺すって、ヤクザみたいに睨みを利かせる。

「うるせえ、木っ端《こっぱ》。てめえみてえな小僧に、そんな口利かれる謂《いわ》れはねえぞ」

徳嶋が吠えた。ドアの隙間から唾《つば》が飛んだ。

塔子が割って入る。警察手帳を取り出した。隣の水戸にもうながす。ふたりは警察手帳を提示した。顔写真と名前、識別番号を見せる。

「警視庁捜査一課の難波塔子です。申し訳ありませんが、どうかご協力をよろしくお願いいたします。隣は同じく捜査一課の水戸貴一巡査部長」

徳嶋が、顔写真と実物をじろじろと見比べる。探るような目つきだ。

「なにか」

「難波って……あんた、もしかして難波達樹の」

「そうです」

ドアが一旦、閉じられた。ドアガードが外れる音がして、ようやくドアが開けられた。徳嶋が姿を現した。「とりあえず、上がんな」

「お邪魔します」

石狩が不思議そうな顔で塔子を見やった。気にせずに靴を脱いで部屋に上がる。

父の難波達樹は、暴力団員や裏社会の人間の間で有名だった。とくに、徳嶋のような世代には名が通っている。難波と名乗るだけで、相手と打ち解けられるときもあれば、余計にこじれるときもある。父は捜査一課だけでなく、かつては捜査四課と呼ばれたマル暴の部署にも在籍していた。

徳嶋の部屋は平凡だった。揮毫《きごう》の額縁がかけられているぐらいで、あとは独居老人らしい佇《たたず》まいだ。2LDKの部屋だが、むしろ広さを持て余しているようにも見える。

部屋の中心となるリビングルームに、リクライニング式のシングルベッドが置いてあった。くしゃくしゃになった布団《ふとん》と毛布が敷しきっぱなしになっている。

鎧《よろい》兜《かぶと》や日の丸、提灯《ちょうちん》や動物のはく製といったヤクザ好みのインテリアはなかった。せいぜい、徳嶋が着用しているジャージの背中に、可愛らしくデフォルメされた虎《とら》の刺繍《ししゅう》が施されているぐらいだろうか。

リビングには使い古された応接セットがあり、テーブルには医者から処方された薬が山をなしている。キッチンには、イチョウ葉エキスやビタミン剤といった、数種類の健康食品の箱やボトルが並んでいる。

室内には、徳嶋以外に人の気配がない。妻をすでに三年前に亡くしている。彼には愛人との間にできたのを含めて、四人の子供がいるが、すべてカタギとなって自立している。愛人との関係も、会を解散した際に清算しているという。

カタギになったとはいえ、元暴力団組長の部屋にしてはそっけなく感じられた。タバコも現在は吸わないらしく、喫煙者の部屋特有のニコチン臭はしない。

フローリングの床は、埃やゴミもなく清潔ではあったが、湿気でデコボコができており、いたるところに傷がついている。タバコ独特のカビ臭さはないが、松ヤニに似た老人臭や線香の香りが鼻に届いた。

つけっぱなしのテレビは、ワイドショーを流していた。ちょうど、塔子らが追う連続殺傷事件を扱っており、司会者やコメンテーターらが、不安げな顔で第一の事件現場となった世田谷区の水上邸や、第二の事件現場となった上野のナイトクラブを映し出していた。

徳嶋はテレビのリモコンを手に取り、舌打ちしながらスイッチを切ろうとした。だが、リモコンの電池が切れているのか、いくらボタンを押しても反応はなく、面倒臭そうにテレビに近づいて主電源を落とす。

彼は携帯電話をポケットから取り出して電話をかけた。居丈高《いたけだか》な口調で部屋に駆けつけるように告げる。電話相手は、一階で将棋を打っていた老ヤクザと思われた。

リビングには大きな窓とバルコニーが設置されていた。マンションが建設された当時は、赤坂周辺の風景を一望できただろうが、現在は別の高層建築物で視界は遮られている。昼だというのに、日光が差しこまないのだろう。リビングの照明がすべてともっていた。また、石油ファンヒーターのおかげで、室内は汗ばむほどの暖かさに包まれていた。強力な暖房器具でもなければ、真冬はかなり冷えこむだろう。

さきほど訪れた布施のオフィスとは、なにかと対照的だった。カタギになった子分のほうが羽振りがよく、品川の一等地に事務所を構えていた。案内された応接室は、このマンションよりも低層階にあったが、道幅の広い都道に面していたこともあり、見晴らしもよかった。なにより建物が真新しかった。

思い切ってカタギとして新しい人生を歩んだ者と、最後までヤクザ稼業を続けてしまった者の差を感じた。まだ現役バリバリの人間と、リタイアした人間の違いともいえるが。

応接セットに腰かけていると、やはり一階の老ヤクザが入ってきて、黙ってキッチンに立つ。

食器がどこにあるのかを把握しているようで、湯呑《ゆの》みや急須を戸棚から取り出し、慣れた手つきで茶を淹《い》れた。人数分の湯呑みを盆に載せ、部屋住みの若衆のように黙々と運んでくる。

石狩がソファの下に手を伸ばした。なにかを拾い上げる。木刀《ぼくとう》だった。

「なんだ。護身用かい?」

「悪いか」

徳嶋は苦々しそうに茶をすすった。

「これ以上、物《もん》騒な持ち物は置いてねえだろうな。拳銃《チャカ》や匕首《ドス》とかよ」

「なにしに来たんだ、この野郎」

塔子が話を進めようとした。

「事件については、よくご存じのようですね」

徳嶋は改めて彼女の顔を見つめた。襟の赤バッジに目をやる。

「あんた、よく見るとたしかに難波の旦那に似てるよ。おまわりになったとは耳にしていたが、まさか殺しの刑事《デコ》にまでなっていたとは。血は争えねえってことか」

「そうかもしれません」

塔子は笑顔でかわし、バッグから二枚の写真を取り出した。下手をすると、父親の昔話をたんと聞かされかねない。

写っているのは布施と、彼の秘書である坂口のバストショットだ。布施から借りた最新のものだった。

徳嶋は写真に目をやったが、これといって表情を変えなかった。黙って見つめる。もっとも、ふたりの顔はすでにテレビやネットでさんざん露出している。

「おふたりはご存じですよね」

「あれだけ派手に報道されりゃな」

石狩が尋ねた。

「誰が殺《や》った」

「知るか」

「そんな口叩いていいのか。薄情なもんだな。かりにも自分んとこの元子分が撃ち殺されかけたんだ。ひとりは、今でも集中治療室で生死の境をさまよってる。心当たりのひとつやふたつあるだろう。教えてくれよ」

石狩は木刀を指でなぞった。

元ヤクザへの訊きこみは、地元署のマル暴刑事の協力が欠かせない。海千山千の元暴力団員が、初めて会う本庁の刑事にペラペラと話すはずもない。

徳嶋は鼻をほじった。

「おれの子分じゃねえ。薄情なのはタカやジュンジのほうだ。あいつらはここ何年も挨拶にも来やしねえ。あいつらが撃たれたからといってだな、どうも思わねえよ」

タカやジュンジなる名前がわからなかったが、すぐに布施隆正と坂口淳二のことだと思い出した。

「見上げた親分だ。だから手下どもから見放されて、解散なんて目に遭うんだろうがよ」

徳嶋の頰が紅潮した。彼はジャージのポケットにすばやく手を突っこむ。石狩と水戸が思わず身体をのけぞらせる。

徳嶋が取り出したのは、ただのＩＣレコーダーだった。石狩たちを指さしながら爆笑した。大口を開けた。奥の金歯までが見える。

「おれはもう一般市民なんだぜ。税金だってちゃんと納めてる。あんまり調子こいた言葉吐いてるとな、おまわり嫌いの顧問弁護士呼んで、ふざけた口を利けなくさせるぞ」

ＩＣレコーダーは作動していた。数万円もする高性能マイクまでついている。

「それにしても見ものだったな。部屋にはカメラだって回してるんだ。今のビビり顔の映像を署に送ったら、きっと人気者になれるだろうぜ」

「この野郎……」

石狩は歯ぎしりをして、持っていた木刀を床に放つ。

派手な音を立てて、フローリングの床を転がった。徳嶋は勝ち誇ったような顔をし、居並ぶ刑事たちにＩＣレコーダーを見せびらかしてから、再びジャージにしまいこんだ。

「遠慮なくいじめてくれ。そうじゃなきゃ録音した意味がなくなるからな。お前らは弱い者《もん》をなぶるのが三度のメシよりも好きだろう。その木刀で、花瓶でも食器でも好きに割りゃあいい。おれたち老いぼれをしばいてくれればもっといいが」

石狩はしかめっ面で茶をすすり、キッチンに立っていた老人に当たり散らした。

「相変わらずクソまずい茶だぜ。その歳になって、茶の淹れ方も満足に覚えられなかったのかよ。コーヒーもってこい！」

「だとよ。味を知らない粗野な刑事さんに、極上のコーヒーを淹れてやれ」

徳嶋は満足げに命じた。

石狩と徳嶋のやり取りはじつにキナ臭い。若手なら震え上がるだろう。敵対する組織の人間同士による本気のいがみ合いのようだ。しかし事前の打ち合わせで、石狩はプロレスのマイクアピールみたいなものだと教えてくれた。

マル暴刑事なんかをやっていると、ヤクザを殺したくなるほど憎たらしくなるという。しかし、彼らをイジメ抜いたところで情報は引き出せない。本気でいがみ合いながらも、相手の顔も立ててやる。そのさじ加減は経験を積まないと難しい。本人すら、本気と演技の区別がつかなくなるときもあるらしい。

科学捜査が急激に幅を利かせる捜査一課とは異なり、古典的な人間同士のぶつかり合いが必須なのだと、マル暴畑が長い石狩は言っていた。

塔子は咳払いした。

「もう一度、よろしいですか。布施さんらとの親交は何年も途絶えていると仰いましたが、かつて子分だった方々が、あのように襲われたのは衝撃だったのでは？」

「そりゃそうだ」

徳嶋は股をだらりと広げて答えた。最初のときより機嫌がよさそうだった。石狩の仕事が功を奏したと言える。塔子は間を置かずに続けた。

「本日うかがった様子では、犯人からの襲撃に備えているように見えました。六年前に引退されたとはいっても、徳嶋さんは現在も多くの親分衆と交流があると聞いています。情報収集にも力を入れていると思いますし、噂《うわさ》話でもけっこうですが、なにか耳にしていませんか」

「そりゃ情報収集に勤《いそ》しんださ。まずは、あんたらサクラの代紋の動向だ。おれだってとっくに引退したが、今や押しも押されもせぬ外食系企業の社長さんが、トカちゃんでバカスカ撃たれたんだ。あんたら警察《サツ》がまっさきに疑うのは、タカたちの親だったおれのはずだ。本当はおれを任意で引っ張って、取調室でゆっくり話がしたいんじゃねえのか？　理知的に振る舞っちゃいるが、この野蛮なマル暴野郎より目つきが鋭いぜ、ねえちゃん」

塔子は苦笑して受け流した。楽に情報が引き出せるとは思っていない。

また、徳嶋はさすがに警察の動きを見抜いていた。懐事情が苦しい暴力団が、足を洗った元身内を狙うのは珍しくないからだ。

ただし徳嶋は、今のところ容疑者リストには入っていない。僚屋会は解散して六年が経つ。構成員は他の巽会系の組に入った者もいるが、大半は親分と同じく稼業から足を洗っていた。

塔子らにコーヒーが振る舞われた。

ジャージ姿の老人が、無表情のままテーブルに、ミルクやシュガーポットを置く。コーヒーカップは名古屋の高級陶器メーカーのものだった。バラをあしらった欧風の造りで、その過剰な上品さが、豪華主義なヤクザらしくもあった。

ブラックのままでコーヒーに口をつけた。眉を動かした。すでに香りだけで別格とわかっていたが、濃密なコクとオレンジのような酸味を感じさせるミディアム・ローストのコーヒーだ。そこいらの喫茶店よりも上等な味がする。

「豆はグアテマラですか」

徳嶋は意外そうに目を見開いた。

「こりゃ驚いた。そのとおりだよ。刑事《デコ》にコーヒーの味がちゃんとわかるやつがいるとはな。お前ら警察はどこに行っても、ウマの小便みたいな茶やコーヒーしか出しやがらねえが、捜査一課《ソウイチ》の刑事《デコ》ともなると、味覚のほうもただ者じゃないってわけだ。所轄のイヌとは、ひと味もふた味も違うようだな」

徳嶋は憎まれ口を叩いた。口の減らねえ、おいぼれだ——石狩が小さく呟く。

「おいしいです。とても」

塔子はうなずいた。

とはいえ、彼女はグルメでもなんでもない。コーヒーに詳しいのはたまたまだ。交番勤務時代、それに刑事になってからも、ひたすら眠気を除去するために、コーヒーをガブ飲みしていただけだ。どちらも徹夜や長時間の勤務が待っていた。

職場の近くにある喫茶店に魔法瓶を持っていっては、コーヒーをいっぱいに入れてもらっていた。喫茶店のコーヒーを選ぶのは、インスタントコーヒーよりも、カフェインが多く含まれているからであって、味なんてものは二の次だった。それでも、十年以上も飲み続けていれば、それなりに味の違いぐらいはわかるようになる。捜査一課に入ってからも、霞《かすみ》が関《せき》のコーヒーショップで補充してもらっている。重度のカフェイン中毒者だ。

徳嶋は満足そうにうなずいた。

「豆を分けてやってもいいが、本当のうまさの秘訣《ひけつ》は淹れ方にあるんだ」

「でしょうね。雑味がなくて、とても味がクリアです」

彼はキッチンに立つ老人を顎で指した。

「あの野郎は極道から足洗って、いっときカフェダイニングなんて洒落《しやれ》た店を経営してたのさ。金勘定が下手くそで、すぐに店は潰しちまったが、豆のセレクトからローストまで、コーヒーの扱い方はよく知っている」

「どうりで」

塔子はコーヒーをふた口で飲み干した。お代わりを勧められた。遠慮なくもらうことにした。

手下の老人は空になったカップを回収した。しょう油の染みのついたジャージを着用し、一階で出会ったときはだらしない姿勢で将棋を指していたが、コーヒーカップを運ぶ動作に無駄はなく、別人のようにスマートな動きを見せた。

徳嶋は塔子をしげしげと見つめた。

「さすがは難波達樹の娘さんだけあるな。教養がある」

「いえ」

「あの人も刑事《デコ》のくせに、おそろしいくらいに知識があったな。たいした趣味人だ」

塔子は軽くうなずいた。

こうした訊きこみや取り調べの際、相手の口から父の名前はよく出てきたものだった。公務のときだけではない。たまたま訪れた居酒屋で店主と雑談をし、名前を名乗ると、すぐに店主の口から難波達樹の名が出てきて驚いた。

警官に成り立てのころは、まるで釈迦《しゃか》の掌から逃れられずにいる孫悟空《そんごくう》のような、息苦しい気分になったものだが、今はもう慣れてしまった。

たしかに父は教養のある人物だった。ふだんはもんじゃ焼きや酎ハイといった大衆的な料理や酒を好んだが、高級酒や葉巻といった奢侈《しゃし》品を熟知していた。カクテルも百種類くらいはレシピも頭のなかに叩きこんでいたと思う。自然と身についたわけではない。必死の勉強の賜物《たまもの》だった。

彼女が小さかったころ、たまの休日には上野の美術館にも連れていってもらった。暴力団対策の部署が、今のように組織犯罪対策課などと呼ばれる前の時代。父が捜査四課に在籍していたころ、暴力団幹部の懐に飛び込むため、寝る前などに大量の本を読んでいたものだった。

父が捜査四課にいた時代は、暴力団が大きな顔をして、土建業に食いこみ、財テクや地上げで稼ぎまくっていたころだ。金を持ったヤクザたちは、学歴コンプレックスを埋めるようにして、ワインや美術品に大枚《たいまい》を叩《はた》いたものだった。ド演歌からスムースジャズに趣味を変え、首にスカーフを巻いては、子分たちの前でサックス演奏を披露するスノッブな組長もいた。無類の映画好きで、大金をハリウッドに投じる極道も。

難波は、そうした親分たちの趣味嗜好《しこう》についていくため、一時期はだいぶ給料を費やしては、母を大いに怒らせたという。いくら捜査のためとはいえ、身分不相応な真似をしすぎだと。

まだ、ろくにネットなど発達していなかった時代だ。そのため、塔子の実家には現在でもぎっしりと本があった。英語やフランス語の入門書。カクテルのレシピ、チェスやカードゲームに関する本など。

父本人は歌謡曲や演歌を好んだが、勉強のためと称して、コルトレーンやマイルスといったモダンジャズ、八〇年代の洋楽ヒットナンバーやＡＯＲなどのＬＰやＣＤが残されてあった。父直筆のノートとともに。

父のような刑事でありたい。塔子は願ってはいるが、残念ながらその領域にはまったく達していない。目の前の事件の処理と、体力維持のトレーニングだけで精いっぱいだった。むしろ捜査一課きっての猪《いのしし》武者《むしゃ》などとからかわれている。

刑事たるもの、あらゆることに興味を持て。それもまた難波学校の教えではあった。数多くの生徒のなかでそれを実践しているのは……彼女の知るかぎり美波ぐらいだ。

「あんたみたいに、違いのわかるやつに会うのは久々だ。せっかくだから、こいつも味わっていきな」

徳嶋が指を鳴らした。

手下の老人が、ワインセラーをガサガサと漁りだした。石狩が顔をしかめる。

「コーヒー談議は別の日にしてくれ」

徳嶋は無視して、老人に指示をする。

「シャトー・ラトゥールが、まだあっただろう。二〇〇五年のやつだ」

老人は、黙って赤ワインのボトルと、ワイングラスを用意し始めた。石狩は吐き捨てるように言う。

「酒じゃねえか。勤務中だよ」

「ぜひ、味わいたいです」

塔子は前のめりになって答えた。

隣の石狩が、ぎょっとしたような顔を向けた。徳嶋は嬉しそうにうなずく。

「そうこなくちゃ。あんたはとことん父親似だな」

老人がソムリエナイフを駆使して、手際よく赤ワインのコルクを抜いた。人数分のグラスとワインを、円形のトレイに載せて運んでくる。

カフェダイニングを経営していたというのは本当かどうかはわからない。染みつきの汚れたジャージを着た老人だったが、ソムリエのようにラベルをきちんと上にし、ボトルの底を片手で持ちながら、うやうやしくワイングラスに注いだ。豊かな赤ワインの香りがふわっと周囲に広がる。グラスの三分の一ほどが、ルビー色の液体で満たされた。

コーヒーと違って、ワインは詳しくない。それでも上等なワインだとすぐにわかった。フランスの高級ワインで、レストランのメニュー表で見かけたときがある。数万、十数万円の値がついていたような気がする。

酒好きでワインも嗜《たしな》む塔子だったが、そんなビンテージ品とは縁がない。銘柄のよくわからないグラスワインを、カバのごとくガブガブと飲むだけだった。

彼女は尋ねた。

「二〇〇五年というと……もしかしてグレート・ヴィンテージというやつでは」

徳嶋は相好《そうごう》を崩しながら、ワイングラスを持った。

「ワインも知ってるのか。そういうこった。二〇〇〇年、二〇〇五年、二〇〇九年。その年はボルドー地方にとっては完璧な年だった。温度も降水量も申し分なし。ボルドーの銘《めい》醸《じょう》地《ち》はどこも高いポイントを上げている。一級の格付けも得ている……とにかく講釈はこのあたりにして、さっそく一杯飲んでみろ」

「遠慮なく、ごちそうになります」

「ちょ、ちょっと待って」

石狩が割って入った。困惑した表情で席を立ち、玄関のほうへと歩みながら、塔子を手招きする。

「失礼します」

徳嶋に一礼してから、石狩とともに席を外した。玄関まで来たところで、石狩に問いかける。

「どうしたの？」

「どうしたもこうしたもないだろ。勤務中だぞ。なに考えてやがるんだ」

石狩は小声で囁いた。その声には怒気と当惑が混じり、徳嶋や老人の耳にまで届きそうだった。

「もっと音量を下げて」

「捜査一課《ソウイチ》じゃ、勤務中に酒を平気で飲《や》る習慣でもあるのか。しかも極道の酒を」

「あるわけないでしょう」

塔子は鼻で笑った。

見た目こそ限りなく暴力団員のような風貌をし、徳嶋をからかう姿はいかにも怖い者なしのマル暴刑事《デカ》のようだったが、やはり生真面目かつ現代的な警官だった。

「お互いにいいオトナなんだから、お茶やコーヒーだけじゃ、口は滑らかにならないでしょう。しかも相手はカタギとは言いかねる人物よ。警察手帳《てちょう》を見せても、簡単に教えてくれない」

「酒の臭いをぷんぷんさせて、捜査本部《チヨウバ》に戻るつもりか。あの老いぼれヤクザは、単に暇つぶしの相手がほしいだけだ。今日の訊きこみだって、ここだけじゃないだろう」

「上等よ。どうにでもなる。千鳥足《ちどりあし》で職場に戻るイヌなんて、たしかにろくなもんじゃないけど、情報《ネタ》をくわえて帰れば、歓迎してくれる。酒の臭いなんて、どうってことない」

石狩は呆れたように首を横に振った。

「噂には聞いてたが、あんた想像以上のイケイケだな。女だてらに捜査一課《ソウイチ》の班長になれた理由がわかったよ。悪いが、おれはグアテマラ産とやらのコーヒーで勘弁させてもらう。上司が頭コチコチの準キャリなんだ。足を洗ったとはいえ、暴力団員《マルB》の住処《ヤサ》で酒をかっくらったなんてバレたら、どんな雷が落ちるかわかったもんじゃねえ」

「けっこうよ」

二人はリビングに戻った。

ソファに座り直す。徳嶋がワイングラスを回しながら芳香《ほうこう》を楽しんでいた。二人の話し合いを見透かしたように、ニヤニヤと笑っていた。

「極道の酒が恐いかい」

「徳嶋さんはもう極道ではないでしょう。一般市民の方から振る舞われた貴重なお酒ですから。何事も例外はあります。石狩さんは肝臓の調子がよくないようですから、図々しいですが、私がお相手をさせていただきます」

「よく知ってるよ。上司が神経質で口うるせえエリートなんだってな。ストレスで内臓を悪くしちまったんだろう」

ワイングラスを軽くぶつけあった。

ひと口含んで舌のうえで転がした。タンニンが豊富なのか、思ったよりも苦みが強い。ブドウを凝縮したような旨味が感じられ、男性的な味わいがした。塔子の好みの味だ。

「力強い味です。とてもおいしいですね」

「あんたが好きそうなやつを選んでみたんだ」

ワインとは別に、肉の焼ける匂いが漂ってきた。老人がフライパンでソーセージのソテーを作っているようだった。油が弾ける音がする。やはり試飲程度では済まなそうだ。やがてハーブ入りのソーセージと、数種類のチーズが並べられた。

「あとで、少し手の込んだものを作らせる。鶏肉のキャセロールと……あとなにがある」

徳嶋は老人に訊いた。無口だった彼は、フライパンを振るいながら答えた。

「あとはメバルとタイがあります。アクアパッツァにでもしましょうか」

「それでいい」

ワインはふた口目で空になった。

すかさず徳嶋がボトルを摑んで、塔子のワイングラスに注いだ。グラスの中ほどまでワインが満たされる。頰がアルコールで火照《ほて》ってきた。横では、石狩が居心地悪そうに、彼女らのやり取りを見つめている。

徳嶋のワイングラスが空になったのを見計らって、今度は塔子がボトルを掴んだ。ラベルが上に来るようにして静かに注いだ。徳嶋はうなずいた。

「注ぎ方もわかっているな。最近の若《わけ》えやつらときたら、がさつで、焼酎《しょうちゅう》みたいにドボドボ注ぐ礼儀知らずばかりだ」

ワインの注ぎ方は、やはり父が教えてくれた。近所の居酒屋で飲んでいるときだ。今飲んでいるのとは値段的にも比較にならないチリワインだ。

なんの注意も払わず、ボトルの首を持って、父のワイングラスに注ごうとした。そのとき、彼からたしなめられたものだった。ボトルの口から垂《た》れたワインが、ラベルを汚してしまうという。首のあたりを掴むと、焼酎のようで様にならないから、ボトルの中間か下のあたりを持って注げ。そう教えられた。それがまた役に立ったらしい。

「それにしても、捜査一課《ソウイチ》の刑事さんに注いでもらうなんてな。思ってもみなかった。とっておきのビンテージワインを開けた甲斐《かい》があったってもんだ」

「徳嶋さんは、ワインにこだわりを持ってらっしゃるようですね。うちのデータには、そこまで記されてなかった」

徳嶋の頰が紅潮してきた。

「まったく。警視庁はなってねえな。いの一番に書き記しておくべきだったろうに。もっぱら好みは、ボルドーワインだとつけ足しておけ」

「フランスのワインがお好きなのですか？」

「そうとも限らねえ。フランスのバカ高い値段がついてるものがつねにうまいとは言えないのさ。年代によって、味が大きく左右されちまうからな。おまけに最近じゃ、安いチリやカリフォルニアのほうが味がよかったりする。フタがスクリュータイプのやつだったとしても、決して侮《あなど》れやしない」

酒が入ったおかげで、徳嶋の口がずいぶんと滑らかになった。ワインへの造詣《ぞうけい》が深いらしく、事件とはまったく無関係なウンチクを披露されることとなった。赤ワイン用ブドウ品種のひとつであるカベルネ・ソーヴィニヨンを使った香り豊かなワインが好きだということだった。

徳嶋は酒好きなのか、腹が減っていないのか、景気よくツマミや料理を用意させたわりには、チーズをわずかに齧《かじ》るだけだった。石狩も酒はもちろん、料理にも手をつけようとしない。その分の料理も、もっぱら塔子が片づけることとなった。老人の作る料理はどれもプロレベルだった。

徳嶋はワイングラスをくるくる回した。ルビー色の液体を見つめながら言った。

「布施の野郎も、昔からワインには詳しかったな。たびたびヨーロッパやロシアあたりまで足を延ばしちゃ、ワインやカルヴァドス、ブランデーを飲みまわっていたもんだ。地元でしか出回らねえ地酒を土産《みやげ》に買ってきてよ」

塔子はソーセージを何食わぬ顔で口に運んだ。ずいぶんと遠回りしたが、ようやく本題に入れそうだった。興を削がないように気をつける。

「さすがに飲食店経営者だけあって、酒の知識は徳嶋さんと同じく豊富だったのですね」

「トップがグルメだとな、自然と手下たちも舌が肥《こ》えてくるもんだ。あいつだって、大した腕だろうが」

徳嶋はキッチンで包丁を振るう老人を見やった。彼は自分の頭を指さす。

「布施は舌だけじゃなく、ここもずいぶんと冴《さ》えていた。ヨーロッパに行くたんびに、あいつはどっかの国の言葉を習得してきたもんさ。英語やフランス語だけじゃねえ。ルーマニアやらロシアやらブルガリアやら。昔は旧共産圏の言語も学んでおくのが、業界のなかじゃずいぶんと流行《はや》った」

石狩が口を挟んだ。

「東欧の女や中古車を売り買いするためだろう」

徳嶋は首を横に振った。

「それだけじゃねえ。昆布、うに、カニ、たらこ、キャビアなどなど。商社よりも早く話をつけて、日本近海じゃなかなかお目にかかれない海産物を、派手に買い漁ったもんさ」

用いていた。


「旧共産圏……」

塔子の脳裏に自動拳銃が浮かんだ。一連の連続殺傷事件で使用されたのはトカレフだ。旧共産圏の軍隊が、制式拳銃として用いていた。

徳嶋に再びワインを注がれた。彼は続けた。

「布施のやつが、これまで商売がうまく行っていたのも、そのころの経験と人脈があったからだ。海外の流通業者や貿易会社と親交を保ち続けた。やつのレストランってのは、うまい料理と酒をリーズナブルに提供するってんで評判を呼んだようだが、海外の食材を直輸入できるコネを維持してきたからだ。極道時代はそうした社長や幹部たちを日本に招いて、VIPとして丁重におもてなししていたよ」

「裏カジノ……ですか」

徳嶋は彼女のワイングラスに目をやった。続きを聞きたければ、もっと飲めと無言で伝えてくる。焦る気持ちを抑えて、ワインを慎重に口に含む。

「相手がどこの国の野郎でも、喜ばせる方法は決まってる。飲む、打つ、買うの三拍子だ。好きなだけカジノで遊ばせて、ウォッカを大量に飲ませて、べっぴんな大和撫子《やまとなでしこ》を抱かせる。土産に日本製の電化製品だのを持たせてな」

石狩が鼻で笑った。

「極道ってのは聡《さと》いやつらさ。あんたは熱烈な反共主義者で、僚屋会は街宣車を数台所有しちゃ、しょっちゅう『北方領土返せ』と、ロシア人を目の敵にしていただろう。それが崩壊となった途端に、いち早く手を組んでビジネスパートナーにしちまうんだからな」

「知ったような口利きやがって。アカの殻を脱ぎ捨てて、まっとうな国に生まれ変わったんだ。国の再建のお手伝いをしてやるのは当然だろう。北方四島にしたってな。僚屋会は消えちまったが、よその組に吸収された若い者《もん》は、おれの意志を継いで、今でも政治活動に命を捧げてるさ」

布施が商才に長《た》けていたのはわかっている。彼の特徴はそれだけではない。凶悪な犯人たちに襲撃されたが、ベテラン兵士のごとく、即時に対応して危機から逃れている。襲撃犯に左腕をナイフで切りつけられたにもかかわらず、手刀で返り討ちにした。トカレフの銃弾から逃れるために、驚くほどの速さで床を匍匐前進してみせた。

彼女は尋ねた。

「布施さんも、若いころに政治結社の軍事訓練を受けていたそうですね」

「うちの会のバッジがほしいやつはたいてい受けてたさ。一種の根性試しだ。教官は元自衛官や韓国陸軍の元下士官だ。びしびししごいて、逃げ出さなかったやつに盃をやったり、幹部候補生として認めたりした。おれ自身も歯ぁ食い縛って、零下《れいか》十度なんてところで、腕立て伏せやら懸垂運動をやらされたもんだ」

「布施さんの腕っぷしも相当なものだったようですね」

「なんだって？」

徳嶋は首を傾《かし》げた。反対に訊き返してくる。

「腕ってのは喧嘩《ゴロ》のことかい？」

「ええ」

彼は膝を叩いて笑った。

「ヤクザが喧嘩《ゴロ》に強いなんてのは、映画のなかの話だけだ。そういうのを専門にして、しのいでいるやつもいるが、あんたらおまわりと同じで、なにか起きればまっ先に仲間を呼ぶ。ろくに運動もせず、美食や酒ばかりに凝ってるやつが強いはずがねえ。拳銃《チャカ》や匕首《ドス》を握って、いつでも刑務所《ムショ》に行けると腹くくってるから、世間様は怖がってくれるだけでな。サラリーマンやチャラいホストに殴り倒されたってな恥ずかしい話はいくらでも聞くぜ。もっとも、ぶん殴られるからこそ商売になるんだがな。軍事教練ってのは継続的にやってなければ、なんの意味もねえ。そこらへんで道路工事に励んでるおっさんや、体育会系の学生《セイガク》のほうが、よほど腕っぷしは強いだろうさ」

「布施さんもそうだったんですか？」

「若いときに受けたキリだ。それに、野郎は会のなかじゃ穏健と呼ばれるタイプだった。理不尽に手下にヤキも入れねえし、よその組にむやみに嚙みついたりもしねえ。裏カジノの店を任せていたのも、なにも賭場荒らしをぶちのめすためじゃねえ。常連客を巧《たく》みにコントロールできる細やかさがあって気遣いができるからだ。大負けして二度と来ねえと憤《ふん》慨《がい》する客にお車代をやったり、ちょっとばかり調子づいた客から搾《しぼ》り取ったりな。生かさず殺さずに飼う。荒っぽい仕事はそれこそ坂口のような若僧の出番だ。布施の根性が並大抵じゃないのは知っているが、喧嘩が強いなんて話は聞いたことがねえ」

徳嶋はキッチンの老人にも声をかけた。

「布施が、強《つえ》えなんて話、聞いたことがあるか？」

「ありませんね。だいたい、あいつの喧嘩なんて見たことがない」

老ヤクザは煮込みをお玉でかき回しながら答えた。

彼女は、すかさずバッグからタブレット型端末を取り出した。

「これを見てください」

画面をタッチした。布施が地下駐車場で襲撃犯から襲われた映像だ。徳嶋は興味深そうに、前のめりになって画面を見つめる。

「ほう」

布施は襲撃犯にナイフで傷つけられながらも、喉に手刀を叩きこんだ。坂口が盾となって、トカレフの銃弾を喰らうが、仁王立ちとなって主人を守る。布施は、兵士のようにコンクリートの床を匍匐前進し、車から車へと移動して銃弾をかわした。

徳嶋はそれを食い入るように凝視していた。いつの間にかキッチンにいたはずの老人も、画面を覗き見している。

映像が終わると、彼はソファに身体を預けた。

「こいつは驚いた。アクションスターみてえじゃねえか」

「軍事教練の成果ではないですか？」

彼は首を横に振った。

「バカ言うんじゃねえ。さっきも言っただろう。教練を受けた直後ならともかく、長年経ってから、あんな動きがいきなりできるはずがねえ。カタギになってからも、訓練を欠かさずやっていたってことだ。日ごろから警戒しているやつの動きだ。マトにかけられているのを知っていたんだろう」

塔子は眉をひそめた。

「布施さんが、フィットネスクラブやジョギングに励んでらっしゃるのは、本人から聞いていました。ですが、それ以外に軍事的なトレーニングをふだんから行っていたということですか？」

「そいつはあんたらが調べるんだな。おれはただ推測を述べてるだけだ。フィットネスクラブには、空手だの護身術を教えてるところだってある」

彼女は水戸にメモを取らせた。あとで布施が通っているフィットネスクラブを訪れてみる必要がありそうだった。彼がどのようなメニューをこなしているのかを知るために。

　徳嶋はタブレット型端末に目をやった。

「ちょっとばかり白髪《しらが》が増えたが、極道やっていたころより、ずっと身体が引き締まっているじゃねえか。昔はもっと無駄な肉がついて、ミドル級ぐらいの体重はあったはずだ。今じゃライト級のボクサーみてえだ」

「当時の彼を写した写真はありますか？」

「ねえよ。組を抜けた野郎の写真なんて取っておくわけがねえ。この部屋の押し入れをくまなく探しゃ、なんかの集合写真に写ってるもんがあるかもしれんが、あんたら相手にそこまで骨を折ってやる義理はねえ。だいたいそんなもん、お前らのほうが腐るほど持ってるだろう」

「ごもっともです」

　塔子はうなずいた。石狩に目配せをする。極道時代のころの布施の写真を提供してくれと。彼は目で応じた。徳嶋は愉快そうに続ける。

「そういや昔、あいつが裏カジノを仕切っていたころの話だ。スロットに熱くなりすぎたバカサラリーマンが、布施に殴りかかったんだ。おれたちのシノギは言うまでもなく、ぶん殴られてナンボの商売だ。痛めつけられた後に、きっちり慰謝料をふんだくる。布施もバカサラリーマンの拳をおとなしくもらったんだが、素人《トーシロ》のパンチをもろに正面から喰らいやがった。鼻骨を砕かれて、せっかくの二枚目が台なしだ。坂口が止めに入るまでに、バカサラリーマンに袋叩《フクロ》きにされちまった。ぶん殴られるのが商売だからこそ、痛そうなフリだけかまして、急所を避けるのがコツってもんだ。医者の診断書なんてどうとでもなるからな。むろん、バカサラリーマンからは後日、きっちり慰謝料を回収したが、布施の野郎にも意外な弱点があるもんだと、おれたちの間でしばらく笑い話になったもんだ。頭のほうは冴えちゃいるが、腕のほうは意外とトロいとな。カタギになってから、こんな喧嘩師みてえになるとは。変な野郎だぜ」

彼女は笑って応じた。心のなかで仰天しつつ。

防犯カメラの布施を思い出す。喉に手刀を喰らわせる姿にも驚いたが、コンクリートの床を匍匐前進する速さにも、目を見張るものがあった。

襲撃者に刃物で攻撃された布施は、傷ついた左腕にすばやくスーツを巻きつけ、ナイフを持った相手と対峙した。その動きを見て、捜査員が言ったものだ——喧嘩慣れしてやがる。塔子も同じ感想を抱いた。

「本当ですか。当時の布施さんが、むしろ腕っぷしの面では劣っていたというのは」

徳嶋はタブレット型端末をテーブルに置き、画面をタッチした。防犯カメラの映像が再び始まる。

「こんな動きを見せられりゃ、誰だって勘違いするだろうがよ。当時は、中学生だったおれの孫とケンカしても、ＫＯ負けするんじゃねえかと思ったもんだ。いくら当世の極道はゼニが勝負といってもだな、腕がなってねえんじゃ世間にナメられちまうぞと、野郎に説教をした覚えがあるぜ。なあ？」

徳嶋は再びキッチンの老ヤクザに同意を求めた。ガスコンロの前に立つ彼が静かにうなずく。

塔子は元親分の証言を脳に刻んだ。これもかつての僚屋会関係者か、当時の麻布署のマル暴刑事に会って、この証言の裏を取る必要がありそうだ。

防犯カメラの映像を通して、機敏に動く布施を見て、あれこそが彼の本性だと思ったものだ。暴力団員ではないが、極道としての生き方までは変わっていない。一般市民に化けながら、後ろ暗い闇を抱えている。

カタギになってから、武術を身につけたとしたなら、なにかしら事情を背負っていると考えるべきだった。外堀を周到に埋めてから、布施をきつく締め上げてやる。なにも知らない被害者のように振る舞っているが、犯人にたどりつくには、被害者である彼の仮面をひっぺがす必要があった。

タブレット型端末の画面には、アウディの陰に身をひそめた布施が、コンクリートの床を匍匐前進し、隣に駐《と》めてあったＳＵＶの下に潜りこんでいた。何度見てもすばやい動きだった。これほど巧みに行うには、ふだんからたゆまぬ訓練をこなさなければならない。

また、襲撃されるのを想定していなければ、心の準備が追いつかず、身体はまともに動かないものだ。

たいていの警官も、匍匐前進のやり方は心得ている。柔道の鍛錬のさいに、寝技から逃れるために畳のうえを這いずりまわることになる。捜査一課には、柔道三段四段の経験者がゴロゴロしているが、若いころに猛稽古《もうげいこ》を積んだ結果であって、刑事になってしまえば、目の前の仕事に忙殺《ぼうさつ》され、せっかく磨いた腕がすっかり鈍ってしまうことはよくあった。

塔子もそのひとりだ。四段の段位を二十代で取得したものの、成績を上げるのに必死だったばかりに、学生時代のころよりも実力は錆《さ》びついている。

警察学校にいたころは、どの競技においても美波に引けを取らなかった。しかし六年前に、美波と麻布署の道場で対決したときは、もはや勝負にはならなかった。念願の赤バッジを手に入れたものの、格闘の面ではさらに錆びついてしまったと思う。

布施という男は捜査に協力的なようでいて、肝心な核心については知らぬ存ぜぬを決めこんでいる……ように思えてならない。かつての敵だった警察に対し、打ち明けられない秘密があるのは理解できる。

今後も、布施の周辺を徹底して洗わなければならない。いずれ同一犯と思しき襲撃者に殺害された水上や塚元との接点も見つかるかもしれない。格闘の腕は落ちたかもしれないが、刑事としての目に狂いはないはずだ。

勢いをつけてワインを飲んで核心に迫る。

「布施さんは誰を警戒して、あれほどの訓練を課していたんだと思いますか？」

徳嶋はワイングラスを持って微笑んだ。

「そりゃ、やっこさんの周りには、いろんな虫がうろついているからな」

「虫？」

「たとえば、このおれだ」

思わず石狩と目を合わせた。石狩が声をあげる。

「おい――」

徳嶋は掌を向けてさえぎった。

「刑事《デコ》はせっかちで困る。話を最後まで聞けよ。おれはなんにもしちゃいねえ。手下の年寄りたちもだ。なにしろ事件が起きるまで、もう布施の存在すら忘れかけてたんだ。なにしろ十年も経ってる」

塔子が言った。

「ただし、布施さんのほうはそう思ってない」

「ここまで酒につき合ってくれたんだ。土産を持ちかえらねえと、ねえちゃん、あんたも上から大目玉を喰らうだろう。ヤクザも警察《サツ》も似たようなもんだからな」

徳嶋はワインを飲んだ。

今までは機嫌よく飲んでいたが、急にまずそうな顔つきに変わった。彼の言葉の意味を考える。

「上……布施さんとなにか確執が？」

「今の時代、確執なんてもんがねえ野郎のほうが少ねえだろうよ。おれの器量が足りなかったといえばそれまでなんだが、要するにコレだな」

徳嶋は指を丸めて、ゼニのマークを作った。「極道なんてのはもう恐竜のような存在さ。ただでさえ景気が悪いうえに雁字搦《がんじがら》めだ。正業は持てねえ、暴れりゃ長期刑《ナガムシ》、非合法なシノギに手を出しゃ、すぐに誰かが密告《チンコロ》しやがる。十年前といえば、こっちが身動き取れねえのをいいことに、カタギ面した半グレどもが、でかいツラしてのさばっていたころだ。とっくに極寒の時代を迎えてた。組員のなかには、公営団地から追い出されて、ホームレスになっちまったやつもいれば、生活保護で細々と食いつないでいるもんもいる。そんなしょっぺえ状況だ。そんなのは、あんたら警察《サツ》がよくご存じだと思うが」

彼は塔子らの顔を見渡した。

「ええ……まあ」

彼女は曖昧《あいまい》に返事をした。

元親分の口を滑らかにするために、ちょっとした酒宴につき合ってはいるが、内心ではヤクザを欲望の赴《おもむ》くままに動く外道《げどう》と蔑《さげす》んでいる。

その嫌悪感は、六年前の事件でさらに強まった。六本木や西麻布界隈を中心に暗躍していたドラッグの密売組織〝フジヤマデリバリー〟。元暴走族ＯＢと暴力団が関わっていた。かつて父の右腕として活躍していた新浦成明が、その密売組織側に情報を売っていたことが判明。塔子や美波にとってはかけがえのない恩師だったが、借金の重さに耐えかねて手を汚してしまった。彼は汚職を苦にして自殺している。美波という友人も失った。

石狩がワインボトルを掲げた。フランスのビンテージワインだ。

「そのくせ、お前らときたら見栄っ張りだからな。会が解散するぎりぎりまで、子分たちからしこたま上納金をむしり取ったらしいじゃねえか」

「むしり取られるのは、おれだって同じだったさ。子分から必死にかき集めた金はな、さらに上の組織に吸い取られていくばかりだった。義理掛けにかかる金もバカにならねえ。今になって考えりゃ、もっと早く解散してりゃよかったと思うが、僚屋会ってのは歴史だけは古くってな、大正時代からの代紋を大事に守っていかなきゃならねえと、毎日金集めに奔走《ほんそう》していたんだ。まるで借金抱えた中小企業の社長みたいによ。お前らにその苦労がわかってたまるか」

塔子は思わず前のめりになった。

「布施さんとなにかトラブルに？」

「僚屋会のなかじゃ、あいつがもっとも商売上手だったのさ。博打場をやるにしても、サービスも客扱いも絶妙だった。よその組織からの嫌がらせや、警察の摘発にも負けずに稼ぎまくってた。図抜けた商才の持ち主だったんだ。そんな野郎が組を抜けたいと言ってきた。簡単に許せるはずがねえ。小指なんか持ってこられても困るからな。だから条件を出した。とにかくコレを持ってくれれば認めてやると」

徳嶋はまたゼニのマークを作った。彼女は尋ねる。

「いくらです？」

「それも布施に訊けばいい。億単位とだけ言っておく。要するに、おれはあいつを足抜けさせねえために、無茶な額を提示したってわけだ」

「ところが、布施さんはその額を用意した」

「きっちり耳を揃えてな」

石狩はコーヒーを飲み干した。当時の話に興味を抱いたのか、かすかに頬を紅潮させながら割って入る。

「カネの出所は」

「んなもんは知らねえ。カネはカネだ。札束に名前が書いてあるわけじゃねえ。なにも訊かずに受け取った。ヤバいカネだと知ったうえで懐に入れたら、おれが教唆《きょうさ》したってんで、パクられるだろうが」

「犯罪絡みということですか？」

「おいおい、あいつのシノギ自体が犯罪だったんだぜ。なにせ博打場の運営だからな。賭博場開張等図利罪ってやつだ」

「布施さんはすでに優れた経営者だった。裏カジノもたいへん盛況だったようですね。僚屋会を抜けるさい、あなたから大金を要求されるのを見越して、以前から貯めこんでいたとは考えられませんか？」

「それはねえな」

徳嶋は即答した。「おれも必死だった。代紋を守るためにな。稼ぎの悪い子分からは搾《しぼ》り取る。稼ぎのいい子分からはもっと搾り取ってきた。布施は金になる樹だ。あいつみたいに稼ぎのいいやつほど、つねに目を光らせなきゃならなかった。カネは力になる。ここでクーデターでも起こされたら、たまったもんじゃねえ。カネを貯めこむ隙なんか与えなかった。やつがじっくり育てた顧客リストを取り上げたときもありゃ、上から押しつけられた大量のミネラルウォーターだの雑貨品だのをしょっちゅう買わせたときもある。親分衆と高級クラブで飲み食いしたさいは、全部あいつにツケを回したときもあったな。野郎の米びつがカラなのを知ったうえで、用意できるはずもねえ大金を条件として提示したわけだ。きっちり持ってきたからには認めるしかねえ。これ以上、ぐだぐだと難癖をつけたら、布施はおれを殺そうとしただろう。布施にしてみりゃ、おれは生き血をすするヒルにしか見えなかったかもな。カタギになってからも、ガジられるんじゃねえかと思ったんじゃねえか」

石狩がニヤニヤと笑う。ガジる――恐喝するという隠語だ。

「じっさい、ガジったんじゃねえのか」

「カタギになった者《もん》をガジったら、お前ら喜んで逮捕状《フダ》持って、刑務所《ムショ》にぶちこむだろう。おれとの縁はそれで終わりだ。スッパリとな。手下たちにも、布施には手を出すなときつく命じたよ。そんでも裏カジノなんかやってたのをネタに、布施をガジろうとしたチンピラはいたようだ。おれの手下だったときもありゃ、噂を聞きつけたよその三下だったときもあるが、そのたびに、坂口が二度と来ねえように、丁重にもてなしたようだ。あいつこそ、うちのなかじゃもっとも喧嘩《ゴロ》が強かった」

塔子は考えた。ワインをだいぶ飲みはしたが、興奮で頭は冴えきっている。

暴力団員だった布施は、すんなりと組織から脱退できたわけではないらしい。元親分から大金を要求され続け、布施たち子分は、上納金を工面するのに苦労していた。つねに売上金は吸い取られ、手元にカネは残らなかった。

それでも徳嶋に〝億単位のカネ〟を納めた。そのうえカタギになると、すぐに株式会社を起ち上げた。イタリアで修業をした日本人シェフを雇い、恵比寿《えびす》にレストランを開業している。徳嶋への安くない〝解約料〟、それにレストランの開業資金。それらをどうやって工面したのか。

徳嶋が手刀を打つフリをした。懐かしい目をしながら。

「布施が身体を鍛える理由はわかるぜ。やつがいくらカタギになったといって、小ざっぱりとした格好をしてても、極道だったという経歴は消せねえんだ。いくら肌を擦《こす》っても、彫っちまった刺青《モンモン》が消えねえのと同じだ。そいつは、会を解散させたおれにも言えることだがな」

塔子は床に落ちた木刀に目を向けた。

よく見るとスヌケの木刀だ。スヌケは樹齢二百年以上を経た古木の芯材を指す。濃い茶褐色をしており、独特の光沢《こうたく》を放つ高級品だが、だいぶ使い古されており、傷や欠けが目立った。柄《え》のあたりが変色している。

徳嶋は他人事《ひとごと》のように布施について語ってくれたが、彼もまた同じような立場にあった。巽会という巨大組織から離れ、大正時代から続いた老舗《しにせ》団体を解散させた。親分という肩書きも消失。組織を維持するためとは言うが、かつての子分たちからは相当の恨みを買っただろう。それこそ、彼をガジろうとした人間はきっと少なくはないはずだ。

キッチンでは、包丁を持った老ヤクザが野菜を刻んでいた。トントンとまな板がリズムよく音を立てている。一階で見かけたときこそ、いかにもしょぼくれた老いぼれヤクザのように映ったものだが、刃物を手にした顔は、別人のように引き締まっている。石狩は小馬鹿にしていたものの、案外ボディガードとしても活躍しているのかもしれない。

防犯カメラの映像をまたも思い出した。瞬時に社長の盾になって、銃弾を身体で受け止めた坂口。襲撃者に手刀を叩きこんで、銃弾を避けてみせた布施。

極道だった過去を、誰よりもはっきりと覚えているのは、彼らふたりかもしれなかった。

9

美波たちを乗せたミニバンが停まった。

腕時計に目を落とした。頑丈が売り物のスポーツウォッチだ。スーツには合わないが、職務上タフな腕時計でなければ、しょっちゅう買い替える羽目になる。時計の針は夜十二時近かった。日付が変わろうとしている。

ハンドルを握っていた本田が掌で顔を拭った。深々とため息をつく。

「やれやれ。ようやくご帰宅か」

「まだ気を緩めない」

本田のわき腹を指で突いた。

彼女らがいるのは、品川シーサイド駅近くの再開発地区だ。真新しい超高層ビルやマンション、ショッピングセンターが立ち並んでいる。

近年はＩＴ企業を中心に、アシスタンス会社、ゲーム会社などが集まっており、新しいビジネス街を形成している。同駅の乗降客は一日に二万人以上にも達し、昼間は多くのビジネスマンでごった返すが、夜になると閑静なマンション街へと変わる。

布施の自宅も高層マンションの一室にあった。築五年も経っていない真新しい建築物だ。布施の会社〝パシオン・フードカンパニー〟からも近く、車であれば五分もかからない位置にある。

マンションの屋上には赤い航空障害灯がついている。敷地内には、樹木や草花が豊富に植えられており、高級感に満ちていた。

居住者用の駐車場は地下に設けられているが、地上にも駐車スペースがあり、ベンツやシボレーのＳＵＶ、ジャガーの大型クーペが並んでいる。高級外車の見本市と化していた。

ミニバンの前には、ワゴンが停まっていた。布施の会社の社用車だ。布施らがワゴンから降りる。

布施らが降車するのに合わせて、美波たちもミニバンから降りた。美波たちＰＯ全員が、防弾プレート入りのビジネスバッグを携えた。警護対象者の布施を囲み、マンションの玄関へと誘導する。友成も今井も、猛禽《もうきん》類のような視線を周囲に向けて警戒にあたる。

しかし本田同様に、顔には疲労の色が濃く表れている。

疲れているのは美波も同じだった。ただし班を仕切る者として、後ろ向きな発言はできない。ビジネスバッグが、ことさら重く感じられた。

警護の初日には緊張がつきものだったが、想定される敵は拳銃を持った連続殺人犯だ。POとなって、これほど残虐《ざんぎゃく》な襲撃者と向き合うのは、美波を含めて全員が初めてだった。予想以上に神経がすり減り、体力も消耗していた。捜査が長期化すれば、それだけ身辺警護は長引いてしまう。

塔子の顔が脳裏をよぎった。六年ぶりに会った彼女は、よくも悪くも青臭さが抜け、円熟味が増していた。敵意をあからさまにむき出してはきたが、赤バッジの似合う刑事になったと素直に思う。なかなかいいツラをしていた。

彼女の評判なら、噂を通じてよく耳にしていた。底なしのスタミナと負けん気を発揮し、父親譲りの洞察《どうさつ》力を身につけ、職人集団の班長へと成り上がった。

布施の襲撃事件を扱うのは彼女だ。今回のような大きな事件となれば、よりいっそう奮起するだろう。美波とのつながりは切れてしまったものの、塔子の実力までは疑ってはいない。地獄の猟犬と化し、襲撃犯の喉に噛みついてくれるものと信じていた。それまで、美波は布施を守り切らなければならない。

数人のメディア関係者が、布施の自宅にも張っていた。本来、夜中ともなれば、人気がなくなる地域であるだけに、記者やテレビクルーの存在がいっそう目立つ。

多くの事件担当者は、合同捜査本部が置かれた警視庁本部に集まっている。その一方で、布施からコメントを得ようとする報道関係者も少なくなかった。カメラを抱えて駆け足で近づいてくる。真夜中にもかかわらず、連中は布施に大声で呼びかけてくる。近所迷惑もいいところだ。玄関前で警備に当たっていた制服警官らが、メディア関係者の前に立ちはだかる。

布施の帰宅時間は品川署に伝えてあった。地域課の警官たちと報道陣が揉み合いとなる。その隙に、美波らは正面玄関へと向かった。

品川署は、事件が発生した翌日から犯人の襲撃に備え、布施の会社と自宅周辺のパトロールをひんぱんに行っている。

上司である組対三課の新谷管理官は、布施の身の安全を確保するため、布施の自宅を二十四時間態勢で見張ってほしいと、合同捜査本部を通じて、品川署に要請をした。

しかし、残念ながら要請は却下された。すでに品川署は刑事組織犯罪対策課だけでなく、地域課の署員をも合同捜査本部に派遣している。深刻な人員不足に陥っており、警備に割ける人間はいないとのことだった。布施家の重点パトロールにしても、第二方面本部の指示によって、近隣の大森《おおもり》署や大井《おおい》署が協力しあって行っているという。

事件の影響はすでに東京だけでなく、警察庁関東管区警察局が各県警に警戒を呼びかけている。今でこそ被害者は元ヤクザという共通項があるものの、犯人らがきわめて凶悪な人物であるという事実は変わらない。トカレフによる銃弾が、いつ誰に対して向けられるのかはわからない。犯人らが捜査をかく乱させるため、暴力団と関連のない一般市民を狙ってもおかしくはなかった。

新しい高級マンションとあって、セキュリティは厳重だった。POの警護対象者は一般人や、暴力団から足を洗おうと決めた人間たちだ。VIPを守るSPとは異なり、ごくふつうの家や集合住宅で暮らす住人を守らなければならない。しかし布施の住居に関しては VIP並みといえた。

美波は布施のマンションに入った。

ドアが自動的に開いた。キーレスエントリーシステムだった。居住者がリモコンキーを携帯しているだけで、自動ドアが開く仕組みだ。ふたつの自動ドアを潜り抜け、美波たちはロビーへと入る。

隣の本田が口を尖らせた。口笛を吹く真似をする。ぴかぴかに磨かれた大理石の床と、開放的なスペースが広がっている。深夜とあって、照明のほとんどは消されていたが、窓のそばにはライトがいくつも設置されている。

マンションの建物の周囲には、観賞用の木々が豊富に植えられており、幻想的にライトアップされている。いよいよ冬到来とあって、木々にはイルミネーションライトが巻きつけられてあった。

　窓辺には、ガラステーブルを中心とした応接セット、円形のテーブルとアームレスト付きのチェアが設置されてある。シティホテルのロビーを思わせた。

　建物内部には共用施設として、フィットネスクラブやダンススタジオ、都心の風景を満喫できるスカイラウンジ、子供が遊ぶためのキッズルームも用意されているという。とても警官なんかをやっているかぎり、一生縁のないような住居だ。もはや嫉妬心を抱く気にもなれない。突き抜けた豪華さに満ちていた。

　住人は誰も見当たらず、ガランとしていたが、玄関前の木製ハイカウンターには、青い制帽をかぶった門衛兼コンシェルジュが立っている。

　布施は門衛に向かって目礼した。彼は笑みを見せて敬礼を返した。布施にまつわる事件を当然ながら知っているらしく、門衛の笑みは硬かった。ジャガイモのような朴訥《ぼくとつ》な顔立ちと、餃子《ギョーザ》のように潰れた耳をしている。

　美波の視線に気づいたのか、布施が言った。

「アマレスをやっていたらしいです。カウンターのなかには、防弾防刃用のシールドもある。今回の事件をうけ、警備会社が準備したらしいです」

「それは頼もしい」

　美波は答えた。

皮肉やお世辞ではない。本心だった。身辺警護に限らず、犯罪を未然に防ぐには、警察の力だけでは限界がある。市民や民間企業との連携が欠かせない。とくに布施はこれまでの対象者のなかで、もっともセキュリティの高い住処《すみか》で暮らしている人間だった。

所轄署が人手不足に陥って、パトカー巡回しかできないなか、マンションの高度な防犯態勢は頼もしかった。布施の部屋は三十階にある。壁をよじ登るのはまず不可能だ。とはいえ、侵入経路がまったくないわけではない。マンションの住人を襲って、リモコンキーを奪ってしまえば、少なくとも玄関内には入りこめる。犯人の残虐性を考慮すれば、無関係な人間を襲うことも充分に想定できた。

門衛兼コンシェルジュが、住人の顔をすべて記憶しているとは限らない。その場合は、布施の部屋の前まで近寄れる。玄関ドアを短時間で打ち破れる道具は、合法的かつ簡単に手に入る。拳銃を入手するような人間たちならば、それらを手に入れたとしてもおかしくはない。油断は禁物だ。

エレベーターで三十階に向かった。手すりのついた内廊下は、グレーの絨毯《じゅうたん》が敷《し》きつめられてあった。布施とPOの足音だけがする。

玄関前にたどりついた。鍵穴のない電子キー対応の扉で、ピッキング対策が施されている。布施はドアノブに触れた。リモコンが作動し、ドアの鍵が外れる音がする。

美波が言った。

「今日のところはこれで。明日は……というより、もう今日ですが、七時三十分に迎えにあがります」

「申し訳ありません」

彼は恐縮したように頭を下げた。

「ご心配なく。布施さんには、できるだけふだんどおりの生活を送っていただきます。それも私どもの任務のうちですから」

美波は微笑を浮かべた。

重役出勤なる言葉があるが、社長の布施には当てはまらなかった。〝パシオン・フードカンパニー〟本社の始業時間は朝九時だ。しかし、布施は会社のなかで誰よりも早く出勤する勤勉な経営者であるらしく、いつもは七時ジャストに家を出るという。秘書の坂口が迎えに来ていたらしい。

出発を三十分遅らせたのは、彼の行動パターンをずらすためだった。

勤勉な人間ほど規則正しい生活を送る。布施の一日のスケジュールを聞きだした。彼もまたそのタイプの人間であり、ほぼ似たような毎日を過ごしていた。毎朝七時に家を出ては一番に出勤し、来客や電話などの邪魔が入らないうちにペーパーワークをこなす。午前中は来客の対応や会議に加わる。午後から夜にかけて、会社と外を行き来し、取引先を訪問するなり、視察目的で経営しているレストランを訪れる。

彼が襲われたのは本社の地下駐車場だった。過去ふたつの事件と異なり、布施らが昼間の時間帯に襲われたのは、仕事中の彼の行動パターンが規則的で読みやすかったからだろう。夜は会食などもあり、帰宅する時間はその日によって異なっていた。

犯人たちは場当たり的にターゲットを狙っているのではない。標的のガードがもっとも手薄になる時間帯を選び抜いたとしか思えなかった。被害者たちの行動を入念にチェックしていた可能性が高く、そのためには出勤時間や会社までの道順などをこれから毎日変える必要がある。

布施が尋ねてきた。

「これから……職場に戻られるのですか」

「ええ」

布施は腕時計に目を落とした。

「もっと出勤時間を遅らせましょうか。これから職場に戻って、帰宅したとすれば……片桐さん、あなたがたの睡眠時間はほとんどない」

「帰宅はしません。職場である本庁には、仮眠室もシャワーもあります。ご心配には及びません。それに、我々は頑丈なのが唯一の取り柄ですから」

美波は肩をすくめた。

本音を言えば、問題がないとは言い切れなかった。本庁に戻ったら、翌朝に開かれる捜査会議のために、本日のレポートをすみやかに作成しなければならない。

美波の自宅は日暮里《にっぽり》にあるが、最初から戻れるとは思っていなかった。身辺警護の任務が始まるたびに、着替えや日用品を職場に持ちこんでいる。

本部で仮眠を取ると言っても、仮眠室で睡眠を取れるのは、早くとも午前三時近くになるだろう。だいぶ汗を掻いている。シャワーも浴びたかった。食事も摂《と》っていない。

専従のＰＯである美波たちは、体力自慢の猛者揃いではあった。格闘術や身体能力が優れているのはもちろん、徹夜をモノともしないタフネスぶりを備えている。美波自身も組対四課に所属していたころは、連日のように仮眠室に泊まりこんでは、不規則な毎日を送っていた。

自宅には動物はもちろん、観葉植物の類もいっさい置いていない。十日以上も自宅に戻らなかったため、植物を枯らしてしまった経験がある。室内は緑にあふれ返っているが、すべて造花や人工観葉植物だった。

取り締まりや事件捜査ならば、短時間の仮眠でも充分かもしれなかった。しかし、身辺警護となると話は別だ。ほんの一瞬の気の緩みが、取り返しのつかないミスにつながる。敵はいつ襲ってくるかもわからないのだ。睡眠不足は集中力を散漫にさせる。頑健で知られる片桐班のＰＯにしても、四六時中緊張を維持できるわけではない。

しかも今回の任務は異質だ。すでに数名の命が無慈悲に奪われているだけでなく、布施も危うく銃弾と刃の餌食《えじき》となるところだった。彼の秘書は未だに集中治療室にいる。襲撃犯には、これまでによくあったガラス割りや嫌がらせ程度では済ませられない殺意が漲《みなぎ》っていた。

布施が提案した。

「翌朝はやはり一時間遅らせて、八時三十分に変更しませんか？　急な変更で申し訳ありませんが」

美波は眉をひそめた。

「気遣いは無用ですよ」

「そうじゃありません。私の事情で変えたいのです。明日は明日で多忙を極めます。挨拶回りや、トラブル対策の会議、それに辞めた社員の穴埋めをするため、あれこれと指示を出さなければなりません。場合によっては私たち幹部も現場に立たなければならない。いつ帰宅できるか見当もつきません。ゆっくり眠らなければ、私の身体が保たない」

布施の顔を見た。

初めて会ったときと変わらず、彼の表情は冴えなかった。顔色は悪く、目の下に隈がくっきりと現れている。疲労の色が濃く、ときおり咳もしていた。彼の言葉には説得力があった。隣の本田がひそかに顔を輝かせる。

「……わかりました」

「急なことを言ってすみません」

布施はドアを開けた。

広い玄関口が見える。バリアフリー対策が取られているようで、三和土《たたき》と廊下に段差はなかった。我が家に入ろうとしたところで、彼は美波に告げた。

「少しだけよろしいですか。まだ家内の紹介が済んでいません」

「これからですか？」

美波は思わず目を見開いた。彼はうなずく。

「家内も挨拶をしたがっています。お時間は取らせませんので」

「わかりました」

美波の部下たちも、面食らったように顔を合わせる。しかし、布施の家族も警護対象者に含まれる。できるだけ早く顔を合わせておきたかったところだ。

布施は気遣いがうまい男だった。明日の送迎時間を遅らせたのも、美波たちの体力を心配してのことだろう。

暴力団員から転身し、実業家として成功を収めた。まだ、たった一日しか経ってはいないが、社員たちも彼に敬意を払っているのがわかった。

挨拶回りに会社を出た際、とくに集合の号令がかかったわけでもなく、社員たちは仕事の手を止めて玄関へと集まった。布施の無事を祈りながら見送っていた。

「お邪魔します」

美波たちPOが自宅へと入った。美波が玄関ドアを閉めた。ドアは木目調であり、スムーズに可動したものの、扉自体には独特の重量感があった。

表面はチーク材で出来ているが、なかには鋼材が挟まれているようだった。電動ドリルで穴を開けるのには時間がかかる。またドアと枠に隙間はなく、バールやドライバーでこじ開けるのは難しい。合格点が与えられそうだ。

三和土は広かった。家族たちの靴がすでに並んでいたが、美波ら四名の靴が加わっても、なおスペースは充分にある。

広いのは三和土だけではない。廊下を進んでリビングに入ると、開放感にあふれた空間が広がっていた。布施はキッチンへと向かった。

「キャッチボールができるぜ」

本田が感嘆の息を漏らす。美波もじっくりと室内を見回した。

一階のエントランスやロビーも豪華だったが、当然ながら居住空間もまた贅沢な造りだった。天井の高さは三・五メートル以上はあるだろう。二十畳以上はありそうなフローリングの部屋だ。一部分はふかふかのカーペットで覆われ、壁には額に入った絵画や生け花が飾られてある。

大画面テレビとスピーカーといったAV機器類と、ゆったりくつろげそうな応接セットがあった。高級ホテルのスイートルームを思わせる。

　オフィスと同じく、部屋にヤクザ臭はしなかった。いくらヤクザから足を洗ったとはいえ、人間の趣味や嗜好はなかなか変わらないものだ。オフィスはカタギらしくても、プライベートでは虎の敷物や鎧《よろい》兜《かぶと》、揮毫《きごう》や日本刀がずらっと飾られるなど、ヤクザ趣味がもろに出る。だが、そうした類のものは見当たらない。また、ペットをよく飼いたがるのもヤクザにありがちだが、布施は所有していなかった。

　家は住人の本質を如実に表す。布施は暴力団の臭いをさせず、紳士的な実業家として振る舞ってきた。しかし、家は簡単にはごまかせない。床をチェックしてみたが、これといったへこみは見られない。とくに家具やオブジェを移動させた痕跡は見られない。

　オーディオの側には収納棚があった。ＤＶＤソフトが整然と並べてあったが、そのほとんどが子供用のキッズアニメだった。布施夫妻の間には七歳になるひとり娘がいる。布施が四十歳になってからできた子供だった。

　室内は、クラシックやジャズが似合いそうなアダルトな雰囲気に満ちていたが、部屋のところどころに、子供が好みそうなピンクやイエローの派手派手しい原色が混じっていた。ＤＶＤソフトやおもちゃを入れた収納箱、壁には娘が描いた絵が貼ってある。

　本棚もあったが、シャガールやマチスの画集や海外の写真集などの大型本に混じり、女児向けアニメのぬり絵や絵本が並んでいて、生活感を感じ取れた。実業家としての面しか見ていなかったが、同時に布施が一児の父親であるのを実感した。

窓に目をやった。カーテンで閉じられてあったが、この部屋の最大の目玉は、都心の夜景を一望できるパノラマウィンドウにある。南向きに設けられた巨大な窓は、天気のいい日であれば、日光がさんさんと降り注ぐのだろう。

本田は息を吐いた。

「仮眠室よりよく眠れそうだ」

たしかに応接セットのソファは、人ひとりが横たわれるほどの大きさだった。仮眠室のせんべい布団より、きっと寝心地はいいに違いない。

「頼みこんでみたらどうだ」

友成が茶化した。本田はあわてて首を振る。

「まさか。きっと本気にされちゃいますよ。布施氏は、ジョークが通じそうにない感じの人じゃないっすか」

「ジョークなんか言ってられる余裕なんかねえんだべ」

今井が口を挟んだ。

彼は無口な東北出身の男だった。国立大学の工学部出身で、もともとは技官を志望していた。現在も鑑識課や科捜研への異動を望んでいるが、学生時代に相撲部で主将を務めていた経歴が買われ、本人の意志とは裏腹に新宿歌舞伎町《かぶきちょう》交番や池袋東口交番などの激戦区で、無数の酔っ払いやならず者を相手にしてきた。

制服警官時代には、サンシャイン60通りで、包丁を持って暴れた通り魔をカチアゲとのど輪を使って制圧。警察庁長官賞を獲得している。ガタイのいいＰＯのなかでは小兵で、口数も少ないためにおとなしい性格に見えるが、誰よりも腹の据《す》わった男ではあった。刃物を持った狂人相手にも動じない根性が上層部に受け、刑事に抜てきされると、組対三課へと配属された。パソコンや顕微鏡と睨みあう仕事を希望していたはずだが、肉体を酷使する最前線へと送られてばかりいる。

美波は今井に尋ねた。

「あれは持ってる？」

「はい」

今井は胸ポケットを叩いた。

そのとき布施と妻の亜沙子《あさこ》が、キッチンから姿を現した。

「どうもすみません。お待たせしました」

布施亜沙子はスレンダーな体型の美人だった。黒いタートルネックのセーターと、柔らかなスキニージーンズを着用している。ウェーブのかかったブラウンの髪を黒いシュシュで束ねている。赤いセルロイドフレームのメガネが特徴的だ。

服装と相まって知的な印象を与えていた。富豪の妻というよりも、図書館の司書や教師に見える。布施よりも七つ年下で、もうじき四十になるが、実年齢よりも若く見える。

彼らはトレイを携えていた。トレイのうえには、人数分のティーカップがあった。ティーカップのうえから湯気が立ち昇っている。わざわざふたりで茶を淹れていたらしい。甘いハーブの香りが鼻に届いた。

トレイをテーブルに置くと、亜沙子は美波たちに向かって恭《うやうや》しく頭を下げた。

「妻の亜沙子です。このたびは、お世話になります」

亜沙子の口調は思ったよりも明るかった。声もはつらつとしている。美波が代表して一礼した。

「警視庁の片桐です。夜分遅くにすみません」

「とんでもない。こんな時間まで引っ張り回したのは主人ですから。お疲れでしょう」

「私どもは慣れていますが……亜沙子さんのほうこそお疲れでは？」

「いえ全然。訊かれたことに答えただけですから。それに、今日は家から一歩も出てませんし、下のフィットネスクラブで汗を掻いてました」

亜沙子はおかしそうに笑った。美波は迎合の笑みを浮かべた。どうやら似た者夫婦らしい。気丈な女だと思う。

亜沙子は旦那の布施と同じく、昼間は合同捜査本部の捜査員から、長々と事情聴取を受けているはずだった。警官の尋問は相手から気力を奪い取る。プライバシーを無視した無礼きわまる質問も飛んでくる。

おまけに夫が何者かに銃撃され、経営している会社がピンチに陥っている状況にある。平気でいられるはずがない。しかも犯人は、標的の社員や家族をも平然と巻きこむ冷血漢だ。空元気かもしれないが、苦境に立たされながらも、深夜に歓待してみせる。赤坂のクラブを仕切っていただけあって、腹が据わっていた。

布施と亜沙子が結婚したのは、ちょうど彼が極道から足を洗った十年前だ。籍を入れていなかっただけで、それ以前から同棲《どうせい》していた。いわば亜沙子は〝極道の妻《おんな》〟だった。客として通っていた布施と恋仲になった。

当時、彼女はクラブのチーママだったが、布施が会社を興《おこ》したさいには取締役として名を連ね、初期のころは夫とともに会社の経営に汗を掻いている。貯金をすべて布施の会社に投じており、現在は〝パシオン・フードカンパニー〟の筆頭株主でもある。

布施はハーブティーを勧めた。

「リンデンとカモミールをブレンドしたものです。神経の疲労に効果があると言われています」

美波は茶をいただきながら、亜沙子を交えて警備について話し合った。娘の学校までの送迎は、しばらく美波らが行うこと。夫の布施については自宅に戻るまで警護につくこと。また外出しなければならないときは、布施か美波たちに連絡するように伝えた。

美波はつけ加えた。

「それと心苦しいのですが……」

亜沙子はうなずいた。

「外出自体、なるべく控えてほしいというのでしょう」

「はい」

「捜査員の方からも言われました。犯人は家族をも狙う卑劣《ひれつ》な人間だと。その点についても心得ています。マンションには子供の遊び場とフィットネスクラブもありますから。買い物は当分、社員の誰かにお願いする予定です。外をぶらぶらしてると、買わなくていいものまで買っちゃうから、出費を抑えるのにいい機会だと思うようにしてますから」

「ご苦労をおかけします」

美波は礼を述べた。

ＰＯが苦労するのは、警護対象者の理解を得ることだ。いくら美波たちが訓練を積み重ねたとしても、対象者に自己防衛の意識が欠けていればどうにもならない。その点では、布施夫妻は申し分なかった。

「それでは……」

ハーブティーを飲み干し、美波らは立った。布施夫妻も立ち上がる。

「急に呼び止めてすみません」

「こちらとしても、奥さんにお目にかかりたいと思っていたので好都合でした。今後ともよろしくお願いします」

美波たちが引き上げようとしたときだった。今井が割って入った。胸ポケットから盗聴発見器を取り出す。

「班長」

「そうだった」

美波は布施に言った。

「念のためですが、ここも確かめさせていただけますか。短時間で済ませます」

「ええ、もちろんです」

布施が応じた。

襲撃者は対象者の動きを事前にチェックしていた。断定はできないが盗聴の可能性は高い。張りこみや尾行という手段で把握したとは限らない。被害者の周囲からうまく聞きだしたか、オフィスや自宅に機械を仕こんだのかもしれない。確かめる必要があった。

今井が電源のスイッチをひねった。

「なにもないとは思いますが」

彼が持っている盗聴発見器の受信周波数は50～２０００メガヘルツと幅広い。盗聴器とそれ以外の電波を識別するのには、経験と技術が求められるが、技官志望の今井はそれをたちどころにやってみせる。布施のオフィスはすでに調べてあった。

盗聴発見器のスピーカーからかん高い音が鳴った。電波の強さや、盗聴器との距離の近さを示すＬＥＤランプがいくつも灯る。

美波は息を呑んだ。ＰＯ全員の顔色が変わる。

「どうしましたか」

布施が尋ねてきた。亜沙子の表情が強張《こわば》る。

「ここに盗聴器が仕かけられてます」

美波が答えた。

10

塔子はエナジードリンクを飲み干した。

糖分とカフェインを含んだ甘ったるい液体が胃に落ちていく。どうも脳の回転はいまいちだ。眠気のせいで身体が重く、ものがうまく考えられない。

「大丈夫ですか」

ハンドルを握る水戸に声をかけられた。

「だいぶ、すっきりはしてる」

そう言いつつ、コンパクトミラーで自分の顔を確かめてみた。目がしょぼついている。表情に力もない。しかし、化粧はそれなりに済ませていたらしい。ほぼ無意識のまま寝ぼけ眼《まなこ》で、口紅やファンデーションを扱っていた。

「化粧はバッチリですよ」

「ありがとう。あなたは寝癖がついてるけど」

「えっ」

水戸はバックミラーで頭髪を確認した。掌でジェルを塗りつけた黒髪をなでつける。意地悪く笑ってみせた。

「行きましょう。気にならないわ」

セダンから降りた。未練がましく髪をいじっていた水戸も、運転席から降りる。

彼女らが降り立ったのは、布施の自宅がある高層マンションの前だった。

建物自体は真新しく、屋上には航空障害灯が星のように赤い光を放っている。敷地内は豊富な樹木や、きれいに刈りこまれた芝生《しばふ》が瑞々《みずみず》しさを演出していた。億ションらしいラグジュアリー感をかもしだしている。

すでに本庁の鑑識班が到着しているらしく、高層マンションの前には白のミニバンが停まっていた。正面玄関には品川署員らしき制服警官らが立っていた。カメラや携帯端末を持ったメディア関係者が色めき立っている。

顔見知りの警察《サツ》回りの記者がいた。塔子は舌打ちした。彼女を見つけると、記者は目ざとく駆け寄ってきた。ICレコーダーを向けてくる。

「班長、こんな夜中になんかあったんですか」

「さあ」

ぶっきらぼうに答えながら早足で歩いた。

その他のメディア関係者が津波のごとく押し寄せてくる。どいつもこいつも一日中張っていたらしく、きつい汗の臭いや加齢臭を漂わせていた。あっという間に、カメラマンや記者たちにもみくちゃにされる。本庁に戻ったら、またシャワーを浴びる必要がありそうだった。

記者はなおも質問をぶつける。

「ヤバいブツが出てきたんじゃないっすよね」

「ヤバいブツって?」

塔子は問い返した。記者はニヤニヤ笑うだけだった。頰を引っぱたきたくなる。

ヤバいブツ。記者らは布施をただの被害者だとは思っていない。今回の事件は、被害者がすべて元暴力団関係者だ。おかげで普段は聖人のように祭り上げられる被害者も、今度ばかりは事情が違っている。

テレビや週刊誌は、「許されない非情な犯罪だ」と前置きしつつも、被害者も叩けば埃が出るような連中だろうと口にするワイドショーの司会者や、冷ややかな論調で書かれた記事を目にした。

一日中、張っている記者たちの努力には頭が下がるものの、少しでもヒントやほのめかしを与えようものなら、このお祭り騒ぎがますます熱を帯びることになる。週刊誌やタブロイド紙は、なにげない捜査官のひと言から、話を面白おかしく盛り上げる。

「うるさいぞ！」

マンションの住民が吠《ほ》えた。

三階の窓からコップらしきものが飛んでくる。プラスチック製らしく、道路のうえでコーンと弾んだ。そんなもので怯む者などいない。雨あられと質問を飛ばしてくる。

水戸が品川署員を手招きした。署員があわてて駆けつけ、記者たちを塔子から引きはがす。すべて無視して玄関に向かう。完全に目が覚めていた。

「ありがとう。キレるところだった」

「むかついているのは同じですから」

意外に冷静な部下に、何度救われたかわからない。猪武者である塔子のブレーキ役となってくれている。

塔子らはマンション内へと入った。木製のハイカウンターにいた門衛が自動ドアを開けてくれた。マンションの入口では、二十四時間態勢でガードマンが目を光らせているという。

夜間はひとりでの警備体制となっているが、スタッフ室には緊急で呼び出されたと思しき私服姿の管理会社の人間が、鑑識官と防犯カメラについて話し合っていた。録画されているマンション内の映像データを拝借するためだ。

「ガードはしっかりしていますね。盗聴器なんてどうやって」

水戸が呟いた。

塔子は首をひねらざるを得なかった。なにしろ詳細まではわかっていない。足を棒にして、夜遅くまで訊き込みをし続け、レポートを作成した。ひとまず一日で行えることすべてを済ませ、シャワーを浴び、明日に備えて横になったところで、上司の沢木管理官から電話があった。布施の部屋から盗聴器が見つかったと。それ以外は不明だった。

捜査会議はおおむね夜に開かれるものだが、今回は朝に行われることが決まっている。被害者のなかにナイトビジネスの経営者がいるため、捜査員の聞き込みは真夜中にまで及ぶことが多かったからだ。

正面玄関には、ガタイのいい門衛が直立不動の姿勢を取っていた。また、マンションを出入りするには、住民が所持するリモコンキーが必須であるという。住民以外は、門衛やコンシェルジュのチェックを受けなければ入れない。塔子が住んでいるマンションとは雲《うん》泥《でい》の差のセキュリティだ。

たとえ、玄関を自由に出入りできる住民であったとしても、やすやすと布施の住居に出入りできるわけではない。布施家の知人や友人であれば、招き入れられたときに仕かけることはできるかもしれないが……一連の犯行と関係あるかどうかは不明だった。エレベーターに乗りながら頭を働かせる。糖分とカフェインが効き目を発揮する。

被害者の布施にとっては不愉快極まりないだろうが、捜査陣としてはひとつでも犯人にたどりつける材料がほしい。布施の親分だった徳嶋典三から、興味深い情報を引き出したものの、彼の酒盛りにつきあったせいで、あとの聞き込みは芳《かんば》しい成果を挙げられなかった。解散した僚屋会のメンバーに接触しようとしたものの、その居所を見つけるのは容易ではなかった。東京を去った者、海外に出て行った者と様々だ。

同じ系列の巽会系の組に拾われたヤクザもいたが、警察がやって来るのを避けるためか、どいつもこいつも行方をくらましている。夜半に本庁に戻ってからは、塔子の班が集めた防犯カメラの映像のチェックに忙殺された。

犯人たちは品川区内のコインパーキングで逃走車を乗り捨てている。駐車場周辺の映像データを収集していたが、食品会社のバンを乗り捨てて以来、犯人の面相はおろか、逃走車を放棄して、どの移動手段を取ったのかも不明だった。コインパーキング内に停まっていた車と思われたが、裏を掻いて目出し帽を脱ぎ去り、衣服を替えて電車で移動した可能性も捨てきれない――つまり、逃走経路もわかっていない。一日で確認できる事柄など限られているが、早くもぬるぬるとぬめる鰻《うなぎ》を捕まえるかのような嫌な手応えを感じつつあった。

捜査一課内で、横綱大関と称される桐生班と南雲班が投入されていながら、未だに犯行者の手応えを摑めずにいる理由が、わかったような気がしていた。

高級ホテルの通路のような絨毯敷きの床を歩き、三十階にある布施の部屋へと向かう。インターフォンのスイッチを押そうとしたが、その前に玄関のドアが開いた。

出迎えたのはスーツ姿のがっちりとした体型の刑事だった。美波率いるＰＯのひとりだ。若手の本田とかいう美波の部下だった。美波を慕っているのだろう。ＰＯにしては感情が表に出やすい男だ。眉間にシワを寄せ、塔子にガンをつけながら出迎える。

「どーぞ」

親指でリビングのほうを指した。いくら短気な塔子でも思わず苦笑したくなる。

「お疲れ様」

ふいに手を伸ばし、本田の曲がったネクタイを直してやった。彼は、目をこぼれ落ちそうなくらいに大きく見開く。

本田の横を過ぎてリビングへ。ラウンジやフィットネスクラブ、キッズルームまで完備されている高級マンションだ。豪華なのは予想済みだったが、それでもため息をつきたくなるほど贅沢な造りだった。

リビングの広さは、二十畳以上はあるだろう。天井から床までの距離は三メートルを超えている。剣道の竹刀《しない》を余裕で振り回せそうな空間があった。東京の狭い住宅事情を考えると、この部屋の広さそのものが成功者の象徴のように見える。

ただし今は勝手が違っていた。複数の鑑識官たちが、トランシーバーに似た形の盗聴器発見装置を持ち、リビングからバスルームまで、幅広く室内をうろついていた。ドアはすべて開けっ放しで寝室まで丸見えだ。まるで事件現場に立ち合っているかのようだった。

高級ソファに、悄然《しょうぜん》と腰かける成功者の家族の姿があった。部屋主の布施と、妻の亜沙子だろう。ふたりの間にはタオルケットに包《くる》まった小学生くらいの子供がいた。母親にもたれて眠っている。布施のひとり娘である愛海《あみ》だった。

布施が立ち上がった。亜沙子も立とうとするが、塔子は彼女を制した。

彼は頭を深々と下げた。

「夜遅くに。お手数をおかけします」

布施とは昼間に会っているものの、顔はだいぶやつれている。夫妻ともに顔色がよくなかった。彼の左手に巻かれた包帯がわずかに茶色く汚れている。疲労のうえにショックも受けているだろうが、相変わらず慇懃《いんぎん》な態度を崩さなかった。

「こちらこそ、夜分遅くにお邪魔します」

その堅苦しい態度が、塔子にとっては胡散《うさん》くさく思えてならなかった。ソファを勧めた。

「休んでいてください。お疲れでしょう」

布施夫妻の横には美波が立っていた。布施を座らせると、代わりに彼女を睨んだ。人差し指でリビングの隅に呼び寄せる。声をひそめた。

「あんたたち、まだいたのね」

「例のブツを発見したのは私たちだから。それに、これほど人の出入りが激しいうちに、ＰＯの私たちが帰れるはずがない」

「こっちはまだなにも聞かされてないの。ブツはどこに？　設置されたのは何個？」

美波は布施を見やった。

「捜一の班長さん。お言葉を返すようですが、それならここの部屋主さんにうかがったらどうでしょう。私たちは黙って警護に徹するだけよ」

塔子の頭が熱くなった。美波はすぐに首を横に振る。

「……なんてね。今朝みたいなつまらない縄張り争いはごめんだから話すわ。布施さんも奥さんもひどいショックを受けているし」

塔子は間を置いた。声をひそめろ――自分に命じる。自分の地声が大きいのを知っていた。美波が相手だと、急に余裕を失いかけてしまう。

「それで？」

「見つかったのは一個だけ。見つかったのは子供部屋で、愛海ちゃんのランドセルから。鑑識に部屋の隅々まで調べてもらっているけど、今のところは見つかっていない」

「子供のランドセル？」

予想外の答えだった。思わずオウム返しで訊き返す。

「今井君」

美波は部下を呼び寄せた。

今井なる男は熱心に鑑識官と会話をしていたが、彼女らのもとにやって来た。

「発見したのは彼よ」

俊敏《しゅんびん》そうな身体つきをしたＰＯのなかで、どこか鈍重《どんじゅう》そうなあんこ型の体型をした若手だった。厚ぼったい瞼と大きな丸顔。顔も身体もスリムな美波とは、なにかと対照的に映ってみえる。

「盗聴器について説明してあげて」

今井がうなずく。

「ブツ自体はすでに鑑識に預けましたけんど、取りつけられったのは、会話用盗聴発信機です。日本マイクロ電子社製のもので、型番はＫＴＶ‐４００だなっす。発信機の大きさはＵＳＢメモリ程度といったところだねっす」

塔子はあわててメモ帳に書き留める。

今井の言葉には独特の東北訛《なま》りがあったが、すらすらと鑑識官のように淀《よど》みなく盗聴器について語りだした。未だに野卑《やひ》でヤクザなマル暴刑事が幅を利かせる組対部に、こんな技官風の男がいたのかと、心のなかで驚いた。

「コンセント型やコード式ではないのね」

「違うねっす。KTV-400は電池式で、なかに充電式のリチウム電池が入ってました」

「充電式。どれだけ動き続けるの？」

「フルに充電させれば約一四四時間。おおよそ六日間ってところだなっす。発信機自体が小型ですんで、ランドセルの前段ポケットに入っていましたが、布施愛海ちゃんは今夜にいたるまで、仕かけられていることに気づいていなかったようです」

メモを取りながら考えをめぐらす。

どうも塔子が想像していた事態とは違っているようだ。セキュリティが厳重な布施邸に潜りこめる人間は限られている。業者を騙《かた》って入るか、あるいは布施一家の友人知人か。取りつけた人間を絞りこめるかと思ったが、子供のランドセル内にまぎれこんでいたとなれば事情は異なる。

盗聴器の存在は捜査陣にとってチャンスでもあった。事件と関係しているかは不明だが、仕かけた人物を特定する価値は大いにある。犯人らは、盗聴器から布施一家の情報や動きを察知していたのでは。エナジードリンクによって回転しだした頭は、そんな推理を構築していった。コンセント型やコード式の盗聴器であれば、半永久的に電流を確保し続ける。

しかし、子供のランドセルとなると、推理は根底から崩されてしまう。盗聴器を仕かけるのに、布施邸に潜りこむ必要はない。子供ともなれば、ランドセルを放置して公園やら広場で遊ぶことも多いだろう。仕かける隙はいくらでもある。

また、電池式ともなれば、たった数日間しか盗み聞きができない。そのうえ、子供の持ち物であるランドセルに仕かけたとしても、布施に関する重要な情報が得られるとも思えない。ロリコンの変態なら別だろうが。

「ランドセルのポケットに入っていた……ということは、会話をまともに聞き取れるものかしら」

今井に訊いた。彼は淡々と答える。

「難しいんでねえがっす。さっきも鑑識と話をしましたが、ポケットで密閉されているうえに、ランドセルの分厚い革製の冠《かぶせ》でフタをされてしまっては、盗聴器内のマイクではほとんどなにも拾えんでしょう」

美波が言葉を継いだ。

「発信機が出す電波は、せいぜい一〇〇メートルから二五〇メートルほどらしいわ。二万円程度の市販品で、遠隔操作もできなければ、ＶＯＸ機能も備わっていない。つまり、電波を受信するには、このマンションの敷地内か、建物の周りにいなければならないことになる」

塔子はうなった。

マンションに入れるのは住民かスタッフのみだった。また、ひんぱんに品川署がパトロールを行っているうえに、マンションの周囲はメディア関係者が取り囲んでいる。

ＶＯＸ機能とは、音があるときに自動的に電波を発信し、無音になれば電波送信を停止する装置だ。盗聴器に限らずレコーダーやトランシーバーにもついている。とくに特殊な機能ではない。物音や声がしたさいにのみ電波を発信するので、盗聴器の電池を無駄に消耗させることはない。

そのＶＯＸ機能が備わってもいない。仕かけられていた盗聴器は、たとえ室内に誰もいなくとも、つねに電波を発信し続ける不効率な代物でしかないのを意味している。

ボールペンでメモ帳を突いた。

「つまり……仕かけた人間は、まともに盗み聞きをする気は最初からないということね。取りつけっぱなしにしたまま放置しているだけで」

美波と今井がうなずいた。傘を忘れたまま、大雨に見舞われたような憂鬱《ゆううつ》そうな表情を見せた。美波は目を伏せる。

「断定はできないけど。ちなみに愛海ちゃんは、父親が事件に遭って以来、体調を崩して学校を休んでいた。ようやく具合がよくなったところだけど」

「ということは、事件が起きる前に盗聴器が仕かけられた可能性が高いわけね」

思わず窓に目を走らせた。

つまり、下で待ち構えているメディア関係者でもないということだ。貪欲《どんよく》に情報を欲しがるピラニア集団で無法者に近い連中ではあるが、企業の看板を背負った会社員に過ぎない。被害者の住居に盗聴器まで仕かけるような愚行までやらかすとは考えにくい――それもまた断言はできないが。

美波が言った。

「愛海ちゃんからも、ごく簡単にだけど事情を聞かせてもらったわ。子供部屋に盗聴器があると知って、バタバタとみんなで子供部屋に殺到したものだから、起こすことになっちゃった。事件が起きる二日前、下校の途中に鮫洲《さめず》運動公園へ寄って、クラスメイトたちと遊んでいたみたい。盗聴器の電池が生きてる間に、学校と自宅以外でランドセルを放置したのは、そのときぐらいしか思いつかないと答えてくれてる」

息をそっと吐いた。

本当なら大きなため息をつきたかったが、立場上、周囲を暗鬱《あんうつ》とさせる仕草をするわけにはいかない。被害者の家族や部下、おまけにライバルまでもが顔を揃えている。

鮫洲運動公園は、マンションから数百メートル離れた位置にあった。品川区自慢の区立公園であり、その面積は約一四万平方メートルを誇る。他の公園では見られない独創的な遊具やつり橋、クライミングウォールなどがあり、子供たちの人気スポットだ。

子供が遊びに熱中している間に、盗聴器をランドセルのなかに放りこむ。さほど難しくはないだろう。水上や布施のような元極道の命を奪うよりは、はるかに簡単な作業といえる。

公園にはむろん防犯カメラが設置されているはずだ。人の目もかなりあるだろう。リスクをわざわざ冒してでも、実質的には役に立たない盗聴器を仕かける。犯人側の意図するところは明らかだ。

「たちの悪い脅しね」

「私もそう思ってるし、布施《マルタイ》一家もそう受け取っている。組対三課《こっち》の上司には連絡したけれど、明日の捜査会議で、沢木管理官にも応援の要請をするつもり。警護の人員が足りそうにない。布施《マルタイ》だけでなく、妻子も警護しなければならないから」

リビングに漂う重い空気の正体が、ようやくはっきりと摑めてきた。

単に盗聴器を仕かけられ、プライベートまで漁られたからではない。かりに襲撃犯によるものとすれば、卑劣な脅迫以外の何物でもない。

盗聴器から読み取れるのは、標的は布施だけでなく、家族も的にかけてやるという強烈な悪意だ。やろうと思えば、いつでも娘を殺せたというメッセージでもある。それが布施夫妻に深い衝撃を与えたものと思われた。

布施は、それだけの悪意をぶつけられる理由を知っている。隣に座る妻の亜沙子も、極道時代の彼と人生をともにしてきた。今すぐにでも過去の秘密に迫りたかったが、今夜は一旦引き上げる必要がありそうだった。

明日の朝も早い。こんな夜更けに、エナジードリンクを摂取したのを後悔した。また仮眠室に戻って寝床についたとしても、きちんと眠れるのかが不安だった。

11

美波は警察車両のミニバンを運転していた。

隣には愛海が座っていた。助手席から見える風景が新鮮なのか、身体を縛《いまし》めるシートベルトをぎりぎりまで伸ばし、ダッシュボードに手を置くと、フロントガラス越しの風景を食い入るように見つめている。

歩道を登校するクラスメイトを発見すると、気づいてもらえるように手を大きく振る。

「愛海、じっとしてるの」

後部座席には母親の亜沙子が座っていた。愛海は歩道のほうを指す。

「見て。今日も大人がいっぱい立っているよ。おまわりさんもたくさん」

「本当だね。いっぱいいる」

亜沙子は苦笑した。美波はバックミラーに目をやった。だいぶ憔悴《しょうすい》して見える。

歩道や交差点にはＰＴＡや町内会の市民、それに品川署員が立っていた。区内の小学校に通う児童たちを守るため、防犯パトロールを緊急に実施している。

警戒活動の原因となったのは、彼女たちの一家の主である布施と秘書が同区内で銃撃されたからだ。そのうえ二日前の深夜に、彼の家から盗聴器までが発見されたことが、周辺住民の恐怖をさらに煽《あお》る結果となった。

捜査本部は盗聴器の存在について、ひとまず箝口《かんこう》令を敷いた……はずだったが、全国紙にすっぱ抜かれた。昨日の夕刊で暴かれ、全国の知るところとなった。記事には盗聴器の発信機が、愛海のランドセルに仕かけられていた事実まで記されてあった。

もともと、警察の情報は外に漏れやすい。そのうえ今回は、三件もの殺傷事件が立て続けに発生し、捜査官の数は百二十人にまで膨れ上がっている。捜査一課や所轄の刑事課だけでは足りず、制服警官である地域課の若手もが、スーツを着用して訊きこみに駆り出されている。

もともと報道も、まれに見る凶悪事件によって過熱状態にあったが、盗聴器の件は火に油を注ぐ結果となった。犯人たちは、子供さえも情容赦なく標的としていると。報道陣の数はさらに増え続け、布施の会社〝パシオン・フードカンパニー〟の電話やファックスの回線はパンク寸前だという。

布施の自宅にもひんぱんにかかってきていた。亜沙子はすでに自宅の固定電話を留守番電話にし、報道関係者からの取材申し込みには応じていなかった。ぶしつけな電話はマスコミからだけではない。どこから番号を知ったのか、悪戯《いたずら》や嫌がらせの電話もひっきりなしにかかってきていた。

盗聴器の存在は、警視庁の上層部を怒らせる結果を招いた。治安を守る者への愚弄《ぐろう》であり、市民の不安を増幅させる不遜《ふそん》な挑戦であると受け取った。周辺地域の警備強化を命じるとともに、捜査本部に対し早期解決するよう檄を飛ばしている。

もはや品川署と近隣の所轄署だけでは警備の手が回らない。盗聴器が発見されてからは、同じく品川区に常駐している第六機動隊の手も借りることとなった。

若鹿《わかしか》と呼ばれる第六機動隊は、ふだんは羽田《はねだ》空港の警備などを担当している。テロリストやハイジャック犯を制圧するための銃器対策部隊や空港警備中隊を抱えている。

かりに銃火器や爆発物を持った襲撃者が現れた場合、サブマシンガンや狙撃ライフルを携えた武装警官や、爆発物処理のスペシャリストが飛んで来る手筈《てはず》となっている。

布施の自宅マンションがある東品川近辺は、今やその羽田空港や総理官邸並みに厳重な警備態勢が敷かれているエリアと化していた。最寄駅のりんかい線品川シーサイド駅、それに京急《けいきゅう》本線の青物横丁《あおものよこちょう》駅と鮫洲駅の改札口には、屈強な機動隊員が台に立ち、乗降客に睨みを利かせている。

また、布施の会社から近い品川駅でも同様に機動隊員や高輪《たかなわ》署員が見張りを行っていた。駅の側にあるショッピングセンターとオフィスの複合施設周辺は、ひっきりなしに品川署や第一自動車警ら隊の警察車両が巡回している。

動きを活発化させているのは警備関係者だけではない。何者かが盗聴器の発信機を、愛海のランドセルのポケットに入れたと知った捜査本部は、その現場と思しき鮫洲運動公園に、多くの鑑識官と捜査員を送りこんでいる。

公園内に設置されている防犯カメラの映像データ、それに周辺のコンビニやマンションを虱潰《しらみつぶ》しにあたり、建物に設置されている防犯カメラの映像データを軒並み回収している。くわえて捜査員は付近の住民や公園で訊きこみをしていた。盗聴器が発見されて二日目になる今日も、多くの警察官が目撃情報を求めて歩き回っている最中だ。

本庁鑑識課は回収した当日に、鮫洲運動公園の映像データを分析。愛海が同級生らと遊んでいた時刻に、ひとりの男が公園内をうろついていたことを突き止めている。男の姿を印画紙にプリントし、捜査員に持たせている。

男はスカイブルーの作業服にヘルメット、それに白いマスクで顔を覆い、足には地下足袋《じかたび》を履いていた。

胸ポケットにネームプレートまでつけ、公園の管理を委託された造園業者に化けていた。ちなみに品川区公園課では、その日に保全活動や整備を行う予定は入れていないという。

つまりは変装を意味し、盗聴器を仕かけた人物である可能性がきわめて高い。捜査本部の現場指揮を務める沢木啓一管理官は言った――銃撃犯の一味と考えられる。

ただし、盗聴器の男は一筋縄ではいかなかった。造園業者に化けたうえに、顔をマスクで隠し、セルロイドフレームのメガネまで着用するなど、目撃されるのを前提として動いているのがわかった。元暴力団員を襲撃したときと同様に、盗聴器を仕かけるさいも計画的に動いているようだった。

鑑識官が盗聴器の受信機を探したが、ついに見つかることはなかった。形ばかりの盗聴器を仕かけるためだけに、わざわざ危険を冒してまで姿を現したのだ。

訊きこみや映像分析はまだ始まったばかりだが、現在のところ判明した情報は少ない。造園業者に化けたのは、三十代から五十代くらいの男性だ。背の高い人物であり、その身長は布施の秘書をトカレフで撃った男とほぼ同じだという。ただし、同一人物であるとまでは断定できずにいる。

男を目撃した人物は思いのほか多く存在していたものの、ヘルメットやマスク、派手な色の作業服といったアイテムに目を奪われ、顔に注目している者は少ない。

また、愛海のランドセルや盗聴器の発信機から、指紋は検出されていない。

「壁みたいだね」

愛海は歩道を見て言った。

彼女が通う小学校は、自宅から八百メートル先にある。児童たちは集団登下校を義務づけられ、揃いの黄色いキャップをかぶった保護者たちが車道側に立ち、壁のようにずらっと並んでいる。

その様子にテレビ局のカメラマンや記者が撮影機器のレンズを向け、リポーターや記者らが児童や親たちにマイクを向け、コメントを得ようと若いＡＤらが、書類やバインダーを手にして走り回っている。

小学校前の道路では渋滞が発生していた。学校側では集団登校を呼びかけていたが、不安に思う親や祖父母らが、我が子や孫に車による送迎を行っていた。ハザードランプを灯して、子供を車から降ろす姿がいくつも見られた。

小学校の前は狭い公道であり、学校側は車での登下校は控えるよう、文書まで作成し、自制を求めていたものの、恐怖や不安に駆られた保護者たちには通じなかった。

それを身勝手な行動と安易に非難することはできない。犯人側の行動は予想しづらく、布施を追いつめるためなら手段を選ばない狡猾《こうかつ》な人物像が推測された。

布施への銃撃と盗聴器の設置が、同一犯によるものかは、まだ断定できずにいた。しかし、すでに三件もの銃撃によって、複数の人間を殺傷したうえ、女子供さえも狙うという、犯人の異様な凶悪性が、周辺住民を震え上がらせるほどの威力を持っているのは否定できなかった。

布施一家とはまったく無関係な児童をトカレフで撃つ。警視庁は、そんな最悪なケースまで視野に入れなければならなかった。その反対に布施周辺に警備を集中させ、また別の人間を襲撃する気ではないか。盗聴器の発見で捜査本部の動きは活発化したが、同時に混乱や疑心暗鬼を植えつけていた。

上層部から、第四の事件が発生する前に解決せよと厳命されているが、被害者たちの共通項が、依然として元暴力団員としかわかっておらず、被害者たちを結ぶ線が見えてこないため、次に狙われる者がいたとしても、今のところ警備のしようがないのが現状だ。

捜査本部には〝パシオン・フードサービス〟と同じく、回線がパンクするほど電話が寄せられており、なかには犯人に狙われていると訴え、身辺警護を求める人間もいたが、盃さえ貰《もら》っていない元チンピラのホームレスだったり、覚せい剤の乱用で被害妄想に陥っている元極道だったりと、信ぴょう性のない人物との対応に時間と手間を奪われてもいた。

ミニバンはすぐに小学校へと着いた。愛海が通っているのは公立の学校だ。

校門の前には副校長と教師が立っていた。なごやかな顔つきで、児童たちに挨拶をしていたが、ミニバンを見かけると緊張した表情に変わり、直立して美波らに頭を下げた。小学校内の敷地へと誘導される。

警察車両での通学は、昨日のうちに捜査本部が学校側と話をつけていた。組対三課のPOがつき、他の児童と違って集団登校ではなく、車で送迎することを。また、捜査員が愛海の同級生に訊きこみをするため、たびたび学校内を訪問するかもしれないことを。

校長らは子供たちをむやみに刺激し、不安を与えてしまうと、捜査員の出入りに難色を示したが、事件解決という大義を抱える品川署の署長や刑事課長の説得に折れている。

昨日は、塔子らがこの学校にやって来て、盗聴器を仕かけられた日、愛海と鮫洲運動公園で遊んだクラスメイトに対し、すでに訊きこみを行っている。

塔子は、盗聴器の存在が、犯人への有力な手がかりにつながると頬を紅潮させていたが、昨夜の時点で見かけたときは徒労感が表情ににじみ出ていた。

盗聴器を仕かけた男がマスクとヘルメットで顔を隠し、目撃情報もパンチに欠ける内容ばかりだった。アグレッシブな性格が持ち味の彼女だが、犯人たちに振り回されていると感じ、苛立ちを隠しきれていなかった。

ミニバンを昇降口近くに停車させた。愛海がシートベルトを外した。身体をそわそわさせ、美波や亜沙子の顔を交互に見上げる。一刻も早く外に出たがろうとする。

「行ってもいい？　もういい？」

「ちょっと待ってね」

美波は笑ってみせた。

運転席を降りて、それとなく昇降口や学校内の敷地を見渡した。危険の有無を確かめてから、助手席に回ってドアを開けた。愛海が飛び出してくる。学校関係者や児童たちの視線が一斉に愛海たちへと注がれる。

視線の種類は様々だった。たいがいはやじ馬じみた好奇の目だったが、事件の悲惨さや陰湿さを知ったのか、憐憫《れんびん》の目を向ける者もいる。

好意的な視線だけではない。彼女の父親が暴力団の元幹部とわかり、家族からあれこれ吹きこまれたのか、迷惑そうに口を曲げる児童も、わずかながらいた。相手は子供であるがゆえに、態度も大人と違って露骨だ。

母親の亜沙子がスライドドアを開け、地面に降り立つと、大声を張り上げた。

「行ってらっしゃい！」

さすがに赤坂のナイトクラブを仕切っていただけあり、その声のボリュームは子供たちのそれをも凌駕《りようが》していた。

彼女は大きく両手を振って、愛海を見送る。娘に対するエールであり、励ましだった。愛海は母の大袈裟《おおげさ》な仕草に、顔を赤らめて昇降口へと消えていく。我が子の姿が見えなくなるまで、亜沙子はじっと立ったまま見守り続けた。亜沙子は晴れた朝にふさわしい笑みを浮かべてみせたが、瞳には悲しみの色が見て取れた。

敵は拳銃を持った射殺魔だ。かりに犯人が来襲したときは、児童や学校関係者に甚大な被害が及ぶかもしれない。ＰＴＡからは、事件が解決するまで愛海を休ませてはどうかといった意見も出ている。

　校長を始めとして学校関係者、また布施と亜沙子はそれに反対していた。愛海はあくまで被害者の家族に過ぎないのだ。不当な暴力によって、教育を受ける権利が阻害されてはならないはずだと訴えた。美波も同意見ではある。

　布施一家の身を護るためだけなら、愛海を学校になど通わせたりはせず、警備が厳重な高級マンションに軟禁するのが一番ではあった。

　しかしＰＯの任務は、あくまで対象者に胸を張って生活してもらうことにある。裏社会による暴力に怯んだりせずに。布施一家の行動を著しく制限させては本末転倒だ。

　ただし万が一、襲撃者が学校に現れて、トカレフを乱射したとなれば、校長や品川署長を始めとして、多くの人間が詰め腹を切らされることになるだろう。

　美波も例外ではない。そして反対意見を押し切って通わせた布施らも責めを受けるはずだ。保護者、学校関係者、警察。街全体がピリピリとした空気に包まれていた。

　犯人の目的は、おそらく布施に真綿《まわた》で首を絞めるような苦痛を与えることにある。布施の過去を暴き、彼の家族を村八分へと追いこむ。ヤクザ御用達のトカレフを持つなど、犯人らからはヤクザの臭いがするが、嫌がらせはもともと暴力団の十八番《おはこ》だ。

　犯人らは強盗をも働いているが、水上、塚元、布施に対して強い恨みを抱いている。彼らにできるだけの苦痛と死を与えるのが主目的と思われた。

愛海のランドセルに仕かけられた盗聴器の件で、捜査本部の読みは怨恨の線を強めるようになった。殺人犯と同一人物であるかは不明としても、防犯カメラや目撃者に姿を発見されるといったリスクを冒してまで、娘に近づこうとする行動には、金や貴金属以外の動機が潜んでいるとしか思えない。

亜沙子とともにミニバンへ戻った。車を走らせる。彼女を自宅マンションへと送り届けた後は、すでに出社している布施と合流し、彼の警護にあたらなければならない。

学校の敷地を出た。美波らは、再び校門に立っていた副校長らに一礼する。

公道へと出た。それまで明るい笑顔を見せていた亜沙子が、深々とため息をつく。助手席で肩を落とすと、携えていたバッグからハンカチを取り出して目元を拭う。

亜沙子は洟《はな》をすすった。

「すみません。めそめそしたりして」

「……布施さんもあなたも強い方です。愛海ちゃんも気丈な娘《こ》だわ」

「いつもは、あんなふうに元気よく学校に向かうことなんてないんです。朝は苦手なほうで、グズってばかりいるのに。私たちに気を遣ってるんです」

「そうでしたか」

素知らぬフリをして答えた。

愛海が空元気を出して、両親に心配をかけまいと奮闘しているのは、他人である美波にも痛いほどわかった。

なにせ自分のランドセルから盗聴器などというブツが発見され、昨日は昨日で怖い顔をした刑事たちの質問責めに遭った。また、父親らが拳銃で襲撃されているのも知っている。撃たれた秘書の坂口淳二は、ちょくちょく愛海の遊び相手を務めている。

大人たちだけでなく、自分まで不審者につけ狙われたのだ。本来ならば、恐怖に怯えながら部屋に引きこもったとしても、なんら不思議ではない。

美波らがこれまで警護したなかには、やたらと度胸や肝の太さを自慢した者がいた。イケイケで通した自称武闘派の元親分、ヤクザ以上にガラの悪い建設会社社長、厳しい指導で知られる実戦空手の道場主などだ。

しかし、普段むやみにマッチョぶっている人間こそ地金が出るものだ。

過去には、銃弾やらカミソリが入った手紙を送りつけられただけで、美波らに隠れて脅迫主であるヤクザに連絡を取り、詫びを入れようとしたケースもあった。すっかり被害妄想に取りつかれて精神を病んだ対象者もいる。

それらに比べれば、小学生の愛海のほうがよほど勇気に満ちあふれた人間といえた。

子供は残酷な生き物だ。愛海を心配してくれる友人もいるだろうが、クラスにいるのは温かな目で見守ってくれる同級生だけとは限らない。

公道を走りながら、愛海の学び舎《や》に目をやる。品川区内ではもっとも歴史ある学校らしいが、そのせいかいささか校舎が古びて見える。都内の学校とあって校庭は狭く、校舎のすぐ横を京急本線が、けたたましい音を立てて走っている。

学校のすぐ近くには大井競馬場があり、古めかしい商店街が軒を連ねている。布施らが暮らす品川シーサイド駅周辺こそ、再開発が行われ、巨大ビルや高級マンションがそそり立つアップタウンが形成されているが、隣町はといえば下町らしい雰囲気に満ちあふれていた。

亜沙子がふと呟いた。

「……そういえば、あの娘を私立の学校に通わせようかと考えたときもありました」

「お受験ですか」

「先生たちは熱心ですし、今の学校に不満は持っていないです。ただ、マンションに住んでいる子のほとんどが、私立を目指していたこともあって……それに私たちは、ロクに学校に通える家庭環境になかったもんですから、せめてあの娘《こ》には、立派な学校に行かせてやりたいと。夫に鼻で笑われましたけれどね」

「布施さんは反対だったんですか」

「賛成も反対もありません。親子面接試験ともなれば、私たちの過去をいろいろと訊かれるでしょう。いくら着飾ったところで、私たち夫婦はヤクザと夜の女です。その経歴はごまかせません。怪しげな受験ブローカーなんかも近づいてきて、入学させる方法はいろいろとあったみたいですけど、夫はきっぱりと断りました。過去を偽る気はないと」

「布施さんらしいです」

美波はうなずいた。

もっぱら布施一家の聞き役に徹した。亜沙子も愛海も、刑事たちの尋問に疲弊《ひへい》している。警護役の自分たちだけは、せめて彼らのグチや悩みに耳を傾けてやりたかった。その雑談が、捜査の進展につながるという打算もあるのだが。

「せっかくカタギになったんだから、せめてこれからは一緒に正直に生きていこう。それが彼のプロポーズの言葉だったのに」

亜沙子はぽつりと呟いた。

聞き逃せない言葉だった。思わず助手席に目を走らせた。亜沙子はハンカチをぎゅっと握りしめていた。その右手の甲が赤く擦り切れている。安全運転を心がけながらも、亜沙子の右手を注視した。

血管が透けて見えるような白い手の持ち主だけに、擦れた傷が目立って映る。拳の表皮がめくれ、真皮が露《あらわ》になっている。昨日まではなかった傷だ。なるべく尋問の類は避けたかったが、見過ごせなかった。

「その傷は……どうされたんです」

亜沙子はハンカチで涙を拭き取った。

涙はすぐに止まっていたが、表情は強張っていた。顔をうつむかせたまま、すぐには返事をしなかった。美波はじっと待つ。

昨夜も同じく、美波たちは一日の仕事を終えた布施を自宅まで送っている。部屋にまで上がりこんだりはせず、玄関先で引き上げていた。やはり深夜十二時を過ぎていた。

亜沙子はサンダルを履いて通路まで出てくると、一日の身辺警護を終えた美波たちに向かって深々と頭を下げている。そのときは傷などなかった。

亜沙子は大きく息を吸った。

「ちょっと夫と喧嘩をして。喧嘩というより、私が一方的に責めたんですけど」

「そうでしたか」

布施とは今朝も顔を合わせているが、彼のほうはケガをした様子などなかった。ただし、さらに疲労が蓄積されているようで、やはり顔色は優れなかったが。

亜沙子は手をさすった。

「あの人の胸を叩いているうちに、タイピンや背広のボタンにぶつけてしまったんです」

美波は唾を呑んだ。

「ひとつ、うかがってもいいですか？」

「……プロポーズの言葉ね」

「まるで今の布施さんが、嘘をついているように聞こえました」

美波はまっすぐに走り続けた。

本来なら右に曲がって、自宅マンションのある品川シーサイド駅方面へと向かうべきだったが、京急本線沿いの国道を進む。亜沙子の顔に目をやりつつ。

亜沙子は唇を嚙んでいた。再び沈黙が訪れた。やがて、意を決したように顔を上げる。

「あの人は……犯人を知っていると思います」

12

塔子は覆面パトカーから降りた。

身体がやけに重たかった。エナジードリンクを二本飲み、カフェインをたっぷり摂ったおかげで、眠気はなんとか追い払えたものの、身体にまとわりつく倦怠《けんたい》までは払いのけられない。明らかに寝不足だ。

――いい面構えになってきたな。

今朝の捜査本部の幹部会議で、先輩班長の桐生から冷やかされたものだった。

桐生は捜査一課のエースだ。第一の被害者である水上夫婦殺害事件を扱っている。最初の事件に臨みながらも、犯人にたどり着くどころか、さらに犠牲者を出す結果となった。

もっともつらい立場に置かれている者のひとりといえた。

彼は、夜食に大盛りのラーメンを毎日欠かさず食べるという不健康な習慣の持ち主であり、中年太りがじわじわと進行しつつあった。

第二の被害者である塚元輝が射殺されて以来、ここしばらくは犯人を逮捕するまで〝ラーメン断ち〟を敢行《かんこう》しているらしく、顔を合わせるたびに、徐々に体型が痩せていくのがわかった。健康的なダイエットというより、メシが思うように喉を通らず、やつれてしまったというべきか。

その塚元輝殺しを担当する南雲班長も、目の下に大きな隈を作り、冴えない顔色をしていた。こちらは逆に不規則な食生活が祟《たた》ったのか、桐生とは対照的にウェイトを急激に増しつつあった。朝に奥さんが、紙バッグで一週間分の着替えを警視庁本部に持参していたが、腹回りについた夫の贅肉《ぜいにく》をつまみ、暴飲暴食を控えるように厳しく注意していた。

塔子もまたひどい有様だった。肌荒れをごまかすために、ファンデーションを厚めに塗ったが、気だるさや疲労が表情に出てしまったらしい。

本件の凶器には実銃が用いられている。しかも一時期大量に出回った中国製のトカレフだ。実銃が用いられたとなれば、被害者の暴力団員時代までさかのぼって、調べなければならない。これが難航している。暴対法と暴排条例で追いつめられ、警察に対してはきわめて非協力的だからだ。

当時を知る関係者を見つけたとしても、ダンマリを決めこまれる。そのため捜査本部には、組対三課や四課のメンバーを応援として招き入れたが、捜査一課の面々はマル暴刑事たちの情報収集能力の劣化に驚かされることとなった。

ヤクザに顔が利くという触れこみで、組対四課の中年刑事と一緒に組んだ桐生班の捜査員は、事務所のなかに入ることすら叶《かな》わなかった。組対四課の中年刑事は自分のメンツを気にして、長時間にわたって暴力団員に必死に頼みこんだが、けっきょく門前払いに遭っている。

桐生班が捜査しているのは、第一の被害者である水上政男が所属していた首藤会という関西系暴力団の三次団体である。上部団体の華岡組は日本最大の暴力団であり、警察組織からは社会の敵と名指しされている。

警察組織の人間との接触を許さず、令状を持たない警官を事務所に入れたり、飲食をともにするのを厳しく禁じている。上部団体からの厳しいお達しを、首藤会は忠実に守ったというわけだ。かつての水上を知る人物がいたとしても、一切の証言を拒んでいるのが現状だった。

南雲班も同様の目に遭っている。第二の被害者の塚元輝が所属していた関東系の広域暴力団も、華岡組ほどではないにしても、組員が警官と不用意に接触するのは禁じている。

今のところ暴力団関係者から、有益な情報を引きだせたのは塔子ぐらいなものだった。

彼女は布施の親分だった徳嶋典三との面会に成功している。

仲介してくれた赤坂署の石狩が、憎まれ口を叩きながらも、徳嶋とパイプを維持していたおかげだった。その徳嶋にしても、現役から退いたからこそ、口を開いてくれたに過ぎない。引退していなければ、やはり門前払いを喰らっていただろう。

父の難波達樹が捜査一課長だったころとは、明らかに時代が異なる。父と〝難波学校〟の生徒たちは、アウトローの情報提供者を多く抱えていた。現役ヤクザをスパイとして飼っている者もいたほどだ。〝難波学校〟に限らず、当時の刑事たちはヒューミントに重きを置いていた。人的情報収集技術というやつだ。

情報を持つ人間に接触し、情報収集活動に利用することだ。人間同士のやり取りとあって、逆に反社会勢力の悪徳に呑みこまれる例もある。情報料を支払うために、部署ごとに裏金をプールしていた時代でもある。父親の右腕として活躍した新浦成明は、その悪に取りこまれてしまったが。

とはいえ、科学捜査の急激な発展により、このヒューミントが徐々に軽視されつつあると、〝難波学校〟のOBたちは憂《うれ》えていたものだった。

現在の捜査一課長の摂津幸次郎《せっつこうじろう》は、刑事経験に乏しい鑑識課出身だ。捜査一課長は、ノンキャリアの叩き上げの刑事が就くポストであり続けた。摂津の就任は、靴底を磨《す》り減らした刑事たちの読みや経験よりも、科学捜査により重点が置かれる時代の到来を意味していた。

たしかに人間が見聞きした情報は、機械類が示す客観的で正確なものではない。出所のわからない怪しげな噂を、さも真実であるかのように語り、脳内で勝手に作り上げた目撃証言を悪意なく伝えてくるものだ。

同時に科学もまた万能とは言い難い。人間の悪知恵によってかく乱することはできる。

ここ二日間がいい証拠だった。盗聴器とやらに振り回されてしまった。布施家の子供部屋から発見された盗聴器は、布施一家にとってはこの上なくおぞましい存在に違いなかったが、塔子たち捜査陣にとってはまたとないチャンスだった。チャンスのように映ったというべきかもしれない。

盗聴器の電波は最大でも二五〇メートル程度であり、布施のマンション周辺を熱心に洗えば、犯人へと一気に近寄れるものと、塔子と難波班は喜び勇んだ。しかし、受信機のほうはついに発見されなかった。仕かけられていたのは子供のランドセルだった。犯人側が布施の会話を盗聴したければ、もっとマシな場所に取りつけるだろう。

お前の家族も拳銃の的だ。犯人はただそれを伝えるために、造園業者に化けて、布施の娘に近づいたのだ。

運動公園とその周辺には、防犯カメラが山ほど設置されていた。鑑識課が犯人の行動を追跡するため、りんかい線品川シーサイド駅、京急本線青物横丁駅と鮫洲駅など、運動公園周辺の駅に設置された防犯カメラの映像データを回収し、夜を徹してチェックしているが、今のところ鉄道を利用した形跡はなかった。

また、ショッピングセンターの駐車場や付近の有料駐車場、公道の防犯カメラも軒並み分析しているが、犯人らしき男の姿を確認したとの報告は入っていない。もともと犯人たちは、防犯カメラの存在をはっきりと意識している。

かりに盗聴器を仕かけたのが、襲撃犯と同一人物であるならば、運動公園とその周囲に設置された防犯カメラの位置を把握したうえで、布施の娘に近づいた可能性が高かった。

わざわざヘルメットや作業服を前もって用意していたぐらいだ。布施だけではなく、彼の娘である愛海の行動も調べ尽くしていた。防犯カメラの位置を頭に叩きこみ、彼女のランドセルへと忍び寄ると、盗聴器を仕かけた。布施の妻の亜沙子の行動も、犯人が摑んでいたとしてもおかしくなかった……。

塔子がいるのは、その現場である鮫洲運動公園だった。海風が吹きつけるものの、日差しがけっこう強く、まだ午前中だというのに、秋みたいに暖かかった。天気予報によれば、昼間は九月下旬の温度にまで上がるという。

子供を外で遊ばせるのには、またとない日のはずだった。ふだんは、わざわざこの運動公園独特の遊具で遊ばせるために、遠くから親子がやって来る。

しかし、盗聴器が見つかってからは、明らかに子供の数は減少していた。代わりに目立つのはイヤホンをつけた捜査員や、パトロール中の警察官やパトカー、それにテレビクルーや新聞記者たちだった。

運動公園はもちろん、近隣のマンションを虱潰しに捜査員が訊きこんでいるものの、今のところ実りのある情報は集まっていなかった。

先に公園に到着していた水戸が、塔子の姿を見かけると、苦々しく顔を歪めて首を横に振った。有力な手がかりは見つかっていないと無言で報告する。まだ午前中だというのに、彼もまた疲労の色が隠せなかった。

深呼吸をした。潮の香りを含んだ生臭さが鼻や口を通った。捜査一課の班長である自分が暗い顔をしていたら、部下や応援の捜査員の士気に影響してしまう。

タフネスと根性だけならピカイチだと自負している。捜査一課きっての猪武者などとからかわれるが、褒《ほ》め言葉として受け止めている。

水戸に微笑んでみせた。彼が小走りに近づく。

「なんです。情報《マブネタ》でも入りましたか」

「全然」

「なんだ」

彼は背中をのけぞらせた。

「芳しくないニュースならあるけど」

「拝聴しますよ」

「盗聴器の件なんだけど、残念ながら店の防犯カメラには映ってなかったわ」

「予想はしてましたが……やっぱりですか」

　水戸はうつむいた。

　盗聴器の製造を手がけているのは、日本マイクロ電子社という。ご立派な名前に反して、家族経営の小さな工場だった。埼玉県さいたま市の西浦和《にしうらわ》にあり、見た目はごくふつうの一軒家といった造りだった。

　盗聴器と盗聴器発見機、小型カメラにコンクリートマイク、ＧＰＳ車両追跡機といった、ストーカーや探偵向けに犯罪すれすれの商品を製造していた。

　工場長の尻を叩いて、愛海に仕かけられた盗聴器の出荷先を調べさせた。型番と製造番号から、三か月前に秋葉原のセキュリティ専門店に出荷されたことを突き止めた。

　塔子は、捜査員を秋葉原の店舗に向かわせた。セキュリティ専門店だけあって、店内には数えきれないほどの防犯カメラが設置されていた。

　しかし、店の防犯カメラは犯人の姿を捉えていなかった。安価なものだけに回転は早く、同型の盗聴器の在庫はすでに一個にまで減っていた。

　専門店が盗聴器を売ったのは事実だ。同型の製品を十個いっぺんに購入した客がいたという。そのなかに愛海のランドセルに仕かけた盗聴器が含まれているものと思われた。

しかし、客が購入したのは約一か月前になるという。専門店ではハードディスクレコーダーで、防犯カメラの映像データを保存していたが、その保存期間は二十日間ほどでしかなかった。同型の盗聴器を購入する姿は確認できなかった。捜査員は、公園に現れた男の写真を店員に見せた。残念ながら店員は購入者の顔をろくに覚えていなかった。記憶しているのは、顔半分を覆う大きなマスクだけだという。

防犯カメラを警戒している犯人らが、そう易々と姿を見せるとは思っていなかった。専門店で誰かが購入したものを、ネットオークションなり、第三者から入手した可能性も考えられた。いずれにしろ、盗聴器からの線は行き止まりにぶつかっている。

水戸は苛立たしげに頭を掻いた。

「こっちも……どうにも。目撃者はいることはいるんですが、肝心のツラについては誰も覚えちゃいなくて。これじゃモンタージュさえ作れません」

「でしょうね」

塔子はうなずいた。

犯人は、派手な色の作業服とヘルメットを着用していた。目撃者の視線は、ただでさえ衣服や頭のほうに向くだろう。おまけにマスクまでつけていた。顔をきちんと記憶している人間がいるとは思えない。

「ちくしょう……」

うめく水戸の尻を叩いた。

軽く叩いたつもりだったが、ムチで引っぱたいたような派手な音が鳴った。水戸が飛び上がり、捜査員がぎょっとしたように彼女らを見る。

「な、なんすか」

「活を入れただけ。うちの班はバイタリティが一番の取り柄なんだから、しょぼくれた顔してちゃダメ。私たちはツイていたと思わなきゃ」

「ツイていた？」

運動公園のクライミングウォールを見つめた。

金属製の壁にカラフルなグリップがついている。愛海らは盗聴器を仕かけられた日、クライミングウォールをよじのぼるのに夢中になっていたらしい。クライミングウォールのうえには、小さな吊り橋がくっついている。

「布施《マルタイ》の娘は、危害を加えられずに済んだんだから。もし子供まで撃たれていたら、この程度の恐慌では済まなかった」

「確かに命拾いをしたというべきでしょうかね」

「ふざけた犯人《ホシ》だけど、ひとつだけ感謝しなきゃ。愛海ちゃんに危害を加えなかったという点に関してだけど。盗聴器とは言っても、受信機がなければおもちゃにもならない。ちんけな脅しよ。変態のイタズラ電話と変わらない」

「もし、あの娘が被害に遭っていたら、メディアの騒ぎっぷりもケタ違いでしょうね」

水戸は空を見上げた。

盗聴器の存在はメディアを大いに賑《にぎ》わせた。今朝はこのあたりをヘリコプターで空撮したテレビ局もあったらしい。かりに愛海の身になにかあったとすれば、この付近は一日中ヘリの爆音にさらされただろう。

「ただし、その幸運だっていつまで続くかはわからない。犯人《ホシ》はおそらく、子供相手だろうと平気でやるような人でなしだから」

「早く逮捕《パク》らなきゃなりませんね。野放しにしていたら……」

「そういうこと。しけた顔をしてたら、赤バッジが泣くわ。連中はこの付近を下調べのために何度か訪れているはず。引き続き頼むわ」

「了解」

水戸は駆けだし、再び運動公園周辺の訊きこみへと戻っていった。

運動公園を見渡しながら考えた。

犯人からは被害者への強烈な悪意を感じた。結果的に発見されたのは盗聴器というおもちゃだが、犯人側は周到な下ごしらえを行ったことには変わりない。防犯カメラの設置場所や愛海の行動パターンを調べ上げ、自分たちも念入りな変装まで行った。妄執《もうしつ》に駆られた狂気のストーカーというよりも、暴力団じみたプロフェッショナルな冷たい臭いを感じさせる。

塔子は今朝の幹部会議を思い出した。捜査会議が終わったあとで、捜査一課長と班長らによる少人数の会合だ。

――なんにしろカネなんだよな。

その場で班長の桐生が言ったものだった。体重を急激に増した南雲がたるんだ顎をなでながらつけ加えた。

――それと時期だ。

捜査一課長の摂津が尋ねた。

――カネと時期とは？

現場指揮官である沢木管理官が答えた。

――犯人《ホシ》の計画的な犯行を見るかぎり、被害者《マルガイ》らには、なんらかの接点があると睨んでいます。犯人《ホシ》は水上、塚元、布施……あるいは、彼ら以外にもいるのかもしれませんが、被害者《マルガイ》に対して強烈な殺意と怨恨を抱いています。

摂津は老眼鏡をかけ、捜査資料に目を通しながら言った。

――被害者《マルガイ》らは、暴力団《マルB》から足を洗ってから、ずいぶんと裕福な暮らしを送っていたな。カネとはそのことか。

沢木と班長らがうなずいた。

捜査一課長の摂津は、刑事経験の少ない鑑識課出身だが、頭の回転と記憶力はコンピュータに匹敵する。立場上、毎日のように捜査会議には参加できないが、それでもたちどころに情報を吸収する頭脳の持ち主だ。

摂津は机を指でトントンと突いた。頭をフル回転させるときの癖だった。

——ただカネが欲しければ、わざわざ元ヤクザなんかを狙わなくとも、警戒の緩い資産家は他にいくらでもいる。それに下部組織の組員だった人間が、なぜこれほど裕福な暮らしができたのか。不思議ではあるな。

——そこなんです。

塔子が答えた。摂津は老眼鏡を下げ、上目遣いになって彼女を見やった。

——布施隆正のマンション、えらくゴージャスだったそうじゃないか。フィットネスジムに子供の遊び場もあり、コンシェルジュサービス付きで、警備員が二十四時間ガードしている。今どき広域暴力団の直系親分衆だって、こんな超高級マンションで暮らせるやつはそうそういない。

摂津はにやりと笑ってみせる。

——布施の元親分に会って、ワインの飲み比べまでしたんだってな。酒豪でイケイケのお前を捜査本部《ホンブ》に加えてよかったよ。しかし、勤務中に飲むかね。

——フランスワインのグレート・ヴィンテージだったものですから。

──僚屋会だったか。布施が所属していたのは。老舗団体の親分だった徳嶋典三ですら、現役時代は稼いだカネを上部団体の巽会に軒並み吸い取られていた。上納金、義理掛け、上部団体から押しつけられるミネラルウォーターだの日用品だのの購入。ご多分に漏れず、金欠状態にあったわけだ。親分が汲々《きゅうきゅう》としているなか、一幹部に過ぎない布施は手切れ金として、億単位とやらのカネを徳嶋にくれてやった。徳嶋の言葉を借りるなら、血を吸うヒルのごとく、しょっちゅう金欠の親分からカネを吸い取られていたにもかかわらず。

ワインで酔っぱらった徳嶋からは、貴重な証言を得ることができた。その内容はすでに捜査会議で報告済みだ。

──徳嶋は布施をカネのなる樹として重用していましたが、商売上手の彼をつねに警戒していました。カネを貯めて力をつけられたら、きっとクーデターを起こされるだろうと。つねに彼の米びつをカラにさせ、生かさず殺さず飼っていたとも。

──にもかかわらず、布施は億単位のカネを用意して、組織から足を洗うだけでなく、実業家として会社を興したわけだ。焦点はそのカネの出所だな。銀行が辞めたばかりのヤクザに融資するはずもない。

沢木管理官が言った。

──これは布施に限りません。華岡組系の組織にいた水上政男も同様です。組のために三度の懲役暮らしを経て、首藤組が経営する金融会社の社長の座に就きましたが、社長とは言っても与えられたのは、池袋にある小さな街金《まちきん》です。当時の確定申告では、毎年二千万弱の年収を稼いでいましたが、極道ですから申告できない類の収入もあったでしょう。ただし社長としての在任期間は五年程度で、首藤組から足を洗っています。そのときも、銀行口座には数百万円程度の蓄えしかありませんでした。

――組織のほうも面倒見がよかったわけでもないようだな。旦那が懲役に入っている間、妻の奈美恵はパートの掛け持ちをして、ふたりの息子を育てたわけか。莫大《ばくだい》な遺産を相続したわけでもなく、年金受給できる年齢でもないというのに、水上夫妻は世田谷の立派な住宅を購入し、悠々自適な引退生活を送っていたわけだ。地区会長まで何度もこなし、資産家のように振る舞って、地元にすっかり溶けこんで。

南雲が手を挙げた。

――塚元輝もですね。風俗店や飲食店の経営手腕は確かでしたが、売上の大半を組織に納めなければならず、暴力団員時代は不平不満を口にしていたようです。

――三人ともに足を洗った時点で、ビッグマネーを手にしている。いや……ビッグマネーを手にしたからこそ、極道から足を洗ったというべきか。

摂津は再び机を指で突いた。幹部会議では、被害者三人が足を洗った時期についても触れられた。

彼らがヤクザから足を洗ったのは同時期。約十年前になる。大金を手にし、約十年前に極道社会から足を洗った。それが三人の共通点だ。

布施の親分だった徳嶋は、彼がどのように大金を獲得したのかは知らないと述べた。嘘は述べていないような気がした。キナ臭いカネだ。犯罪で獲得した類のものだとすれば、あれこれ詮索すれば徳嶋も逮捕をされかねない。

言うまでもなく、非合法な手段で得たカネだろう。依然として、被害者三人が顔見知りや友人だったという証言は得られていない。とはいえ、巨大かつ非合法なカネには揉め事がつきものではある。そのカネにまつわるトラブルが、今回の事件を引き起こしたのかもしれなかった。

しかし、なぜ十年以上も経過してから、これほどまでに凶悪な連続殺傷事件へと到ったのか。生き残りである布施から聞きだす必要がありそうだった。協力的な姿勢を見せながら、未だに秘密を隠し持っている。

あの男は襲撃者たちに狙われているのを知っていた。社員や取引先からは誠実かつ真面目な性格が評価され、妻子からも愛されている。秘書を務めていた坂口は、彼の盾になって銃弾を受け、瀕死の重傷を負っていた。また、娘さえもターゲットにされつつあったというのに、それでも布施は沈黙を守っている。

塔子は拳を握りしめた。憎むべきは非道な犯人たちだ。だが、どんな事情があろうと、必要な情報を提供せずにいる人間にも腹が立つ。

そのときだった。人の気配を感じて振り返った。塔子は目を見開く。

「美波……」

パンツスーツ姿の美波が近づいていた。

連日、深夜まで身辺警護にあたっていたはずだが、彼女はといえば疲れは見られない。いつ拳銃を持った犯人が襲撃してくるかもわからない、命がけの任務に就いているにもかかわらず、涼やかな顔をしている。

「こんなところでなにをしてるの。布施の警護は？」

「これから向かうところ。その前にちょっとね」

「正直なところ、ムシの居所がよくないの」

「知ってる」

美波はポケットに手を突っこんだ。思わず身構える。美波が取りだしたのは折りたたまれたメモ用紙だった。塔子に手渡す。

「なによ」

「口論に体力を使いたくないから、紙に書いておいたわ。読んでみて」

美波はメモ用紙を押しつけると、くるりと背中を見せて歩き去っていった。メモ用紙と美波の背中を交互に見つめた。

「ちょっと」

声をかけた。だが、彼女は立ち止まらなかった。メモ用紙をあわてて開いた。そこには「布施亜沙子の証言」と題された文章が、美波の筆跡で記されてあった。

13

美波は布施らと合流した。

亜沙子を自宅マンションに帰すと、布施の城である〝パシオン・フードカンパニー〟へと向かった。彼の会社周辺は、相変わらずものものしい。本社ビルの前にはパトカーが停まっている。

正面玄関には、会社側が雇った屈強な警備員がふたり立ち、受付には訪問者の長い行列ができていた。行列は、一階ロビーからはみだして外まで伸びている。

本来なら、名前と会社名を記帳するだけで簡単に入れた。しかし、銃撃事件が発生してからは訪問理由を詳しく訊かれ、身分証明書の提示を求められるようになったという。

美波は、警備員に警察手帳を見せて、ビルのなかに入った。正面玄関には〝報道関係者の方は立入禁止とさせていただきます〟と、記された立札がある。

「おはようございます」

部下の友成が一階ロビーにいた。彼は立札を親指で差し、ニヤリと笑った。

美波はうなずいてみせる。その報道関係者の数が大きく減っていた。

ついさきほどまでは、報道関係者が社長の布施はもとより、彼の家族や社員たちからコメントを得ようと、布施の自宅マンションや本社ビルの周りで、カメラやマイクを持って駆けずり回っていたものだ。だが、この一時間で事情が急変している。

朝の六本木の路上で、お笑い芸人が脱法ドラッグで逮捕されたという情報が飛び交うと、大量にいたマスコミ関係者は麻布警察署へと大移動している。

お笑い芸人は、以前から麻布署や組対五課に目をつけられていたらしい。布施一家の身の安全には、警視庁の威信がかかっている。娘のランドセルに盗聴器が仕かけられ、メディアの報道が過熱していると上層部が判断したらしく、布施一家の警備をより万全なものとするため、今朝になってお笑い芸人の逮捕に踏み切ったのだという。

お笑い芸人の罪自体はチンケなものだが、民放テレビのキー局でレギュラー番組を持つほどの有名人であるだけに、報道関係者は布施一家の周りから一斉に引き上げている。美波らPOにとっては、貴重な援護となっていた。犯人はむやみに凶暴なだけでなく、狡猾で悪知恵が働く。メディア関係者に化けて布施一家に近寄る可能性も考えられた。

友成に尋ねた。

「布施《マルタイ》は？」

「まもなく移動を開始します。昼間は幕張《まくはり》、それから押上《おしあげ》、汐留《しおどめ》というルートですね」

美波はうなずいた。

あらかじめ、布施からスケジュールを聞いていた。ショッピングセンターを全国展開している大手流通グループの本社、百貨店やスーパーを展開させている鉄道会社の系列企業が、今日の彼の訪問先だった。

どちらもショッピングセンターや百貨店のなかに、レストランを展開させており、チルド食品や弁当なども販売している。重要な取引先だ。

また汐留には、布施のアドバイザーである経営コンサルタントの事務所がある。苦境を脱するための妙案を授かるため、助言を求めに行くという。今朝はメインバンクである都市銀行の担当者と、事業計画について打ち合わせをしている。相変わらずの忙しさだ。

「今日もヘビーな一日になりそうね」

「布施《マルタイ》の体調が、かなり悪そうでしてね。あのまま動いていたら、犯人に襲われる前に、病院送りになってしまうんじゃないかと」

布施が心労とストレスで疲弊しているのは、初めて出会ったときから明らかだった。

彼は礼儀正しい男であり、ここ数日のつきあいで、多くの人間から慕われる人格者であるのもわかっている。心に深い傷を負いながらも、容易に弱音を吐いたりもしない。同時に岩のような頑固者でもある。

たとえ身体にガタが来たとしても、襲撃者には決して屈しないという強情さを秘め、それをひとりで抱えこまざるを得ない事態に陥り、昨夜になって妻の亜沙子と諍《いさか》いを起こしたのも、その性格によるものと思われた。

彼の悩みの種は襲撃犯や会社だけではない。警察に昔の秘密を探られるのを、もっとも恐れているのではないか。妻の亜沙子から、暴力団時代のある出来事を耳にして、布施への疑いを強めるようになった。

エレベーターが一階で停まり、ドアが開いた。なかには部下の今井と本田、それに警護対象者である布施が乗っていた。彼は朝からマスクをつけている。メディア関係者に好き放題に撮影されるのにうんざりしたのと、咳が止まらなくなったからだ。

本人は軽い風邪だと言っているが、誰にも〝軽い〟とは思えなかった。美波は部下たちに風邪が移らぬように、うがいや手洗い、ビタミン摂取をひそかに勧めている。

この銃撃事件によって、警視庁内の警察官が多く駆り出されていた。どこも人員には余裕がなく、美波らが所属する組対三課も人手が足りていない。交代要員がろくにいないまま、布施の警護にあたっている。

エレベーターは地下へと向かった。

「本日もお世話になります」

布施は美波に一礼した。マスク越しに聞こえる声はしゃがれていた。

あと二、三日といったところだろうか。医者ではないが、そろそろ限界に見える。いつ倒れたとしてもおかしくはない。せめて医者に診てもらうだけでも違ってくるだろうが、その時間すら惜しんで、会社のダメージを極力減らし、善後策の検討と金策のために奔走している。

布施が苦しげに咳をした。顔色の悪さを見るかぎり、熱もあるのではないかと思う。休養を取るべきだと、社員たちからも助言されている。懇願といってもよかった。しかし、頑固な布施は、今日も目いっぱいにスケジュールを埋めている。

エレベーターのなかで、部下ら三人が美波にそれとなく目で合図をしてくる——布施に休養を取るよう、こちらからも助言すべきではないか。襲撃者に襲われるよりも、このままでは病魔にやられてしまうと。

部下らの訴えはもっともではあった。しかし、美波は黙っていた。かえって態度を頑《かたく》なにさせてしまうだけだと、経験上知っている。塔子などはその典型例だ。布施も聞き入れないだろう。

おそらく先は長い。まずは布施自身が限界を悟り、自宅なり病院なりで静養しなければならないと判断するのをじっと待つつもりだった。地下駐車場に降りたときだ。マスクをした布施に声をかけられる。

「折り入って、ふたりでお話ししたいことがあります。可能でしょうか？」

美波以外のＰＯたちが顔を見合わせた。本田が眉をひそめる。

「社長、それは警護上、ちょっと難し――」

「わかりました」

本田が難色を示すのを遮って答えた。

妻の亜沙子と彼は似た者同士だ。彼からも話を持ちかけられる。なんとなく、そんな気がした。

いつもは〝パシオン・フードカンパニー〟のワゴンに、ＰＯ三名が乗り、布施の安全を確保する。ふだん布施が乗る社用車のワゴンは、交通機動隊出身の名ドライバーである友成がハンドルを握ることになっている。

「ただし、条件があります」

布施に近寄った。彼の額に掌をあてる。

「熱はまだなさそうですね」

「ええ」

「警護が手薄になる分、社長にカバーしてもらわなければなりません。何者かが襲ってきたら」

美波は手刀を振るう仕草を見せた。布施は苦笑する。

ふたりきりともなれば、美波がハンドルを握り、布施は無防備になってしまう。それを承知で引き受けた。塔子ら捜査一課の面々が耳にすれば、まちがいなく激怒されるだろう。貴様らは黙って警護をしていればいいのだと。

美波は指示を出した。部下たちが社用車のワゴンに乗り、美波と布施は警察車両のミニバンに乗車した。彼女自身がハンドルを握り、布施を後部座席に乗せる。ミニバンのサイドウィンドウはスモークが貼られてあり、犯人の標的にはなりにくい。

ショルダーホルスターのボタンを外し、いつでもシグＰ２３０を抜き出せるようにした。特殊警棒が入ったホルスターのボタンも。ホルスターに引っかからないように、用心深くシートベルトを締めた。バックミラーを後方と布施の表情が確認できる位置に合わせる。ワゴンにいるメンバーと連絡が取り合えるように、ヘッドセットをつけた。

社用車のワゴンを先に走らせ、そのあとを警察車両のミニバンが後を追った。ワゴンに乗る本田が心配そうに振り返った。彼女はウィンクをしてみせる。

本社の地下駐車場を出た。有名人逮捕の効果は絶大だった。駐車場を出るたびに、やじ馬と報道関係者を車から引きはがすための警備員や警官を動員しなければならなかったが、ワゴンとミニバンに近寄る者はほとんどいなかった。警備員ひとりの案内で、すんなりと公道に出られた。

美波も布施もしばらくは黙っていた。大井インターチェンジから首都高湾岸線に乗り、東京湾沿いを走った。テレビ局の奇抜な建物や大型展示場が目に入る。

平日の昼間にもかかわらず、道路は大して混雑してはいない。冬の日差しを受けて、東京湾の海はきらきらと輝いている。目的地である幕張に向けて走り続けた。

葛西臨海《かさいりんかい》公園の観覧車が見えてくると、反射的に布施の娘、愛海が頭をよぎった。

かつて休日のとき、愛海はたびたび公園内にある水族園に連れていってもらったという。やがて、舞浜《まいはま》の東京ディズニーランドの広大な敷地と派手な建築物が視界に映る。母親の亜沙子と何度か一緒に遊んだらしいが、布施とはまだ一度も訪れたことはないらしい。彼はつねに多忙だった。

バックミラーに目をやった。布施はそれら公園やテーマパークを見やっていた。マスクを取ると口を開く。

「亜沙子から聞きましたか」

「はい？」

「昔のことです」

「とくになにも」

美波はとぼけた。

亜沙子は布施の秘密の一部を漏らした。彼にとって有利な情報とは言いかねる。聞いたと答えられるはずはないが、彼はもう勘づいているようだった。だからこそ、ふたりで話したいと持ちかけたのだろう。

彼女は聞き返した。

「なぜ、そう思われるんですか?」

「これ以上、黙っているのは耐えられないと、昨夜言っていましたから」

バックミラーを通じて、布施は美波を見つめた。やつれた顔つきとは正反対に、目には強い力がある。

亜沙子から耳にした話は、それほど具体性があったわけではなかった。

——あの人は……犯人を知っていると思います。

彼女にそう打ち明けられたとき、美波はその根拠を問いただしている。

——なぜ、そう思うの?

亜沙子は昔の話をした。

十一年前、まだ布施が広域暴力団の巽会系僚屋会に所属していたころの。赤坂や六本木を中心に、裏カジノやバカラ賭博の経営を任されていたときだ。

裏カジノ自体は繁盛していたが、布施と亜沙子の生活は楽ではなかった。クラブで働く亜沙子の稼ぎで、なんとか暮らしていけたという。僚屋会の経済状態は火の車であり、当時の会長だった徳嶋典三が、稼ぎのいい布施からカネを搾り取っていたと証言している。

布施は僚屋会から足を洗うさい、親分から大金をふっかけられたが、きっちり耳を揃えて用意している。すっぱりとカタギになっただけではなく、会社を起ち上げて急成長を遂げている。暴力団員に融資する金融機関などありはしない。それらの軍資金をどこから用意したのかは謎に包まれたままだ。

また、それは布施に限った話ではない。銃撃犯に殺害された水上にしろ塚元にしろ、似たような極道生活を送っていたが、にもかかわらず、水上は悠々自適な老後生活を送り、塚元もまたナイトクラブの経営に成功している。

答えは亜沙子が教えてくれた。布施が僚屋会から足抜けする一年前、彼女は彼から都市銀行の通帳を預かっている。ダミー企業の銀行口座であり、約一億二千万円ものカネが預けられてあった。一体、どこからこれらのカネを得たのか。それは現在にいたるまでわかってはいない。いくら問いただしても、布施は答えてくれなかったからだ。

亜沙子は言った。おそらく、殺害された水上や塚元も同じように大金を得たのだろうと。自分の所属する組織にはもちろん、秘密にしておかなければならない黒いカネだ。暴力団員であるゆえ、犯罪絡みで得たとしても、よほど危険な類のカネに違いないと。

彼の会社を手伝い、やがて愛海という娘に恵まれ、年月が経つにつれ、この謎の軍資金について忘れていった。夫が暴力団員だったことすらも記憶から薄れそうになったとき、銃を持った男たちが亡霊のように蘇ってきた。

——明るい場所で堂々と生きたい。

暴力団員だった布施の当時の口癖だったと、亜沙子は証言している。

布施はそれを実行に移した。僚屋会から足を抜ける一年前、布施が頻繁に連絡を取っている姿を目撃している。ヒシヅカなる名前の中年男だったと。僚屋会の人間ではない。何者かは不明だが、彼と組んで大金を稼いだ。

彼女は娘を学校に見送った後、泣きながら美波に告白した。美波はそれをメモに記し、公園で塔子に渡している。

ヒシヅカなる人物が鍵であると、メモには記していた。塔子はそれをもとに捜査を展開させるはずだ。突破口を見つけられるかもしれない。

布施はポツリと呟いた。

「ヒシヅカアキモト」

「……何者ですか」

「菱《ひし》形の〝菱〟に蟻《あり》塚《づか》の〝塚〟、明るいの〝明〟、元暴力団員の〝元〟と書きます」

「菱塚明元……あなたをカタギへ導いた男ですね」

「かつて菱塚とは、一緒にある仕事をしました」

「水上政男と塚元輝らとともに。その仕事こそが、今回の事件と関連している」

布施は押し黙った。ひび割れた唇を舐め、それから苦しげに咳をする。

彼は妻の亜沙子と似た者同士だ。娘までが犯人のターゲットにされ、深いダメージを負っている。すべてを告白したいと心が揺れている。しかし、その仕事について話すことは自身の崩壊につながる。その苦悩が見て取れる。

そのときだった。ヘッドセットから声が割って入る。本田の声だ。

〈後ろからバイク一台。メディア関係者だと思われます〉

サイドミラーに目をやった。

二人乗りのバイクが映っていた。ともにフルフェイスのヘルメットに、黒いライダースジャケットを着用している。一〇〇〇ccのアメリカンバイクにまたがり、タンデムシートの男は肩から斜めにカバンを掛け、手にはハンディカメラがあった。

昨日までは当たり前のように、メディアに雇われたバイク乗りのカメラマンがついてきたものだった。首都高の一部は、バイクの二人乗りが禁止されている。しかし、湾岸線は二人乗りが可能ではある。

片側三車線の道路を、二人乗りのバイクは追い越し車線を走って近づいてきた。バイクは車線を変更し、まん中の道を走った。美波が運転する警察車両に近づく。ドライバーが彼女を一瞥《いちべつ》し、タンデムシートの男がハンディカメラを向けてくる。

サイドミラーや前方を見やり、周囲に他にもメディア関係の車両やバイクがいないか確かめた。トラックやセダンばかりで、とくに尾けられている様子はない。あからさまにまとわりついてくるのは、このバイクのみだ。

バイクは警察車両を追い抜き、前方を走るワゴンの横へと近づいた。ハンディカメラをワゴンへと向ける。

美波は後方を確かめた。ワゴンもミニバンもハンドルを握っているのは警官だった。湾岸線の法定速度である八十キロを遵守《じゅんしゅ》し、左側の走行車線をゆっくりと走っていた。ワゴンと併走するバイクも速度を八十キロに落とす。

車とバイクが二車線をゆっくりと走行するため、高速道路は混雑しだしていた。後ろを走る車がウインカーを光らせ、右端の追い越し車線に寄る。

タンデムシートの男がハンディカメラをカバンにしまった。カバンに手を突っこんだ。息を呑む。カバンから手を抜いたときには、ハンディカメラと異なる物体を握っていた。

美波は叫んだ。

〈犯人《ホシ》よ！〉

タンデムシートの男が持っているのはトカレフだ。銃身が銀色の光を放っている。トカレフが乾いた音とともに銃弾を吐きだした。同時にワゴンが速度を上げていた。トカレフの銃弾はバックドアに当たった。バックドアが火花を散らし、塗料や金属片が弾け飛ぶ。

友成が吠えた。

〈訓練通りに行きます！〉

「全員に命じます。発砲を許可。威嚇《いかく》射撃で警告したのち、友成巡査部長はバイクに幅寄せを」

ヘッドセットのマイクを通じて、全員に指示を出した。バックミラーを睨み、後ろの布施にも命じる。

「頭を下げて。決して顔を上げないように」

命じるまでもなかった。布施は腰を折って、頭を深々と下げていた。顔を両膝にくっつけ、両腕で頭をカバーしている。

バイクの襲撃者はさらに発砲を続けた。前方を行くワゴンに追いすがり、タンデムシートの男がトカレフのトリガーを引く。ワゴンのバックドアのガラスが砕け散り、粒状の破片がミニバンの前方に飛んでくる。

センターパネルのスイッチを入れる。赤色灯を灯らせ、サイレンを鳴らし、周囲の一般車両に異常を伝える。

ワゴンのサイドウィンドウが開かれ、顔を強張らせた本田がシグP230を青空に向けて撃ち、銃口をバイクに向けた。本田の隣にいる今井も砕けたガラス越しに、バイクに狙いを定める。

銃を捨てろ！　バイクを停めろ！　ふたりともに大声で叫んでいるが、拳銃を撃てないでいる。射線上には一般車両があり、銃弾が当たるおそれがある。

また、犯人やバイクに命中させたとしても、時速八十キロ以上の速度で転倒させれば、犯人をあの世に送りかねない。後続車がバイクを轢《ひ》き、大事故につながる可能性があった。似たようなシチュエーションの訓練を何度もこなしているが、高速道路上ともなると、さまざまな不都合が生じてくる。

タンデムシートの男が撃った。ワゴンの後ろのドアに穴が開き、本田が弾き飛ばされた。貫通力の高いトカレフの銃弾は、ドアを突き破って本田に当たったようだ。

「大丈夫？」

〈も、問題ないっす。ベストのおかげで〉

本田は苦しげに答えた。

ミニバンのアクセルを踏んで、ハンドルを切った。バイクを右端に追いつめる。

バイクの運転手がミニバンを指さした。ターゲットの布施がワゴンにいないのに気づいたらしい。

タンデムシートの男がミニバンに銃口を向ける。数発の発砲音とともにミニバンのフロントガラスが砕け散り、破片が美波の顔を襲った。頬や額に鋭い痛みを感じたが、目を見開きながらバイクを睨んだ。トカレフは弾切れを起こしたらしく、スライドがオープンになり、薬室がむき出しになっている。

「友成」

〈了解〉

前方のワゴンが追い越し車線を走り、バイクの行く手を阻んだ。ミニバンはバイクの左側につけて包囲した。ガードレールと挟みこむようにして幅寄せをする。運転席の窓を開け、美波は自動拳銃を抜く。

「停まりなさい！」

セーフティを解除して、銃口を運転手に向ける。

速度は六十キロを割っていた。これ以上、抵抗するような体当たりをするか、脚に銃弾を撃ち攻撃力を奪うしかない。

ハンドルを切って体当たりを試みようとした瞬間、バイクがさらにブレーキをかけて速度を落とした。タイヤのスキッド音が鳴り、バイクは後続の一般車両と衝突しそうになる。

美波たちの包囲から抜け出すと、バイクはエンジン音を轟かせてスピードを上げ、左側の走行車線からミニバンとワゴンを追い抜いた。急ブレーキと急発進を繰り返していたが、転倒も落下もせずに走り去る。美波は舌打ちした。襲撃者は憎らしいほどの度胸と運転技術を持っている。

バイクは千鳥町《ちどりちょう》インターを降りて姿を消した。美波はハンドマイクを摑んで、千葉県警の通信指令室と合同捜査本部に連絡を取り、バイクの追跡を要請した。

ワゴンとミニバンは路肩《ろかた》に停まった。布施にケガはなく、美波らPOも軽傷で済んだ。

本田の防弾ベストには弾丸が喰いこんでいた。今井が三角表示板を置き、発炎筒をつけて事故防止に努める。

美波は、ハンカチで顔の血を拭いつつ、犯人らの常軌《じょうき》を逸《いっ》した攻撃に戦慄《せんりつ》を覚えた。

14

「とにかく……全員が無事だったことを祝おう。不幸中の幸いだった」

捜査一課の沢木管理官が言った。

言葉とは裏腹に語気に力はない。顔は青ざめており、目は落ち窪《くぼ》んでいる。

「君も部下も大丈夫なのか。トカレフというのは、防弾ベストも貫くほど強力なんじゃなかったか」

品川署の署長が尋ねてきた。美波の顔に無遠慮な視線を向けてくる。

仕方がなかった。頰には絆創膏《ばんそうこう》を、額にはガーゼを貼りつけている。

美波らＰＯたちは、対象者である布施と、首都高湾岸線を走行中、大型バイクに乗った二人組に襲撃された。犯人たちは、美波らが乗るミニバンと併走し、トカレフを発砲してきたのだ。

車の割れた窓ガラスが、彼女の頰と額を切り裂いた。ただの切り傷ではあったが、デスマッチで戦ったプロレスラーのごとく、出血によって顔がまっ赤に染まり、周囲の者たちの肝を冷やさせた。

テレビは見ていないが、顔を血で染めながら、現場で指示を飛ばす美波の姿を、駆けつけたメディアがカメラで捉えているという。事件の凄惨《せいさん》さを端的に表せるためか、どの局もへビーローテーションで流しているらしい。

両親はもちろん、めったに連絡してこない旧友からも連絡があった。銃撃事件の対処に追われ、とても電話には出られやしなかったが。

美波は静かに答えた。

「近年の防弾ベストは改良がなされており、トカレフ弾をも喰い止める仕組みとなっています。現に部下一名が胸に弾丸を受けましたが、弾は肉体に届かず、骨にも異常はありませんでした。軽い打撲《だぼく》で済んでいます。また対象者の布施氏も無事です」

「君らまでもが、やられていたらと思うとぞっとするな。いやはや……警官やって長くなるが、警察人生でもっともきつい一日だった」

刑事部長の大山が、深いため息とともに口を開いた。

首都高での銃撃事件を受けて、幹部たちが緊急で集合し、今後の捜査方針についての会合が開かれた。その顔ぶれは、合同捜査本部発足のとき以上に豪華だった。

刑事部長の大山を始めとして、警備部長や捜査一課課長である摂津幸次郎、美波の上司である組対三課の新谷管理官が集まった。

　また、合同捜査本部のメンバーとは別に、品川区と大田《おおた》区の連携対応を担う第二方面本部長や、第二方面本部の隣に常駐している第六機動隊の隊長、それに千葉県警の捜査一課の理事官と行徳《ぎようとく》署の署長も出席していた。

　捜査会議前の打ち合わせとはいえ、これほどの大物たちが一度に顔を揃えるのを見るのは初めてだった。

　参加メンバーがより豪華になっていくということは、決して喜ばしい事態ではない。火事による火の勢いが増し、ますます延焼しているのを意味している。塔子ら警視庁捜査一課の班長たちも顔を揃えているが、全員が苦々しい顔つきをしていた。

　警視庁は千葉県警と広域協定配備を敷き、現在も高速道路や幹線道路で検問が実施されているが、犯人らしき人物が捕捉されたという情報は寄せられていない。

　ただし、犯行に使用された大型バイクだけは発見されている。湾岸線千鳥町インターを降りると、市川《いちかわ》市内を北東に走り抜け、東京メトロ東西線の妙典《みようでん》駅へと走っている。同駅の側には大型ショッピングセンターがあり、犯行に使用された大型バイクは駐輪場で乗り捨てられてあった。

　千葉県警と行徳署は、ショッピングセンターとその周辺の防犯カメラの映像データを集め、買い物客を中心に訊きこみを行っている最中だ。

ショッピングセンターのトイレや立体駐車場などで、ライダースジャケットを脱いで着替えをし、別人になりすましてタクシーや地下鉄に乗って立ち去ったか、あるいは別の共犯者が車を用意して待機していたか。

具体的な逃走手段はまだ判明していない。いずれにしても警察の監視網には引っかからず、まんまと姿をくらませているのは事実だ。

事件の余波はすさまじかった。新聞やテレビ局は報道ヘリを飛ばして、現場上空を飛びまわり、湾岸線は現場検証のために一時封鎖された。他の首都高はもちろん、下を走る国道や県道も大渋滞を起こし、交通機能の一部を麻痺《まひ》させた。犠牲者こそ出なかったものの、銃撃事件がもたらした経済的損失は大きい。

大山がうなった。

「明日からは、警視庁と千葉県警との合同捜査本部を改めて設置する予定だ。元ヤクザとその家族を狙う殺人犯であるだけでなく、無関係な女子供さえも巻き添えにしかねない反社会的かつ残虐非道な集団である。犯人逮捕のためには迅速《じんそく》な対応が不可欠となる。明朝の捜査会議までに、捜査本部の幹部らは事前に情報を共有しておかなければならない」

千葉県警捜査一課の理事官と、事件現場が管轄区域である行徳署の署長がそれぞれ挨拶をした。どちらも慇懃な態度だったが、内心は面倒な事案を千葉へ飛び火させた警視庁に腹を立てているらしく、不機嫌そうな表情を隠しきれずにいた。彼らは、大型バイクを乗り捨てて逃げ去った犯人たちの追跡を、引き続き行うと述べた。

大山刑事部長が司会役を務め、それぞれ幹部たちが方針と現況について語り合った。さらに警備部長と第六機動隊長が、犯人たちが今後も執拗《しつよう》に布施とその家族、そして彼の社員を狙い続けるのを考慮し、自宅と〝パシオン・フードカンパニー〟本社の警備にあたると報告。犯人がトカレフを所持しているため、隊員には完全装備で臨ませると伝えた。

美波は、引き続き布施の身辺警護を続行すると告げ、塔子に尋ねた。

「菱塚明元については？」

塔子の上司である沢木が代わりに答えた。

「身元を照会しただけだが、なかなか興味深い経歴の持ち主だった。巽会系の暴力団に所属していた元暴力団員《マルB》で、恐喝や傷害で刑務所を出入りしていた札つきのワルだ」

「現在の菱塚の住処《ヤサ》は」

「すでにこの世にはいない。菱塚は十一年前に、熱海《あたみ》の錦ヶ浦《にしきがうら》の断崖から転落している。当時の静岡県警は、自殺として処理しているようだ」

「十一年前……ですか」

思わず問い返した。沢木がうなずく。

十一年前といえば、布施らが一斉に極道から足を洗う一年前の話だ。

十年前、布施は僚屋会から抜けるために親分に大金を支払い、カタギとして事業を成功させた。殺された塚元や水上も。

大山が割って入った。

「おいおい、ちょっと待て。なんだその菱塚とかいう野郎は。おれは聞いてないぞ」

「片桐警部補のお手柄です。今回の事件のキーポイントとなる人物と思われます。今朝になって布施の妻から打ち明けられた。ですよね？」

「布施亜沙子は今の暮らしを守るために、今回の事件に関する重要な情報を隠していました。犯人たちの度重なる攻撃に耐えかね、菱塚なる人物に関して打ち明けました」

大山を始めとして、幹部たちがざわつきだした。美波は布施亜沙子から聞いた話を改めて幹部たちに披露した。

僚屋会の暴力団員だった布施は、組織を抜ける一年前から、ある仕事にタッチしていたという。妻の亜沙子だけでなく、本人もそれを湾岸線の移動中に認めていると。

菱塚との仕事がどのようなものだったかはわからないが、菱塚が札つきのワルであり、布施が暴力団員だったことを考えると、非合法なものと思われた。糟糠《そうこう》の妻である亜沙子にすら教えずにいたほどだ。その菱塚との仕事の結果、布施は一億二千万円ものカネを手にしている。

——明るい場所で堂々と生きたい。

暴力団員だった布施の口癖だった。

殺害された水上も塚元も、優良なシノギを抱えていたが、組織からの苛烈《かれつ》な搾取《さくしゅ》に悩まされていた。

美波の見解でしかないが、水上も塚元もカタギとして生きるため、布施と同じように仕事をこなし、十一年前に大金を獲得し、その後に組織から円満に足を抜けている。

大山は片頬を歪ませた。

「犯人《ホシ》にやられっ放しだったが、ようやく糸口が摑めたらしいな」

組対三課の新谷が発言した。

「菱塚明元は、布施と同じ巽会系の組織に籍を置いていました。六本木や西麻布を縄張りとする、三次団体の山王《さんのう》総業です。刑務所の出たり入ったりを繰り返していた懲役太郎で、一九九八年から五年間を府中刑務所で過ごしています。このころは水上も同刑務所で懲役刑に服していました。府中刑務所に問い合わせたところ、菱塚と水上は同じ工場で刑務作業に従事していました。木工椅子の製作に携わっていたことがわかっています」

「菱塚は布施と渡世上の親戚関係、水上とはムショ仲間だったわけか」

大山は呟いた。

美波は心のなかで舌を巻いた。菱塚の名が出たのは今朝だ。亜沙子の口から聞き、それを塔子に伝えた。すでに合同捜査本部には、百五十名近くの捜査員が投入されている。ひとつの手掛かりを見つけさえすれば、たちどころに調べ上げる。停滞していた合同捜査本部が急に息を吹き返したかのように見える。

被害者たちの接点が見つからないなか、菱塚なる元暴力団員を中心に、点と線が結びつこうとしている。

捜査一課の南雲が咳をひとつした。第二の殺人事件である塚元殺しの捜査を手がけている。

強行班の大関クラスと目され、いかにも刑事らしい岩石のような体型の中年男だ。ただしヘルニアに苦しめられているらしく、足元には高さ二十センチほどのデコラステップを置き、片足を交互に乗せていた。マメに姿勢を変えて、身体の柱である背骨の痛みをリフレッシュさせる必要があるという。ステップを右足から左足へと替えつつ報告した。

「菱塚と塚元の接点も見つかってます。ふたりとも茨城県牛久《うしく》市の出身で、同じ中学校を出ています。また、牛久閻魔《えんま》族なる地元の暴走族に所属していました。菱塚は四代目総長、塚元は七代目総長として、先輩と後輩の仲にあります。ふたりは、代紋違いの暴力団《マルB》に籍を置いてはいましたが、その後も同じ地元出身の友人として、月に何度か酒を酌《く》み交わす関係にありました」

「うん」

大山は勢いよく手を叩いた。大会議室に音が鳴り響く。彼は白い歯を覗かせて満足そうに笑う。

「菱塚を中心として、水上、塚元、布施のラインが繋《つな》がったわけだな」

彼は東大法学部出身のキャリアだが、大学時代に七帝《ななてい》柔道を学んだ豪放磊落《ごうほうらいらく》な人物だった。インテリというより、親分肌気質《かたぎ》の人物だった。もっとも、とりわけ肝のでかい人間でなければ、警視庁の刑事部長というポストは務まらない。

大山は沢木に尋ねた。

「どう攻めるね、沢ちゃん」

「翌朝にでも、布施と妻の亜沙子を参考人として、自宅から近い品川署で事情聴取を行いたいと思っています。なにしろ布施は、大山部長が挙げたメンバーのなかで、唯一の生存者ですから。布施氏にとっては酷な話ですが、犯人《ホシ》が彼を徹底して追いつめたおかげで、自ら口を開こうとさえしていました。精神的に弱っているうちに、間を置かずに布施を落とします」

沢木が美波のほうを向いた。「彼は事件後、自宅に戻っているんだったね」

「はい。すべてのスケジュールをキャンセルしました。明日以降も、白紙の状態にしています。往診した医者によれば、極度の疲労とストレスにより、咽頭炎《いんとうえん》と発熱を起こしています。帰宅してから体温計で熱を測ったところ、38・3度の熱がありました」

「今夜はじっくり静養してもらうとしても、できれば明日中に事情聴取を行いたい。明日も体調が思わしくないときは、こちらから自宅へと出向かせてもらう。悪化するようだったら、日を改めるしかないが、多少の熱なら寝たままでもいい。彼はまだ揺れている。時間が空けば口を閉ざすかもしれない」

美波はうなずいた。

犯人はトカレフを発砲したが、弾丸はターゲットである布施には当たらなかった。ただし、彼の心を砕くのには、一定の成功を収めている。

あの襲撃現場において、美波は乗車していたミニバンから、新たに駆けつけた警察車両へと乗り換えようと布施を促した。しかし、彼は自力では立つことができず、足をもつれさせて歩行もままならなかった。

美波と友成が、彼の肩を担いで警察車両へと乗せた。自宅への移送は千葉県警に委ねるしかなかった。美波は顔の傷の手当を受けながら現場検証に立ち合い、千葉県警に事情を説明するだけではなく、警視庁に戻ってからも警務部の事情聴取に応じなければならなかった。犯人の襲撃に対抗すべく、自動拳銃で威嚇射撃をしたためだ。発砲が適正であったか。改めて事件について詳しく訊かれ、解放されたばかりだった。

美波は無表情を装ったが、心中は複雑であった。犯人らの最終的な目的は布施の殺害にあると思われる。しかし、彼の娘のランドセルに盗聴器を仕かけるといった無言の脅迫行為を行った。警察の警備が厳重になるのを承知のうえで。水上や塚元とは別に、布施をあっさりとは殺さず、じわじわと彼を破滅に追いやろうとする。そんな邪悪な意図を、犯人側から感じていた。

布施は土壇場に追いやられた。彼ら被害者はカタギとして生まれ変わるため、菱塚とともに大金を獲得したと判明した。妻にも言えないような手段で。

布施は実業家としてまっとうな道を歩んだ。しかし、その道の地盤はきわめてもろく、崩れやすいものでもあった。たとえ犯人が捕らえられたとしても、過去の秘密が発覚し、彼が築いたものを破壊される。

いずれにしても、犯人は布施が大切にしている会社や家族を壊せる立場にある。たとえ、犯人が今から手を引いたとしても、世間が布施を社会的に抹殺《まっさつ》するからだ。

美波は唇を嚙んだ。

犯人は一刻も早く逮捕しなければならないが、みすみす犯人の計画に乗せられているような気がした。

布施一家には幸福になってほしかった。もともと、ＰＯは暴力団とのかかわりを断つため、対象者を報復や嫌がらせから守るのが任務だ。布施は紳士であり、家族からも社員からも愛されていた。美波らＰＯに対しても礼を尽くした。そして、本気で暴力団と決別したがっていた。やり場のない虚しさと怒りが湧いてくる。

沢木は淡々と役割を告げた。つねに冷静さを失わない優れた指揮官だったが、頰を紅潮させている。

「桐生班は水上と菱塚の交友関係を、南雲班は同じく塚元と菱塚を。難波班は布施と菱塚を。この菱塚明元を中心にして洗い出す方向で進めてください。難波班長は私とともに、翌朝、捜査会議の後に布施の事情聴取を行いましょう」

「了解しました」

塔子が美波に視線を向けてきた。

嫉妬と感謝が入り混じったような、複雑な感情が見て取れた。

「それと片桐班ですが……」

沢木は新谷をちらりと見やった。新谷は美波に語りかける。

「明日は休め」

「え？」

「緊張の連続で、布施同様に疲れ切っているはずだ。布施も自宅で療養する気でいる。自宅と会社のガードは、品川署と第六機動隊が引き受ける」

「しかし……」

捜査一課の摂津が割って入った。

「君は本件における最大の功労者のひとりだ。いっそ捜査一課《うち》にほしいくらいだよ。対象者《マルタイ》を銃撃から守るだけでなく、重要証言を引き出してくれた」

桐生と南雲が同意するようにうなずく。捜査一課強行犯を代表する班長ふたりに認められ、美波としてはうつむいて恐縮するしかなかった。

　菱塚なる人物が捜査線上に浮かんだことで、合同捜査本部の幹部たちの顔に輝きが戻りつつある。首都高において拳銃による発砲という類を見ない凶悪事件が発生したが、反転攻勢に打って出るという気概にあふれている。喜ばしいことではあった。

　新谷が釘《くぎ》を刺した。

「そのせっかくの輝かしい功績も、布施とその家族に万が一のことが起きてしまえば、たちまち帳消しになってしまう。私から見れば、君らの体力は底を尽きかけている。身辺警護は一瞬の気の緩みも許されない。とくに今回のようなケースにおいては。休めるときに休み、犯人《ホシ》に手錠がかけられるその日まで、布施を最後まで守り切ってほしい」

「わかりました」

「そのとおりだ。今度の犯人《ホシ》はなにをしでかしてくるかわからない。これだけのメンツが雁首《がんくび》揃えて知恵を絞りだしあったんだ。想定外なんて恥ずかしい言葉を口にせずに済むよう、あらゆる手段を講じよう」

　大山が打ち合わせを締めくくった。

　打ち合わせを終えて大会議室を出た。慎重な足取りで近くのトイレへと向かう。

　ドアを開けて、洗面化粧台に手をついてえづいた。胃袋が収縮を繰り返し、すっぱい胃液をわずかに吐きだす。水も食事も長いこと摂っていなかったため、胃袋はからっぽだ。

蛇口《じゃぐち》をひねって胃液を水で流した。口をゆすぎ、口臭スプレーを使う。

それっきり動けなくなった。脚から力が抜け、洗面化粧台にもたれる。生まれたての仔《こ》馬《うま》みたいに脚が頼りない。がくがくと震えている。

嘔吐《おうと》のせいで頬を涙が伝っていた。その涙は絆創膏のうえを滑り、顎から滴《したた》り落ちた。化粧鏡には、顔にガーゼと絆創膏を貼った中年女の顔が映っていた。化粧台にしがみついている姿は、まるで泥酔者みたいだ。

顔色の悪さや目の下の隈は、化粧でごまかしたつもりだったが、上司の新谷には通じなかったらしい。緊張の連続だったうえに、首都高での銃撃戦で、ついにガス欠に陥ってしまった。布施と同じだ。

両手も細かく震えている。額に貼られたガーゼに触れる。恐怖を感じる暇はなかった。ワゴン前を走るワゴンが狙われ、併走するバイクの同乗者からトカレフで発砲を受けた。ワゴンを穴だらけにされたうえ、大切な部下が銃弾を喰らっている。

分厚い化粧台を拳で叩いた。なにが功労者なものか。堂々と犯人らが姿を現したというのに、みすみすターゲットに近寄らせてしまった。

布施の口を開かせようと熱中するあまり、メディアに化けた犯人の正体を見抜けなかった。なんのために想定訓練を繰り返してきたのか。

かりに相手がもっと強力な火器を持っていたら、片桐班も布施も頭や手足を吹き飛ばされていたか、首都高のフェンスに車を激突させていただろう。好きなだけ高速道路で発砲させ、その挙句に逃走を許してしまった。ケガ人が出なかったのは、単なる結果論に過ぎない。

トカレフの銃口が、ミニバンを運転していた美波へと向けられ、発砲音とともにフロントガラスが派手に砕けた。銃弾で頭を破壊されていたかと思うと、身体の震えが止まらなかった。浅い呼吸を繰り返す。銃撃から数時間も経ったというのに、繰り返しあの時間へと引き戻され、そのたびに吐き気を催した。

ふいに女子トイレの扉が開いた。美波は身体を起こした。化粧台に手をついて、腕力で身体を支える。みっともない姿を見られるわけにはいかない。

入ってきたのは塔子だ。できれば今は会いたくない相手だった。彼女は美波を見て目を丸くする。

「ちょっと――」

塔子は駆け寄ると、美波の額に手をやった。

「熱は……ないみたいね。立てる？」

「少し目まいがしただけ。すぐによくなる」

深呼吸を繰り返した。クリーンな空気に満ちた場所とは言い難いが。

緊張の糸が切れて、身体がついてこられなくなる経験は、これまでも何度かあった。学生時代にテコンドーの個人戦トーナメントで優勝したとき。万世橋署の地域課勤務時に、カフェの店員を包丁で刺した若い犯人を追いつめたとき――特殊警棒と関節技で制圧したが、あやうく喉を刺されるところだった。

警察官としての仕事に慣れ、刑事となってからは久しく経験していなかった。

「ありがとう」

塔子に告げた。「それと安心して。私は図に乗ってもいないし、このとおり立ってるだけがやっとだから」

さきほどの打ち合わせでは、大山を始めとして幹部らから褒め称えられた。課長の摂津が、捜査一課に迎えたいと無邪気な世辞を口にした。それらの発言が、塔子のプライドを傷つけたに違いなかった。

塔子は鼻を鳴らした。スーツジャケットの襟につけた赤バッジを指し示すと胸を張る。

「わかっていればいいの。そう簡単にこのバッジを手に入れられると思ったら大間違いよ。おとなしく護衛をしてればいいのに、手柄までかっさらうなんて。この泥棒猫」

ドラマの悪役みたいに居丈高《いたけだか》に言ったかと思うと、彼女は顔をうつむかせる。

「そうじゃなくて……礼が言いたかっただけ。まるでお通夜みたいな捜査本部にも活気が戻ったから。まさか、こんなところでへたばってるなんて」

「ナイフやスタンガンで襲われたときはあった。それに……道場で特殊警棒を持った怖いおねえさんに殴られそうになったときもある」

苦笑してみせた。怖いおねえさんとは、塔子のことを指す。

「だけど、ピストルは初めて。参ったわ」

再び涙があふれた。こらえきれなかった。かつての親友と六年ぶりに話ができたからかもしれない。洟をすすり、ハンカチで涙を拭う。

塔子は息を吐いた。

「安心した。あなたも人間なのね」

「なにそれ」

「あなたはいつも完璧だった。言ったでしょう、腹が立つほど正しくて、おまけに強い。今度だって、布施一家から証言を引き出してる。どんなに気合を入れても、努力を重ねても敵《かな》わなかった」

「ロボットかなにかだと思ったの？」

「ダラダラと涙も鼻水をたらす人間だとわかって、胸をなで下ろしてる」

ふたりは小さく笑い合った。

美波も塔子も刑事になりたかった。難波達樹のような偉大な捜査の職人を目指した。しかし、男性社会である警察で、刑事になるには誰よりもタフでなければならない。体調管理はもちろん、涙を流すのも取り乱すのも許されない。つねに気を張って戦ってきた。塔子と決別して以来、弱音を吐ける相手がいなかった。

美波は彼女の肩に手を置いた。

「赤バッジのエリート刑事さん。申し訳ないけど、仮眠室まで連れてってくれると嬉しい。なるべく人に見られないように」

「ゆっくり充電することね。せっかくあなたが身体張って守った対象者《マルタイ》だけど、洗いざらい喋ってもらう」

「ありがとう」

塔子に身体を預けた。スーツを通じてぬくもりを感じる。

トイレを出ようとしたときだった。出入口のドアがノックされた。思わず目を見開く。

「班長、いらっしゃいますか」

塔子の部下である水戸だった。ふたりは顔を見合わせる。塔子は表情を引き締めた。

「どうしたの?」

水戸はドア越しに答えた。切迫した調子で。

「布施が……布施隆正が自宅から姿をくらましました」

15

塔子はブレーキペダルを踏んだ。

タイヤが派手な音をたてた。助手席にいた水戸はシートベルトをしていたが、身体を前のめりに揺らした。頭をインパネに打ちつけそうになっていた。赤色灯を回してサイレンを鳴らし、赤信号を突破して現場へ急行する。

警視庁本部から、布施のマンションがある品川シーサイドまでは、本来なら三十分ほどかかる。しかし、緊急走行のおかげか十五分で到着した。

舌打ちしながらシートベルトを外した。たとえ光のような速度でやって来たとしても、事件のキーマンは行方をくらましているのだ。ショルダーバッグを担いで車を降りる。

閑静な高層マンションの周辺は、相変わらず多くの人間でごった返していた。もはやなにかの祭りのような有様だ。

品川署員や機動隊員らが、カラーコーンやトラ模様のコーンバーで道路を規制し、ごった返す人々や車両をコントロールしようとしている。

集まっているのは、警察関係者や報道陣だけでない。夜中にもかかわらず、やじ馬で道路はあふれ返っていた。露店が出てもおかしくはない賑わいぶりだ。布施一家は、すでに日本中の注目を浴びていたが、高速道路における銃撃事件は、ますます世間の好奇心を煽る結果となった。

マンション前の道路の路肩には、たくさんの警察車両が停車していた。そのうえ報道陣ややじ馬の車で、品川シーサイド駅前まで渋滞が発生していたが、警官らが工事現場の警備員のように、赤い誘導棒を振るって、車や人々をさばいている。

彼らのおかげで渋滞のなかを割って入り、塔子の車はマンション前にスムーズに停まることができたが、警官たちの顔は硬く強張っていた。

マンションの正面玄関には、籠手《こて》や臑当《すねあて》、ヘルメットで完全武装をした機動隊員が立っていた。道路の路肩には、いかつい形をした常駐警備車も停まっている。抗争真っ最中の暴力団事務所のような有様だ。品川まで猛スピードで飛ばしてきたが、警らのパトカーと何台もすれ違っている。

一階ロビーは、シティホテルにも負けない高級感に満ちていたはずだが、今は汗臭そうな警察関係者で占領されていた。品川署員や機動捜査隊はもちろん、合同捜査本部の捜査員もおり、警護対象者の失踪《しっそう》というトラブルに、顔を青ざめさせながら右往左往している。応接セットや椅子には、暑苦しい背広姿の男たちが、険しい顔つきをしながら陣取り、マンションのコンシェルジュらに訊きこみを行っていた。

マンション自慢のゆったりとした共有スペースは、怒気と焦燥《しょうそう》でキナ臭い雰囲気が、外にも伝わってきた。合同捜査本部と品川署は、マンションの住人に対しても一軒ずつ訪問し、訊きこみを行うように指示している。

　正面玄関の前まで来ると、水戸が釘を刺してきた。

「どうか、キレないでくださいね」

「なんのことよ」

　ドア近くのハイカウンターには、顔なじみになった夜間勤務の門衛がいたが、複数の刑事たちの事情聴取に追われ、外側にいる塔子らには気づかずにいる。

　自動ドアをノックした。軽く小突《こづ》いたつもりだったが、まるでレンガを叩きつけたような激しい音を立て、分厚いガラス製のドアが震えた。ロビーにいた警官たちや門衛が、ぎょっとした顔をしながら塔子に注目する。なかには身構える者もいる。

　門衛があわててドアを開けてくれたが、バツの悪い思いをしながらロビーへと入った。自分では冷静だと思っていたが、他の警官たちと同じく、ひどく苛立っているらしいと自覚した。横にいた水戸が咎《とが》めるような視線を向ける。

　クールになれと己に命じつつも、一方でかなり難しい注文だとも思う。とくに布施隆正の姿を思い浮かべるだけで、頭がグラグラと煮えくり返るような思いに駆られた。

　たくさんの警察関係者の世話になり、今日は命拾いまでしたというのに、あのご清潔そうなカタギ面をした元ヤクザは、警察や会社すべてを裏切って姿をくらましたのだ。後ろ暗い過去を背負っているとは思っていたが、まさか家族まで放って逃げるような外道だったとは——美波が命がけで守ったというのに。

合同捜査本部の打ち合わせを終えたさい、美波が青ざめた顔でトイレへと向かうのを見て、塔子はすぐに異常を悟った。彼女の後を追ったものの、トイレに入るのには、かなりの勇気を振り絞る必要があった。

美波とは六年間も冷戦状態にあった。〝難波学校〟の恩師の不正を、麻布署時代の美波が暴き、彼を自殺へと追いやったのがきっかけだ。

美波に非があるわけではなかった。新浦の自死でもっとも苦しんだのは、恩師の不正を知った彼女自身のはずだ。それを塔子は理解できず、むやみに彼女に怒りをぶつけ、そして無様《ぶざま》に返り討ちにあった。

一度できてしまった溝は深く、彼女に対するコンプレックスは、日を追うごとに強まるばかりだった。尊敬する父親と同じ部署に就き、悲願だった赤バッジを手にしてからも。

美波はいつでも完璧だった。今回の事件で、刑事部や捜査一課のお偉方《えらがた》に気に入られ、彼女が捜査一課に呼び寄せられるのでは。そんな焦りさえ抱いていた。

しかし、美波にも限界はあるのだと、彼女がトイレの洗面所で嘔吐しているのを目撃し、そんな当たり前の事実を理解した。美波は身体を震わせ、涙さえ流していた。いつ放たれてくるかわからない凶弾を恐れて。

ＰＯであるかぎり、とっさの暴力と対峙するのを宿命づけられており、美波らは格闘技のスペシャリストではあるが、つねに実銃で狙われているかと思うと、そのプレッシャーはすさまじいものがある。

彼女の涙を目撃したのは、果たしていつ以来だろうか。昔を振り返りながらエレベーターに乗りこんだ。

まだ、お互いが制服警官だったころ。ふたりが二十七歳のときに父の難波達樹が肺ガンでこの世を去っている。塔子自身はもちろんだが、美波も通夜の席で、永遠の眠りについた父の姿を見ては涙を流してくれた。あのとき以来かもしれない。タフきどりの男性警官よりも強く、つねにクールであり続ける。それが美波という警官だった。

しかし警護対象者である布施は、身を賭《と》して守った美波らの功績を、あっさりと台なしにした。襲撃犯にも布施にも、それにおめおめと彼を逃がしてしまった品川署員、犯人にかき回されっぱなしの合同捜査本部や自分たち……怒りをぶつけたくなる対象はいくつもある。

エレベーターのなかで深呼吸をした。

「だからこそ、落ち着かなきゃね」

「なんですか」

横にいた水戸が眉をひそめた。塔子は親指で上を指した。

「一階もそうだけど、布施《マルタイ》のところもてんやわんやなんでしょ？」

「そりゃそうです」

「それなら、なおさらクールでいなきゃ。班長たる私が、カッカしていたら収拾がつかなくなる」

水戸は目を丸くした。

「さっきまで、自動ドアをガンガン殴っていた人の言葉とは思えませんね」

「学んだのよ。親友から」

水戸がなにか言おうとしたとき、エレベーターが三十階に到着した。

手すりのついた内廊下は、グレーの絨毯が敷きつめられてある。その廊下を品川署の鑑識係員らが、ブルーの作業服姿でうろうろしていた。全員がマスクを着用している。

塔子の姿を見ると、敬礼をした。鑑識係員らはみんな目を赤くさせていた。なかには顔を涙で濡らしている者もおり、しきりに濡れたタオルで目元を拭う者もいる。

「うっ」

水戸が瞬きを繰り返した。彼はあわててハンカチで顔を覆う。顔見知りの鑑識係員が苦笑いをする。

「かなり換気はしたんですが、まだスプレーの粒子が若干残ってるみたいです。なにせ内廊下ですからね。なかなか出て行かなくて」

内廊下の隅にある非常階段のドアが開いていた。ドアの先は、内廊下とは対照的に、打ちっぱなしのコンクリートの空間が広がっている。

鑑識係員から、使い捨てのマスクを受け取った。鼻と口を防御しながら、布施の部屋へと向かう。

水戸が涙をこぼしながら尋ねてきた。

「下の機動隊に訊いてみます？　たぶん、ガスマスク持ってると思いますけど」

「私は大丈夫。借りてきたら？」

「だったら……おれもいいです」

「無理しなくていいのに」

塔子は肩をすくめた。

「痛くないんですか？」

「男と違って、女は痛みに強いの」

塔子は鼻で笑った。

催涙《さいるい》スプレーの刺激臭には慣れていた。我ながら妙な特技が身についたとは思うが。彼女の警察人生は、新宿署の地域課からスタートしている。職務質問から逃れるため、万引きやひったくりの現行犯逮捕を避けるため、窃盗団や不良スカウトらから、催涙スプレーを浴びせられたものだった。ごくふつうのサラリーマンや学生が所持しているときもあり、酒で酔っぱらった挙句、街中で派手に撒《ま》き散らすバカもいた。

新宿署を始めとして、新橋を管轄する愛宕《あたご》署、錦糸町《きんしちょう》がある本所《ほんじょ》署といった、荒っぽい土地の交番や自動車警ら隊に所属し、犯罪者を追いかけ回しては、スカンクのように催涙スプレーを噴きかけられたものだ。

布施が、玄関前にいた品川署員に催涙スプレーを浴びせたのは、約一時間前だった。玄関で見張っていた警官は、有名大学柔道部出身の屈強な若手だが、催涙スプレーをもろに顔面に浴び、眼球と呼吸器にダメージを受けて、玄関前の廊下でのたうち回ったという。警護対象者から不意打ちを喰らったのだ。

数人の鑑識係員が絨毯を調べていた。催涙スプレーの液体を採取している。グレーの絨毯には、オレンジ色の染みが点々と残っていた。

催涙スプレーを浴びた警官は、近くの病院に搬送されて治療を受けている。その警官の証言によれば、布施はスーツにコート姿で玄関から出てきたという。

ソフト帽をかぶり、手には大きなボストンバッグまであった。遠出でもするような出で立ちに驚き、警官はあわてて彼に質問をしたところ、無言で催涙スプレーを浴びせられたということだった。転がる警官を置いて、非常階段をひたすら駆け下りて、品川署員や機動隊の目をかわして裏口から脱出している。

絨毯の染みを見やった。もし警備にあたっていたのが、美波たちＰＯであったら、布施の失踪はふせげたのではないかと、つい考えてしまう。

布施家の部屋に入った。相変わらずため息が漏れそうなほど、贅沢な造りの居住空間だった。値の張りそうな応接セットには、布施の妻である亜沙子が、泣きはらした顔で悄然と腰かけている。

壁時計の針は十時半を指していた。娘の愛海はすでに床についたのか、リビングにはいなかった。部屋のなかは、複数の捜査員が出入りしており、無駄口を叩く者はいなかったが、室内はどやどやと騒がしい。

塔子はなるべく音を立てずに歩み、水戸にも静かに歩くように目でうながした。愛海の眠りを妨げたくはなかった。もっとも、父が襲撃犯に銃撃され、そのうえ警官に暴力を働いて失踪してしまうという異常事態に直面しながら、すやすやと安眠できるとも思ってはいなかったが。

応接セットへ進むと、亜沙子はゆらりと立ち上がり、くしゃくしゃのハンカチで目鼻を拭い、塔子へ向かって申し訳なさそうに頭を下げた。喪服こそ着ていなかったが、まるで葬式の関係者のような振る舞いだ。

メガネ越しに見える目は赤く、瞼はやはりまっ赤に腫《は》れあがっていた。催涙スプレーを浴びたわけではないが、顔を鼻水で濡らしている。

彼女の姿を注意深く見つめながら、亜沙子にうながした。

「座りましょうか」

「申し訳ありません……なんて言っていいのか。みなさんに合わせる顔がありません」

「あなたが謝る必要はありません。それにスプレーを浴びた署員も、病院には搬送されましたが、先ほど病院から連絡があって、すぐに回復したそうです」

塔子は彼女を落ち着かせるために笑顔を作った。そしてなに食わぬ顔で嘘をつく。

警視庁自体は失踪した布施に怒り心頭であり、メンツを傷つけられた品川署員も殺気に満ちていた。怒りをぶつけたくとも、その布施は行方をくらましている。警官たちが彼女に向ける視線は、どうしてもきつくなりがちだ。それだけに、彼女の罪悪感を払しょくしてやりたかった。

亜沙子が夫の共犯である可能性は確かにあった。じっさい警官たちは、旦那の手助けをしやがっただろうと、被疑者を見るような目つきで彼女を見ている。

布施が、警官に催涙スプレーを浴びせていた時間、彼女は娘を連れて、最上階のラウンジで絵本の読み聞かせを行っていた。都心の夜景が望める贅沢なエリアだ。

外出を極力控えざるを得ないため、娘をマンション内にある共用スペースに連れていくのが最近の習慣になっていた。この建物のなかにはフィットネスジムやダンススタジオ、子供が遊ぶためのキッズルームもある。

妻子の護衛のため、ラウンジには品川署の女性警官がついていた。催涙スプレーを浴びた警官がしばらく痛みでのたうち回った後に、無線で同僚らに布施の逃走を伝えるまで、亜沙子も女性警官も異変に気づかずにいた。

塔子は語りかけた。

「起きたことは仕方ありません。今は布施さんの行方を一刻も早く発見しなければ。言うまでもなく、彼は現在、とても危険な状況にあります」

亜沙子は首を何度も縦に振った。

「寝室でぐっすりと眠っていたはずなんです。ふだんは弱音を吐くような人ではないんですが……今日のような銃撃事件がまた起きて、すっかり参ってしまったようでした。撃たれずには済みましたが、ショックと疲労でまともに歩くこともできないし、熱もだいぶありましたから。すりおろしたリンゴとヨーグルトを食べさせて、あとはお医者さんから処方された解熱《げねつ》剤とビタミン剤を呑んで、おとなしく寝ていました。眠りにつくまで、しばらく傍についていたんですけど、あの人は何度も警察の方々に感謝の言葉を口にしていました。とくに……片桐さんやＰＯのみなさんのおかげで助けられたと、何度も言って。それなのに」

亜沙子が、最上階のラウンジに向かったのは九時三十分ごろだという。

時刻や彼女らの行動については、護衛についた女性警官も証言しており、裏が取れている。どのみち、マンションには無数の防犯カメラが設置されている。品川署員と機動捜査隊が、マンションだけでなく、周囲の防犯カメラの映像データを集め、布施を猛追《もうつい》している最中だ。

他の難波班のメンバーも布施の行方を追い掛けたかったが、娘のランドセルに仕かけられた盗聴器や、高速道路上で発生した銃撃事件の捜査のため、千葉県警と協力しながら行徳署に出向いているところだった。

難波班は、第三の被害者である布施に関する事件を担当していたが、彼が会社の駐車場で秘書とともに襲撃されてから、難波班だけでは対応しきれないほど、布施の周辺では次々に事件が発生している。

そしてついには、犯人から執拗に狙われている布施自身が、姿をくらました。品川署員や機動捜査隊とともに、難波班も布施の行方を一刻も早く追いかけたいところだったが、品川署と同じく捜査員の数が足りなくなっている。

亜沙子はハンカチを握る手を震わせた。

「……それなのに。バカな人です。どうして」

水戸が目で合図した――亜沙子をどう思うかと。

亜沙子はシロだと伝えた。

彼女は布施と同様に頭が回り、しっかり者の妻だった。そして極道の妻《おんな》として、布施同様になんらかの秘密を抱えていると思われた。

しかし彼女は、菱塚明元の存在をすでに警察にリークしている。家族の身の安全を確保するためだろうが、あえて苦渋の選択を行っていた。

菱塚明元は、すでにこの世を去った人間ではあったが、殺された被害者たちや布施を結びつける重要人物だ。そして、この男との関係を警察に伝えるのは、布施夫妻が築いてきたものを壊しかねない行為と思われた。それでも亜沙子は、警察に犯人逮捕と安全確保のため、結果的に夫を裏切る行為にあえて出ている。体調の優れぬ布施を外出させるため、今さら手を貸すとは思えない。

水戸の携帯端末が震えた。彼は席を外した。リビング内には、品川署員がうろついていた。彼らに向かって言う。

「申し訳ないけど、席を外してもらえる？　そんなに大勢いると話がしづらいから」

品川署員はご機嫌ななめだった。捜査一課の班長から頭ごなしに言われ、舌打ちする音が耳に届いた。塔子は笑顔を崩さず、リビングを出て行く品川署員たちを見送った。

「ごめんなさいね」

リビング内が静かになった。本来なら、翌日にでも合同捜査本部に招いて、事情聴取を行う予定だった。計らずも布施の失踪によって、一刻も早く彼女から話を聞かなければならなくなった。亜沙子とふたりきりになったのを見計らって口を開く。

「当初は、隠ぺいする気でいるのかと思いました」

すが」

「布施さんです。体調不良であるにもかかわらず、警官に暴力を働いてまで外に出て行った。なぜか。理由はひとつしか考えられません。亜沙子さんも当然、おわかりだと思いますが」

「え?」

亜沙子は黙ってうつむいていた。

塔子は、ショルダーバッグからタブレット端末を取り出した。電源を入れると、液晶画面に画像を表示させた。ひとりの中年男性の顔が現れる。

大きな福耳が特徴的で、縮れた天然パーマの頭髪のおかげで、一見すると大仏のようだった。しかし、頰と眉には刃物で切られたような痕があり、腫れぼったい瞼と相まって、アウトローらしい面構えとなっている。昔の歌舞伎町の地回りみたいな顔だ。

液晶画面に現れた中年男を彼女に見せる。

「菱塚……」

亜沙子が呟いた。

亜沙子の答えは正しかった。もっとも、菱塚という男について知らせてくれたのは他ならぬ亜沙子だったが。十一年前に死亡した菱塚明元は、被害者たちを結びつける重要人物だ。画像は、一九九八年に恐喝罪で逮捕されたときのバストショットだった。

塔子は前のめりになった。

「布施さんはこの男と組み、そしてなんらかの手段で大金を手にすることに成功した。おそらく、非合法なやり方でしょう。その過去を隠ぺいするために逃走したのではないかと考えていました。つい先ほどまで」

亜沙子は潤《うる》んだ瞳で見つめ返した。やや不思議そうに、塔子の言葉に耳を傾けている。

「美波……片桐班長は言っていました。布施さんは社員に慕われ、家族にも愛されている。極道だったかもしれないが、誰よりも紳士だと。私もそう思っています。これ以上、他の誰かが傷つくのをふせぐために、あえてひとりになるのを決意したのだと」

亜沙子の目から再び涙がこぼれた。

「……本当にバカな人です」

「否定はしません。ですが、優しい方だとも思います」

塔子は労るように亜沙子の肩を叩いた。

そのときだった。リビングのドアがカチャリと音を立て、塔子はすばやく振り返った。反射的に特殊警棒のホルスターに手を伸ばす。

ドアの向こう側にいたのは、布施家のひとり娘である愛海だった。

ピンクのパジャマを着たまま、ドアの隙間から塔子らの様子を、不安そうにうかがっている。

塔子は笑いかけてみせた。

「こんばんは、愛海ちゃん。お邪魔してるわね」

愛海は硬い表情をしたままだった。酔っ払いや荒くれ者の扱い方は熟知しているが、子供のあしらい方は未だによくわからない。

「ママ……泣いてるの?」

愛海はおそるおそる亜沙子に訊いた。亜沙子はあわててハンカチで顔を拭った。無理やり笑顔を作る。

「大丈夫よ。それより明日も学校あるんだから、寝てなきゃダメじゃない」

「ごめんなさい。こんな夜遅くに。うるさかったよね」

塔子は優しく声をかけたつもりだった。しかし、愛海はドア付近で立ち尽くし、暗い顔つきで塔子らを見つめている。

彼女は、まだ父親が行方をくらました事実を知らない。教えるべきときとも思えなかった。しかし、表情から察するに、またなにかトラブルが起きたことに気づいたのかもしれなかった。夜中になって、マンションや部屋に警官がドヤドヤと押しかけたのだ。おとなしく安眠できるほうがどうかしていると言わざるを得ない。

亜沙子がソファから立ち上がった。

「ホットミルクでも飲む?」

愛海は、母親の言葉にも反応を示さなかった。じっと塔子のほうを見やっている。思わず亜沙子と顔を見合わせる。

「どうしたの？」

愛海は、慎重な足取りで塔子に近寄ってきた。おっかなびっくりと言ってもいい。蛇《へび》やイモリに出くわしたような態度だ。塔子は笑顔を保ちつつ、胸にチクリと痛みを覚えた。子供に好かれる性質ではないのはわかっていたが、ちょっぴり悲しくもなる。

「愛海ちゃん？」

我に返った。愛海が見ているのは塔子ではなかった。彼女の視線の先にあるのはタブレット端末だ。

タブレット端末に映っているのは、昭和のヤクザみたいなツラをした菱塚明元だ。愛海は画像に目をやっていた。こわごわと見つめているが、決して画像から視線をそらそうとしない。

塔子はタブレット端末を手に取った。ソファから立ち上がり、愛海の前にしゃがみこんだ。液晶画面を指さす。

「愛海ちゃん……このおじさんを見たのね」

愛海は液晶画面を凝視しながら黙っていたが、ややあってからうなずく。

傍らにいた水戸が口を差し挟んだ。

「待ってください。菱塚はとっくに――」

「静かに」

水戸に掌を向けて遮った。

菱塚明元は、十一年も前に熱海の錦ヶ浦の断崖から転落死している。今回の事件は、死んだ菱塚と関わった人物が殺害され、あるいは布施一家のように狙われてきた。十年以上の時を経て、菱塚の亡霊が現れたのだ。

笑顔を心がけつつ、愛海に問いかける。

「あの鮫洲運動公園で遊んでいた日かな？」

愛海は首を横に振った。

「もっと前。公園じゃなくて、このあたりの電柱に昇ってたよ」

「電柱……工事してたってこと？」

「よくわかんないけど、そうだと思う。ヘルメットとか被ってたし。学校から帰るときに何度か見たけど、いつもニコニコ笑ってて……笑ってるけど、なんか気持ち悪かった」

亜沙子が愛海の両肩に触れた。

「愛海、それ本当なの？」

亜沙子は愛娘の身体を揺さぶった。

「ママ、痛いよ。そのおじさん、なんなの？」

「亜沙子さん」

塔子は落ち着くように語りかけた。亜沙子は娘から手を離し、恥ずかしそうにうつむく。

改めて愛海に尋ねた。タブレット端末に映る菱塚を指さしながら。

「その電柱のおじさんに似てるんだ」

「うん」

愛海の答えには迷いがなかった。

目撃者の証言ほどあやしいものはない。ましてや、事件の被害者の娘であり、精神的にも動揺している子供の言うことだ。信頼できるとは言い難いが、耳を傾けるべきだと勘が告げる。心臓の鼓動が妙に速くなる。

「ちょっと待ってね」

愛海をソファに座らせた。

部下の水戸に耳打ちした。彼もまた愛海の証言の重要性に気づいたのか、表情を引き締めている。

「合同捜査本部《ホンブ》に連絡して、菱塚の家族関係を洗うように伝えて」

水戸はうなずくと、携帯端末を持ち、風のようにリビングから出て行く。

菱塚明元に関する情報収集はまだ始まったばかりだった。今朝になって亜沙子から美波が聞き出したが、高速道路での銃撃事件もあり、捜査は混乱をきたしている。菱塚本人の情報が、合同捜査本部で共有されたのは夜になってからだ。

愛海はソファに腰かけてからもタブレット端末を睨んでいた。亜沙子がレンジで温めた牛乳をテーブルに置いたが、それには見向きもしなかった。熱心に元暴力団員の悪相と睨みあっている。この娘もまた必死なのだと思う。

愛海に声をかけた。

「このおじさん、すごい顔でしょう。大きな傷があるんだけど、愛海ちゃんが見た人には、こんな傷はあった？」

「なかった……」

愛海は首を横に振った。残念そうに肩を落とす。塔子は心のなかでほっとする。

愛海は、画像の人物がとっくに死んでいる事実を知らないはずだった。かりに傷まであると答えた場合、証言の信ぴょう性はかぎりなく低くなる。

愛海から詳細を聞いた。彼女が目撃したのは、約二週間前だったという。第一の被害者である水上夫妻が殺害されたすぐ後と思われた。

マンションから約五十メートルほど離れた位置にある電柱で、作業員風の男ふたりが作業をしていた。路肩には、工具を積んだライトバンが停車しており、電柱の傍にはカラーコーンを置いていたらしい。

「気づきませんでした……覚えがありません」

亜沙子はといえば、記憶にないと証言した。じっさい、その時期に電気工事が行われていた可能性があるが、かりに犯人だとすれば、巧みに偽装を行っていたことになる。いずれにしろ、裏を取る必要があった。犯人は、布施一家の行動パターンを把握していた。そのためには入念な下調べも行ってきたはずだ。

水戸がリビングの出入口まで戻ってきた。彼の頬が紅潮していた。有力な情報を入手したと顔に書いてある。さっきまで愛海が立ち尽くしていた場所だ。彼が手招きする。塔子は、亜沙子らに断りを入れて席を外し、リビングの外の廊下に出た。

水戸に水を向けた。

「なにかわかったのね」

「菱塚明元には弟がいます。岩渕隆之《いわぶちたかゆき》。両親が離婚して、母方の姓を名乗ってますが、兄と同じく荒くれ者だったらしく、暴力団には所属していませんが、牛久では兄と同じく、暴走族《マルソウ》の牛久閻魔族に所属して暴れていたようです。暴走族を辞めてからは、板前や寿司職人になるため、北関東の温泉地や寿司屋を転々としています」

水戸は興奮したように早口で語った。

「現在は？」

「半年前に岐阜刑務所を出て、茨城県内の土建会社で契約社員として働いてましたが、二か月前に土建会社を辞めています」

「岐阜刑務所……」

思わずオウム返しに呟いた。

日本の刑務所には収容分類級がある。受刑者の性別や犯罪歴、刑期の長短などに合わせて、受刑者を適切に分類することで、再犯の防止や矯正《きょうせい》教育の効果の向上などが期待できることから定められている。

岐阜刑務所には、犯罪傾向が進み、懲役八年以上の重罪を犯した犯罪者が集まる。札つきの凶悪犯が収容される刑務所のひとつだった。

「岩渕はなにをやらかしたの？」

「強姦致傷で八年喰らいこんでます。あちこちの料理屋を転々とした後、九年前まで地元牛久でラーメン店を経営してましたが、閉店後の店でアルバイトの女子高生に襲いかかってます。暴走族時代や板前見習いのときにも、小学生の女子児童や女子中学生に対するわいせつ行為や児童買春で逮捕《パク》られた経歴があります」

「お兄さんよりも素敵な前科ね」

口をひん曲げた。

岩渕の犯罪歴を見るかぎり、未成年者を愛してやまない性的嗜好の持ち主のようだ。愛海が、二週間前の見知らぬ工事関係者を思い出したのも、よほどその男が印象に残るような気味の悪い笑みを浮かべていたからかもしれない。

「満期で岐阜を出所しましたが……」

「現在は行方知れずってとこ？」

「南雲班が、住民票に記載された岩渕のアパートを訪れてますが、すでに別の住人が暮らしてました。大家によれば、土建会社を辞めたさいに引き払ったそうで、南雲班はこの男の行方を追っているそうです」

彼は携帯端末の液晶画面を見せてきた。「それと、愛海ちゃんの証言ですが」

思わず液晶画面を凝視した。声が出そうになる。

画面に映っていたのは、死んだ菱塚と顔立ちがよく似た初老の男だった。

菱塚と違って前頭部は禿げあがっており、側頭部を白カビみたいに短く刈り込んでいる。顔面に刀傷もなかったが、菱塚の大きな特徴である福耳と腫れぼったい瞼は、弟の岩渕にもしっかり受け継がれている。なによりそっくりなのは、どちらも裏街道を歩んできた者特有の暗い目つきだった。

塔子のタブレット端末にも、岩渕の顔写真が転送された。岐阜刑務所を出てから、就職活動用として履歴書に添付したものだという。約半年前に撮影された写真だった。

タブレット端末の液晶画面に、岩渕の顔写真を表示させて、再びリビングに戻った。

悄然とソファに腰かけていた亜沙子が立ち上がる。ホットミルクを口にしていた愛海までが、ぴょこんと立って直立不動の姿勢を取る。

「どうぞ、お座りください」

落ち着かせるように言ったが、無理な注文といってよかった。

水戸の鼻息は荒く、塔子自身も疲れが吹き飛ぶ情報《マブネタ》に高揚《こうよう》している。夜も更けようとしているのに、愛海までが張りつめた表情をしている。

「ごめんね、愛海ちゃん。もう一度、写真を見てくれる？」

愛海にタブレット端末の液晶画面を見せる。彼女の反応は早かった。

「あっ、このおじさん」

愛海は液晶画面を指さした。

塔子がぐっと顔を近づけて、念を押したが、愛海は決して譲らなかった。眉間にシワを寄せ、顔いっぱいに嫌悪感を露にしながら証言する。

子供の目撃情報となれば確度が高いとはいえない。しかし、菱塚は事件のキーマンで、その弟が行方をくらませ、事件の被害者である家族が目撃している。関連性がないと考えるのは難しかった。亜沙子にも液晶画面を見せる。彼女は首をひねるのみだ。

「私は……見覚えがありません。だけど、菱塚にすごく似ています。耳のあたりとか。まさか……」

「菱塚が化けて出たのではありません。弟です。長いこと刑務所に入っていましたが、半年前に出所。今は行方がわかっていません」

亜沙子は再び目を涙で潤ませる。

「布施は……あの人は、菱塚の弟と決着をつけるために」

亜沙子はポツリと漏らしてから、自分の発言に驚いたのか、口を押さえた。「決着ってなに？」と、愛海がしきりに母親に尋ねる。亜沙子は娘を黙らせるため、しきりに首を横に振ってシラを切った。

亜沙子が投げかけた疑問は、いまや合同捜査本部の捜査官全員が共有している謎でもあった。

被害者である水上、塚元、布施の三人は十年前に極道から足を洗った。それぞれ、裕福なカタギとして羽ばたいているが、その成功の元となるカネをどこから得たのか。

事件の焦点は、菱塚がいた十年以上前に移りつつある。布施は銃撃戦に遭う寸前、美波に打ち明けている——菱塚とある仕事をした。

しかし、その菱塚は被害者三人とは違い、ひとり変死を遂げている。そして十年以上の時が経ち、菱塚の弟が布施の周りをうろついた。

被害者三人と菱塚はある仕事をこなして大金を得たが、菱塚となんらかのトラブルに陥った可能性があった。静岡県警は自殺として処理しているが、菱塚は熱海の錦ヶ浦の断崖から転落死している。その死に布施らが関わっていたのではないか……。

亜沙子が抱く疑問には夫への不審が込められていた。布施夫妻が菱塚の名をなかなか出さなかったのも、警察には知られたくない過去を抱えているためと思われた。

事態は一刻を争う。警察としては事件の真相を明らかにするのみだ。今回の連続銃撃殺傷事件はもちろん、被害者がカタギとなるきっかけとなった菱塚との仕事をも解明しなければならない。

犯人たちの卑劣な襲撃はもちろんだが、やはり行方をくらました布施も許しがたい。かりに自らの手で決着をつけるつもりだとするならなおさらだ。また、犯人は二人組と言われている。共犯者の正体にも迫らなければならない。

亜沙子らに断りを入れて席を外した。玄関ドアを開けて通路に出る。通路には品川署員の刑事たちがたむろしていた。塔子に締め出しを喰らい、恨めし気に睨みつけてくる。情報をその場で共有したいが、ゆっくりと話しこんでいる暇はない。

現場指揮官である沢木管理官のケータイに電話をかけた。

〈どうだった〉

沢木は電話に出るなり尋ねた。冷静沈着な性格で知られているが、今夜は声が昂《たか》ぶっている。

「布施亜沙子からは目撃証言を得られませんでした。しかし、娘の愛海のほうは間違いないと証言しています」

〈やはり娘のみか〉

沢木はしばし沈黙した。

合同捜査本部からの指示で、岩渕の面割りを行ったが、反応を示したのは愛海のみだった。スピーカーを通じて、椅子のきしむ音が聞こえた。背もたれに身体を預けながら考える姿が目に浮かぶ。

捜査員の多くが疲労と重圧に音《ね》を上げつつあるが、指揮官である沢木こそが、もっとも苦しい立場にあるといえた。たったひとつの目撃証言が、捜査を大きく進展させる場合もあれば、一気に狂わせる場合もある。犯人の暴走を食い止め、警護対象者である布施の早期発見を成し遂げるには、読みを誤るわけにはいかない。

沢木に訊かれた。

〈難波班長、君の感触はどうだ〉

「岩渕はクロだと思います。布施愛海の目撃証言も信頼に値するものと」

塔子は即答した。愛海が岩渕の顔写真を見たときのように。

〈ほう〉

沢木は驚きの声をあげた。塔子の自信に満ちた口調に意表をつかれたようだ。

なぜ、そうも断言できるのか。それは長年培《つちか》った勘としか言いようがない。また状況が岩渕の関与を指し示していた。菱塚も岩渕も今日になって初めて耳にした者たちだ。

だが、連続事件を結ぶ中心人物の弟が行方をくらまし、たまたま偶然、犯人たちの卑劣な襲撃に苦しむ布施一家の前に、工事関係者として現れる。奇遇で片づけられるはずもない。小学生の愛海が不快と思えた男の笑みと、岩渕の性的嗜好と前科も無視はできない。

沢木は決然と言った。

〈わかった。岩渕隆之を重要参考人《ジュウサン》として、警視庁が行方を追う。近隣の県警にも協力を要請しよう〉

「ありがとうございます」

〈礼を言うのは早い。まだまだ、今夜は働いてもらわなきゃならない〉

沢木の声は弾んでもいた。

捜査の進展は望ましかったが、犯人はまれに見る凶悪犯であり、命を狙われている被害者が姿をくらますという異例の事態に陥っている。かりに布施が死亡するようなことになれば、沢木や捜査一課長の立場は危うくなる。喜んでいられる状況ではない。

「なにか有力な情報でも？」

〈第一北品川《きたしながわ》病院まで向かってくれ。私や組対三課の新谷管理官、それに同課の片桐班長も移動しているところだ〉

「美波も」

思わず声をあげた。

沢木が口にした病院には、布施の秘書である坂口淳二が入院している。犯人らの銃弾をわき腹や太腿に受け、同病院に搬送されたときは危篤状態にあった。

腎臓を損傷し、多量の出血によって出血性ショックの症状が見られ、輸血と止血の緊急手術が行われた。一命は取り留めたものの、脳に血液が行き渡らなくなったためか、救急搬送時に意識を失ったきり目を覚まさずにいた。

「坂口が意識を取り戻したのですか」

〈そうだ〉

「しかし、まだ面会は……」

〈させるさ。医者がなんと言おうともね。坂口は布施を極道時代から慕ってきた側近中の側近だ。菱塚や岩渕、それに犯人そのものを知っている可能性が高い。協力してもらうよ〉

沢木の言葉は柔らかくはあったが、固い決意が感じられた。

「至急、向かいます」

通話を切った。携帯端末を扱う手つきも荒っぽくなる。突き指をしそうな勢いで液晶画面にタッチする。

「おい、本庁《ほんてん》のねえちゃん」

廊下にいた品川署員から声をかけられた。

声は魚市場の仲買人のようにひび割れていたが、本人はといえば、つるっとした顔立ちの若い私服警官だった。頭髪を刑事らしく短めにカットしていたが、因縁をつけるチンピラみたいに剣呑《けんのん》な目で、塔子を睨みつけてくる。

「なに？」

「お前ら捜査一課《ソウイチ》の連中が、いつまでも犯人《ホシ》をのさばらせてるから、品川署《うち》の者《もん》がこんな目に遭ったんだ。無能なくせにでかいツラしやがって！」

「大きな声は控えて。近所迷惑よ」

「やかましい！　だいたい女が赤バッジつけてること自体、おかしいんだよ！」

廊下の空気が張りつめた。

塔子は携帯端末をポケットにしまって表情を消す。

他にふたりの品川署員がいたものの、同僚の暴言を止めもせず、塔子とも視線を合わせようとはしなかった。当の私服警官は、言ってやったとばかりにニヤニヤと笑う。

この手の罵倒やからかいは日常茶飯事《さはんじ》だ。ミニパトでも乗って交通違反者相手にキップでも切ってろ。結婚に行き遅れた売れ残りめ。民間企業ならセクハラとして罰せられるような言動や行為がまかりとおる。

塔子は私服警官に早足で歩み寄った。私服警官は塔子の実力を知っているのか、笑みを消して柔道風に身構える。

「やんのかよ！」

私服警官は右フック気味の張り手を放ってきた。

怒りに任せた大振りだった。塔子は身を沈めて張り手をかわす。今までなら、がら空きになった股間《こかん》に膝蹴りを見舞うか、顎に肘《ひじ》打ちを食らわすかのどちらかだ。

塔子は私服警官にハグをした。彼を抱き寄せては、背中を優しく叩いた。彼は思いがけぬ反応に驚きの声をあげる。

「なっ」

「犯人《ホシ》は、必ず近いうちに挙げてみせます。布施隆正の行方も掴む。残された家族の方々の身の安全を、どうかよろしくお願いします」

「……お、おう」

私服警官から怒気が消えていた。

塔子が、男勝りの武闘派として名を轟かせていただけに、彼の身体から拍子抜けしたように力が抜けていくのがわかった。彼女は彼から離れると、品川署員たちに一礼した。不満を溜めこんでいた彼らだったが、彼女の態度につられたのか、ペコリと頭を下げる。

布施の部屋から、部下の水戸も廊下に出ていた。目を見開きながら塔子を見つめている。品川署員とのやり取りを目撃していたようだ。

「どうかした」

「いえいえ、別に」

水戸は首を横に振った。

「正直に言いなさいよ。どうせ暴れ回るとでも思ったんでしょう」

「ええ、まあ……鬱憤《うっぷん》晴らしに叩きのめしているんじゃないかと」

塔子は微笑んだ。

「さっきも言ったじゃない。クールでいなきゃって。礼節をわきまえたレディに生まれ変わったのよ」

水戸は眉をひそめた。

「私はイケイケなままでいいと思いますけど」

「だったら、今夜一晩中、引っ張り回してあげる」

塔子は水戸の腰を叩いて、車を回すように指示をした。布施母娘《おやこ》に挨拶をすると、騒がしいマンションを後にした。

16

ベッドに寝ている男は、まるで別人のようだった。

美波は小さくうめいた。重篤《じゅうとく》な状態を脱したとはいえ、男の身体には未だに死神がしがみついているかのように見える。

青白い顔は痩せ衰《おとろ》え、入院中に体重は十キロ以上も落ちたという。百八十センチを超え、分厚い胸筋と丸太のような二の腕をした巨漢だったが、一発の銃弾を大腿部とわき腹に喰らい、七リットルもの輸血をされながら、銃弾の摘出《てきしゅつ》手術を受けた。

長いこと生死の境をさまよったためか、黒々とした頭髪は灰色に変わり、身体のサイズがひと回り小さくなったように映る。顔面の下半分は、黒カビのような無精《ぶしょう》ひげで覆われている。身体にはいくつもの管やコードが取りつけられていた。

いくら意識を取り戻したとはいえ、とても楽観視できないのは誰の目にも明らかだった。医師からは、大量輸血による合併症を起こしかねず、事情聴取など受けられる段階ではないと言われている。

組対三課の新谷や、捜査一課の沢木による説得のおかげで、医師と看護師の立ち会いのもと、なんとか事情聴取にこぎつけたのだった。ウイルス感染をふせぐため、両手のアルコール消毒をしたうえ、医療用スクラブやキャップ、マスクの着用を義務づけられた。

沢木らは張りつめた表情で集中治療室《ＩＣＵ》に入ったが、医師たちは、それ以上にピリピリした顔つきで立っていた。まだ試合を始めて間もないというのに、タオルをリングに投げこもうとするセコンドみたいに切羽詰《せっぱつ》まった気配を漂わせている。

いつドクターストップがかかってもおかしくはなく、与えられた時間も短かった。患者の容体をなによりも重んじる病院側とぶつかるのはよくあることではあったが、坂口が今だに生と死の狭間《はざま》を漂っているのは認めざるを得なかった。

そのうえ、彼とは世間話をしに来たのではなく、励ましの見舞いに訪れたのでもない。坂口が持つ情報を引き出さなければならないが、そのためには彼が眠っている間に起きた重い現実を伝えなければならなかった。

「……社長は？」

坂口は、ユニフォーム姿の捜査官たちを見るなり尋ねてきた。トカレフを持った犯人に対し、武蔵坊弁慶のごとく銃弾を身体でふさいだ忠節の士なだけあって、まっ先に主君である布施の現況を知りたがった。会話を成立させる気があるのが、唯一の救いではあった。

坂口が眠っている間に、あまりに多くの事件が発生していた。沢木は彼の問いを口で説明するのではなく、タブレット端末を使って答えた。

民放のニュース番組を録画したもので、これまでに起きた連続銃撃殺傷事件を時系列に沿って取り上げている。視聴者に対し、きわめてわかりやすく作られている。

これは一種の賭けではあった。あまりに短時間に凝縮された情報を、生死の瀬戸際にいたケガ人に見せるべきか。沢木ら幹部たちの間で議論になったという。しかし、口頭では坂口に信じてもらえない可能性もある。それほど、犯人たちの行動は常軌を逸していた。ワイドショーほどではないにしろ、ニュース番組もまた、ナレーションとテロップで、おどろおどろしく事件を伝えていた。水上夫妻や塚元が射殺されたところから始まり、布施や坂口が襲撃された事件に触れた。

犯人がその後も布施を狙い続けたのを知ると、虚《うつ》ろだった坂口の眼差しに強い光が宿りだした。愛海のランドセルに盗聴器が仕かけられたのを受けて、布施の自宅と会社がある品川区には厳戒態勢が敷かれたうえ、近隣の子供たちが集団登下校を余儀なくされていること。

そして、警視庁のＰＯが護衛についているにもかかわらず、高速道を走行中に発砲してきたニュースを知ると、坂口は口から血を流して荒い呼吸をした。感情を昂ぶらせるあまり、唇を嚙み切っていた。

ニュースを流し終えると、医師たちが割って入った。血圧や心拍数の急上昇を理由に、事情聴取を打ち切られそうになったが、坂口自身が続行を求めた。

「社長は無事なのか？」

沢木は首を横に振った。

「わからない」

坂口は眉をひそめた。

ここからが勝負といってよかった。沢木は落としの名人として知られているが、時間は著しく制限されており、相手の容体も考慮しなければならない。せっかく死線を越えたというのに、再び重篤な状況に追いやるのは、当然ながら捜査陣としても本意ではない。

坂口は布施の舎弟分であり、彼と同じく極道社会から抜け出した。布施とともに苦労に苦労を重ねて、〝パシオン・フードカンパニー〟を大きくした。

殺害された水上や塚元が、円満に組織から足を洗えたように、坂口もまた十年前に巽会系僚屋会を除籍となっている。坂口もまた、菱塚や被害者らと組んで仕事をこなしたひとりである可能性が高い。

兄貴分を守るためなら、文字通り身体を張るような男だ。布施に不利益となるような証言はしないだろう。彼の口をこじ開けるには、布施がいかに危険な状況に置かれているのかを知らせる必要があった。そして、捜査陣が布施らの過去を把握しつつあることも。

坂口は苛立った様子で身体を揺すった。

「わからないってのはなんだ。まさか……」

「姿をくらましてしまったよ。自宅を警備していた品川署員に催涙スプレーを浴びせて」

「なんだと」

坂口の目が泳いだ。

彼は看護師を呼んで水を要求した。吸い飲みで水を口にする。窮地を脱したばかりだというのに、布施のためになにを語るべきか、あるいは黙るべきかを必死に考えている。彼を守り抜きたいという気持ちが痛いほど伝わってくる。

沢木が続けた。

「全力で行方を追っているが、まだ彼を発見できてはいない。それが今の状況だ」

新谷が美波を指さした。美波の顔にはガーゼが貼られている。

「身辺警戒員の片桐班長だ。先ほどのニュース映像でも登場したが、布施氏の警護を担当していた。彼にはこれ以上、我々に迷惑をかけられないという思いがあるのだろう。我々だけじゃない。〝パシオン・フードカンパニー〟の社員や家族を危険な目に遭わせないために、単独行動に出たものと思われる」

集中治療室に新たな人物が入ってきた。マスクで顔半分が覆われているが、目つきの鋭さから塔子だとわかった。彼女は入室するなり言った。

「それと、菱塚明元の亡霊と決着をつけるため」

坂口は菱塚の名を耳にすると、顔を痛々しそうに歪ませた。塔子は尋ねた。

「知ってるわね。菱塚を」

坂口は口を閉ざした。

ただし、彼の表情は雄弁だった。唇の端から再び血が流れ、歯を強く嚙みしめているのか、歯ぎしりの音がする。体力さえあれば、今にも病室を飛び出しそうな熱気が感じられた。銃弾で身体を穿《うが》たれ、苦痛に襲われているだろうに、布施の安否を気にしているようだった。美波が畳みかける。

「布施さんは危険な状況にある。犯人に狙われているばかりか、ここ数日は会社を救うために東奔西走して、疲労も積み重なっていた。今日のような銃撃事件を受け、ついに歩行もままならないほどの体調不良と高熱に襲われている。それにもかかわらず姿を消してしまった。とてもタフな人だし、格闘技にも精通している。けれど、みすみす犯人に殺害されるのは、火を見るよりも明らかかね」

「他人事みたいに言ってないで、早く社長を見つけろ」

「そのためには、あなたが必要なの。もっとも布施さんを知るあなたの力が。もし彼の身になにかが起きたら、身体を張ったあなたの行為もすべて無駄になってしまう」

坂口は黙りこくった。隙を見て看護師が、彼の汗や血をタオルで拭う。病室を沈黙が支配する。

彼の表情は険しかったが、目には涙を溜めていた。布施と同じくタフで強情そうな男であり、落とすには手を焼きそうなタイプではあったが、布施という弱点を抱えている。かりに兄貴分である布施が死ぬような事態になれば、腹でも切って殉死《じゅんし》しかねないほどの忠誠心を改めて感じた。あるいは病院を抜け出し、布施の敵討ちでもやりかねない。

病室にいる四人の警官は、沢木を始めとして誰もが取り調べを得意としていた。上司の新谷にしても、美波にしても、暴力団員や愚連隊のメンバー、したたかな不良外国人を相手にしている。四人は阿吽《あうん》の呼吸で、坂口から情報を引き出そうとしていた。

沢木が口を開いた。新たなカードを切る。

「容疑者のひとりは岩渕隆之。兄である菱塚の仇《あだ》を討つため、岐阜刑務所を出てから、トカレフを持って暴れ回っている。布施の命を狙うだけでなく、社会的地位も失墜させようとしている」

坂口のこめかみが痙攣《けいれん》した。

「なにが仇だ！　ふざけやがって。筋違いもいいところだ」

「どう筋が違うんだね」

坂口は口を閉ざし、沢木から視線をそらした。

「十一年前、布施らが危険なシノギで大金を得たことを摑んでいる。全容を解明するのにも時間はかからないだろう。ただし、君がダンマリを決めこむのなら、布施まで無事に保護できるかはわからない。彼はクレバーな男だ。数日間は我々の目をくらませる方法を知っているだろう」

沢木は強調するように声量を大きくした。マスクをしているため、声はくぐもっていたが、病室内に響き渡った。医師らが顔をしかめたが、彼は構わずに続ける。

「犯人は狡猾な連中だ。このまま行けば、布施と犯人が接触するのを避けられないかもしれない。もし彼の身になにかあったとき、君は情報を提供しなかったことを後悔せずに生きていけるか」

沢木とは対照的に、坂口の声は小さくなる。

「……もう、帰ってくれないか」

「布施の名誉を守りたい気持ちはわかる。しかし、これは脅しでもなんでもない。たとえ死なずに済んだとしても、布施が殺人者となるかもしれないんだ。我々としても、これ以上の流血は避けるため、必死に動いている。まだ容体の安定していない君のところに、無理を言って押しかけたのも、あらゆる手を尽くして犯人検挙と布施の保護をするためだ」

沢木が深々と頭を下げた。

美波たちもそうした。坂口の声は濡れていた。涙が頰を伝っている。

「なんで……なんだって、そんなことになっちまったんだ」

「頼む」

沢木や美波たちは懇願した。芝居ではなかった。布施の苦痛を取り去ってやりたかった。私刑などもちろん許されないが、とくに彼に罪を犯させたくはなかった。

坂口が息を吐いた。

「とにかく筋違いだ。菱塚が欲を搔いて自滅しただけなんだ」

坂口は涙を拭いてもらってから話しだした。

菱塚や布施らは、十一年前に現金強奪を実行した。華岡組系首藤組の企業舎弟である警備会社の現金輸送車から、七億もの現金を奪い取ったのだ。

その金は、東京都内にある華岡組系の裏カジノや振り込め詐欺、覚せい剤密売による売上であり、警備会社からダミー企業へと流れ、シンガポールやケイマン諸島で資金洗浄を経たうえで組織に還流される。表にはできない汚れた金だ。警備会社を売ったのは、同組織の金融会社で働いていた水上だった。

水上は華岡組の内部抗争において、対立組織の幹部を登山ナイフで刺殺。戦功を上げて十三年の務めを府中刑務所で果たし、首藤組の幹部となったが、彼自身はその待遇に不満を覚えていた。

刺殺事件を起こす前に、彼は当時の首藤組組長たちから、出所後には組長の座に就き、ゆくゆくは華岡組内の有力組織である二次団体の西勘《さいかん》組の幹部へ出世させると言われた。西東京の顔役になれると。

しかし、出所してみれば池袋の小さな金貸し程度のシノギしか与えられなかった。組織に対して強い反感を抱くとともに、シャバと刑務所を行ったり来たりする極道生活に倦《う》んでいた。老い先短いのを理由に、再びヒットマンにされる可能性さえあったのだ。

だが、足を洗ったとしても、老いた元極道を拾ってくれるほど一般社会は甘くない。そのため、首藤組の若頭が経営している警備会社のカネを狙うことにし、府中刑務所で兄弟盃を交わした菱塚に話を持ちかけた。

顔の広い菱塚は、水上と同じく極道生活に見切りをつけたがっている人間を、強盗計画に引き入れた。メンバーはすぐに集まった。足を洗いたがるヤクザは水上だけではなかったのだ。

暴走族時代の後輩で、印旛会系の組織にいた塚元。そして、裏カジノやゲーム賭博で儲けていたにもかかわらず、他店との不健全な競争や、組織から課せられた上納金の重さに耐えきれなくなった布施と坂口。菱塚を中心として、それぞれ代紋の異なる暴力団員がチームを組んだ。

水上が警備会社の動きを報告した。華岡組の組織内で襲名披露が行われ、それに伴って大きなカネが動く総長賭博が行われるとの情報を得た。布施がショットガンやトカレフを入手し、菱塚と塚元がかつて所属していた暴走族のコネを利用して、盗難車と盗難バイクを用意した。

総長賭博が行われ、莫大なテラ銭《せん》が現金輸送車に積まれた。ヤクザがオーナーとはいえ、現金輸送車を運転するのはカタギだ。警備員はヘルメットや警棒で武装していたが、実銃で襲われればひとたまりもない。

総長賭博が行われた四谷《よつや》から、吉祥寺へと現金輸送車が移動する最中、人気のない通りに差しかかったところを襲撃。目出し帽をかぶった布施らは警備員にショットガンを突きつけ、積まれた現金を強奪し、それぞれバイクや乗用車で逃走した。

警備員たちは、奪われたカネが表に出せない類のものであることを知っていた。警察には通報できず、首藤組の若頭に伝えるしかなかった。

坂口は天井を見つめた。遠い目をしながら話す。

「何度も練習を重ねたし、もともと度胸のあるヤクザばかりだ。手際よく行ったよ。菱塚が欲を掻かなけりゃ、今みたいな悲惨な事件は起きなかった」

「というと？」

沢木はメモを取りながら尋ねた。

「現金は一旦、兄貴がやっていた赤坂のゲーム賭博店に運びこんだ。一年はすべてスイス系の銀行で塩漬けにする予定だった。メンバーの誰かが景気よくクラブでリシャールを開けたり、ホステスに万札撒いたりしないようにな。だけど、しょせんヤクザはヤクザだ。なにを思ったのか、菱塚がショットガンの銃口をおれたちに向けやがった。仲間のおれたちをペテンにかけて、奪い取った現金を全部独り占めにして、どこか海外あたりに逃げる気だったようだ」

「だが、彼は熱海の錦ヶ浦で水死体となって発見された」

坂口は捜査員たちを見回した。

「あのペテン師が『カネをよこせ』というから、おれが渡してやったんだ。カネの入ったジュラルミンケースを、あいつ目がけて投げつけてやったよ。菱塚はショットガンを持っちゃいたが、でかくて重い金属の塊《かたまり》をぶつけられてフラフラになった。隙が生まれたところで、水上が後ろから椅子でぶん殴った。あのおっさんはムショ仲間に裏切られてブチ切れやがった。頭蓋骨《ずがいこつ》を砕くほど、何度も椅子でぶん殴ってたよ。計画を仕切っていたのは、メンバー全員をよく知る菱塚だった。おれたちは、代紋違いの水上や塚元たちの素性も知らなかった。リーダーだった菱塚が裏切りをやらかすんだから、おれたちは初めて水上たちと自己紹介をし合って、総仕上げに取りかかったんだ」

強盗を終えた坂口らは、菱塚の処分を迫られた。

菱塚の自宅マンションに入り、指紋や毛髪を残さぬようにキャップや手袋を嵌めつつ、パソコンを使って遺書を作成し、プリントアウトして菱塚の衣服に詰めこみ、熱海まで彼を運ぶと、半死半生の菱塚を錦ヶ浦の断崖から放り捨てた。坂口や水上の攻撃で菱塚の頭はひどく損傷していたが、断崖に叩きつけられた菱塚の頭と身体は無惨《むざん》に砕け散った。

思わぬ仲間割れに遭遇したが、強盗メンバーは一致結束して、計画の最終段階に入った。偽装工作だ。

大金を奪われた首藤組の若頭は、当然ながら犯人捜しに狂奔《きょうほん》した。警察ほどの捜査能力はなくとも、ヤクザの強みは証拠集めなど必要なく、拷問《ごうもん》も辞さない点にある。

若頭は、強盗グループが総長賭博の日をわざわざ狙ったことから、内部事情に詳しい者が犯行に加わっていると判断。首藤組内部の人間を徹底して洗い、弟分から叔父貴《おじき》分まで尋問にかけた。目をつけられた者のなかには、アセチレンバーナーで背中を炙《あぶ》られる者や、耳を切り落とされる者さえ出る始末だった。

水上にも疑いの目がかけられたが、冷静さを失った人間をコントロールするのはたやすい。若頭の右腕である舎弟分の自宅に侵入し、クローゼットに五千万の現金と、警備会社が用いたジュラルミンケースを置いて若頭に密告。

若頭は愛する舎弟に裏切られて、さらに狂気を増幅させた。倉庫に舎弟を監禁すると、煮えた天ぷら油を顔や背中に浴びせ、ワイヤーで逆さ吊りにしては殴打するなど、中世の魔女狩りじみた拷問を加え、奪われた現金の在り処《か》を吐くように迫った。濡れ衣《ぎぬ》を着せられた舎弟は、無実を訴えるばかりだったが、怒り狂う若頭の耳には届かず、全身打撲で死亡してしまい、遺体は山梨の山林に埋められた。

首藤組組長は若頭を絶縁処分にした。総長賭博のテラ銭の回収に失敗したばかりか、子分たちを拷問にかけ、そのうえ死者まで出した。

こうして現金輸送車の強盗事件は表沙汰《おもてざた》にはならず、首藤組は犯人を見つけられずに終わった。日本最大の組織である関西系の華岡組の鉄の結束も、もはや過去のものとなりつつあった。

首藤組に限らず、華岡組内では親分の邸宅に食い詰めた子分が押しこみ強盗を謀《はか》るといった事件が発生している。昨年は名古屋出身で華岡組のトップである琢磨《たくま》栄《さかえ》組長に盃を返し、関西系の華岡組が六甲《ろっこう》華岡組なる新たな組織を結成して、激しい内部抗争を繰り広げるなど、国家の締めつけによって崩壊の道へと進んでいる。

布施らは泥舟のごとく沈む極道社会に見切りをつけ、人生最大の賭けに打って出た。想定外のトラブルに見舞われたものの、菱塚の裏切りと死が、代紋違いのヤクザたちを結束させた。奪った現金は当初のプラン通りにマネーロンダリングを経てきれいなカネに変えたが、全員が一年以上もカネに手をつけることなく目立たずに過ごした。強盗事件のほとぼりが冷めたころを見計らい、それぞれ組織から足を洗った。

布施は親分の徳嶋に多額のカネを納めて除籍となり、カタギとして妻や坂口とともに、レストラン事業を展開させていった。塚元も同じくカタギになり、ナイトビジネスを手がける実業家へ。水上はといえば、勤めていた金融会社から退職金を得て、世田谷区に邸宅を構えると、妻とともにリタイヤ生活を送った。

むしろ四人はそれぞれカタギの社会に溶けこんだ。布施らは水上や塚元とは二度と会わなかった。水上たちも会おうとは考えなかった。ヤクザに時効などあるはずもなく、いつ強盗事件が発覚するかもわからなかったからだ。自業自得とはいえ、菱塚も殺害する羽目となった。

「布施《アニキ》は事業を成功させてから、一度だって浮き足立つことはなかった。暇を見ては、おれを相手にひそかに護身術の訓練をやっていた。極道だった過去は消えねえし、強盗に手を染めたうえ、菱塚を熱海の断崖に放る羽目にもなった。布施《アニキ》はいつか過去に報復されるかもしれねえと、ずっと危惧《きぐ》していたようだった」

坂口は極道時代を思い出したのか、いつの間にか布施を社長と呼ばずに、兄貴と呼ぶようになっていた。

口の重かった坂口だったが、一転して積極的に供述をし始めた。喋るだけでも体力を消耗するはずだが、布施を助けたいという一心からか、肩で息をしながら話し続けた。事情聴取を打ち切りたがっている医師も、彼の気迫に押されたのか、なかなかタオルを放れずにいた。

病室の室温が上がったような気がした。連続殺傷事件の要因となった過去に触れ、捜査員たちは一様に高揚していた。被害者たちと加害者を結ぶ線が、明確につながろうとしている。最初の被害者である水上が射殺されて約一か月がすぎていた。とりわけ、事件を当初から指揮してきた沢木は目を潤ませていた。

もちろん、坂口の証言すべてを鵜呑《うの》みにはできない。とくに菱塚殺しの点は疑わしい。彼を殺害したのは水上や坂口だという。本当は布施ではないのか。

少なくとも、菱塚の弟である岩渕は、菱塚殺しの主犯を布施と睨んでいるフシがあった。だからこそ、家族に対する嫌がらせや高速道路での銃撃戦など、危険を冒してまで、布施の生命を奪うだけではなく、社会的に抹殺しようとしたのではないか。坂口の証言の裏を取る必要があったが、今は布施の保護を優先しなければならない。

塔子が尋ねた。彼女らしい直球の質問だった。

「それで、布施さんはどこに」

饒舌《じょうぜつ》だった坂口は声をつまらせた。塔子はさらに問いつめる。

「あなたは今、布施《アニキ》は危惧していたようだったと。それが水上夫妻の射殺で現実のものとなった。布施さんやあなたが、じっと指をくわえて待っていたとは思えない。ひそかに犯人に対して対抗策を練《ね》っていたはず」

「……水上が殺られた時点で、なじみの探偵に調べさせた。塚元にも連絡を……入れたが手遅れだった」

坂口の口調が鈍《のろ》くなった。彼自身は懸命に話そうとするものの、声がかすれてうまく出ない。苦しげに息をする。

医師が割って入り、看護師に人工呼吸器の用意を命じた。

「ここまでです。これ以上は許可できません」

捜査官四人は医師に抗《あらが》えなかった。

坂口の体力が尽きているのは、素人目から見ても明らかだった。顔色が紙のように白くなり、会話はおろか、呼吸すら危うくなっている。

まだ事情聴取は終わっていない。布施の行方を知るのは、犯人の潜伏先を摑むのと同義といえた。

医師が、坂口の鼻と口にマスクをかぶせようとした。しかし、坂口が手で振り払う。

「東実《とうじつ》物流のトランクルーム……麹町《こうじまち》店だ。布施《アニキ》を頼む」

坂口は力尽きたようにため息をついた。

美波らは、看護師たちから退出するように身体を押された。ベッドの坂口から遠ざけられる。

美波らは目でうなずきあった。

17

美波はミニバンの助手席で待った。

「班長、お疲れでしょう」

後部座席の本田が毛布を差し出した。美波は微笑んで拒んだ。

「疲れてるのは間違いないけど、神経が昂ぶって眠れそうにない。あなたのほうこそ大丈夫なの？」

本田は昨日、犯人らからトカレフの銃弾を胸に喰らっていた。防弾ベストによって命拾いしたが、実弾をまともに浴びるなど、初めての経験だろう。訓練は何度も繰り返してきたが、銃器による襲撃など前例がない。

「そりゃもう超恐かったですし、胸は痣《あざ》になってるし、これでもう二階級特進《にとくしん》かと思いましたけど……まあＰＯなんかやってたら、これくらいは起きても不思議じゃないかなと」

本田は頭を掻いた。美波は思わずまじまじと見つめ返した。彼は口を押さえる。

「やべ。また、なんか変なこと言いました？」

「とんでもない」

片桐班ではもっとも若く、先輩刑事たちから叱責《しっせき》を受けてばかりいるが、楽観的で度胸にあふれていた。治療を受けて、わずかな休息を取ってから、再び新しい防弾ベストを着用し、なに食わぬ顔をして復帰している。

犯人の影に警戒し、気の休まるときはなかった。そして、バイクを使った犯人側の大胆な襲撃に耐えきれず、嘔吐を繰り返しながら涙を流した。警護対象者である布施に怒りも覚えたものだ。警察をも欺《あざむ》いた元ヤクザなんかのために、なぜ身体を張らなければならないのか。理不尽な任務そのものを投げ出したくなったものだ。

「そうね……私らＰＯだものね」

スモークが貼られた窓の外を見やった。

窓からは、トランクルームが入ったビルが見えた。二十四時間営業であるため、深夜にもかかわらず看板には灯りがともっている。周囲はオフィス街であり、イギリス大使館もある静かなエリアだ。

「敵は犯人だけじゃないですよ」

　運転席の友成がコンビニ袋を渡してきた。

　なかには風邪予防のドリンク剤とカイロが入っていた。深夜とあって、冬らしい冷気が足元から忍び寄ってくる。車内の温度が下がっているのにも気づかず、布施や犯人たちについて考えることに没頭していた。美波は受け取る。

「ありがとう」

　友成は首都高で、本田らＰＯを乗せて、元交通機動隊員らしい運転技術を披露した。彼がハンドルを握っていなければ、本田の軽傷だけでは済まなかっただろう。

　ドリンク剤を一気飲みした。腹にカイロを貼り、友成らに尋ねた。

「そんなに疲れて見える？」

「見えますね」「見えるっす」

　ふたり同時に即答した。友成がため息を深々と吐く。

「班長だけじゃありませんよ。守るべき対象者《マルタイ》は消えちまうし、カーチェイスに銃撃戦と、異例づくしでしたからね。いい経験積ませてもらいました」

「この件、カタがついたら、パーッと慰労会をやりましょう。ステーキかスッポンでも食べて。体力つけなきゃ」

　友成らが賛同するなか、携帯端末が震えた。塔子からだ。

「もしもし」

〈まだ待ちぼうけ？　捜索差押許可状《ガサ》は？〉

「裁判所からの発付をじっと待ってるところ」

〈こっちはお先に情報《マブネタ》をゲットしたわ〉

塔子は、疲労しきった片桐班と違って、ますます気合が入った様子だった。

沢木を始めとして、捜査一課の面々は鼻息が荒かった。

捜査一課は、長期間にわたる捜査での疲労と倦怠に陥っていたが、布施の秘書である坂口から、犯人の正体に肉迫しているとわかり、猟犬のような獰猛《どうもう》さを取り戻しつつある。

美波は尋ねた。

「例の探偵とやらを見つけたのね」

〈スヤスヤ眠っているところを、ちょっとだけ起きてもらって、お喋りにつき合ってもらったわ〉

美波は反射的に時計を見やった。午前四時を過ぎたところだ。

坂口への臨床《りんしょう》尋問を終えると、捜査陣はそれぞれの職務の遂行に移った。指揮官である沢木は、十一年前に死亡した菱塚の弟である岩渕隆之を重要参考人として発見するように捜査員に命じている。すでに南雲班が、岩渕が生まれ育った牛久付近のホテルやマンガ喫茶を虱潰しにあたっている。また、警視庁各警察署と各県警に対し、岩渕隆之の捜索を依頼している。

美波の上司である新谷は、本庁に戻って東実物流のトランクルームへの捜索差押許可状請求書を、宿直の裁判官に提出している。トランクルームになにがあるのかはわからない。坂口の切迫した表情を考えるに、犯人たちを結びつけるものが眠っているものと思われた。

「実りのあるお喋りだったみたいね」

塔子の口調から、手掛かりを摑んだものと悟った。

〈急を要するもの。意地でも吐いてもらわなきゃ〉

彼女は、坂口が話した〝なじみの探偵〟に会いに行った。

布施が僚屋会に所属していたときからつきあいがあったらしく、赤坂二丁目のマンションに自宅兼オフィスを構えていたという。僚屋会の元会長である徳嶋典三が暮らすマンションの近所でもあった。

探偵にも様々なタイプがいる。警察とのコネでメシを食っているため、なにかと協力的な警察ＯＢもいれば、極道や反社会的組織と密接な関係にある密接交際者、もしくはひたすら秘密主義をポリシーにする者もいる。

塔子が会った探偵がどんなタイプかは不明だが、僚屋会時代の布施と仲良くしていたような探偵が、真夜中に急襲してきた捜査員たちに対して、調査の中身を好意的に打ち明けてくれるとは思えなかった。だが、急を要するのは明らかであり、無理にでも打ち明けさせるのが塔子の強みでもある。

　塔子はメモの用意をするように言った。

〈浅利正好《あさりまさよし》。浅草《あさくさ》の〝浅〟、利子の〝利〟、〝正しい〟に〝好き〟と書いて〝正好〟。わかる?〉

　メモに書き記しながら訊いた。初めて耳にする名前だ。

「まさか……」

〈あんたたちにトカレフをぶっ放した男……の可能性が高い。岐阜《ぎふ》刑務所では、岩渕のアンコだったらしくて、とても仲のいい刑務所《ムシヨ》仲間だったようね。三か月前、岐阜刑務所を満期出所してる〉

「何者?」

〈興味深い経歴よ。この男、首藤組の準構成員《ジユンコウ》だった〉

　塔子は探偵から知り得た情報を、美波に早口で提供してくれた。

　浅利正好は、かつて華岡組系首藤組の下っ端《したぱ》だったという。第一の被害者である水上政男の弟分にあたる。首藤組は布施たち強盗団によって痛い目に遭った。総長賭博による莫大なテラ銭を管理していたが、それらを布施らに奪われたがために、若頭主導による犯人捜しのリンチが起きた。

　まっ先に疑われたのは、仲間からの借金を踏み倒し、女を寝取るなど、素行が悪かった浅利だった。怒り狂った若頭は、浅利を監禁して、背中をアセチレンバーナーで炙《あぶ》るなど激しい拷問を加えた。アリバイがあったために解放されたが、背中に惨《むご》たらしい火傷《やけど》の痕と、全治二か月に及ぶケガをしている。

狂気に翻弄《ほんろう》された若頭は、無関係な舎弟を死に追いやるなどして逮捕された。しかし、若頭のリンチに手を貸した手下たちのなかには、罪に問われずに済んだ組員もいる。

浅利は鉄パイプや安全靴で武装し、ケガが完治しないうちから、復讐《ふくしゅう》として兄貴分たちにお礼参りを実行。二人に重傷を負わせ、もうひとりは安全靴で顔面を砕《くだ》いて死に至らしめた。傷害致死などの罪で懲役十年の判決を受け、岐阜刑務所に送りこまれている。

凶暴な性格であったらしく、荒くれ者たちが集まる暴力団の秩序さえも乱したが、その凶暴性は刑務所でも失われることはなかった。刑務官に殴りかかるなどして、懲役十年の刑期を満期まで務めることとなった。

同じ岐阜刑務所のなかで、強盗団のリーダーの弟である岩渕と強盗団の犯行のおかげで長期刑を喰らった浅利が出会った。ちなみにカッパとは、男色関係にある者同士で男役のほうを指す。女役はアンコという。

岩渕と浅利が同性愛者とは限らない。受刑者は、長期の懲役生活を耐えしのぐために支配欲を満たし、また優位性を誇示するために男を抱く。岩渕はこの荒くれ者を自分の女にしていたことになる。ふたりが共犯関係にあった可能性は非常に高い。

「懲役十年」

美波はメモをしながら呟いた。

すべては十一年前に始まった。極道生活に嫌気が差した布施たちは、新たな人生を歩むために華岡組のテラ銭を強奪した。一年の期間を置いてほとぼりが冷めたころ、強奪したカネの一部を使用するなどして、布施らは組織から足を洗うことに成功。それぞれ、カタギの道を歩んでいった。

その一方で、この強奪事件でワリを食った者もいた。首藤組の犯人捜しによって、苛烈な拷問を受け、その復讐としてひとりを殺害するに到った凶悪犯だ。

布施たちは極道の世界と決別したが、この浅利もまた強奪事件を機に、暴力団から放逐《ほうちく》される身となった。浅利の背中には、バーナーで焼かれて無惨に崩れた虎の刺青が入っているという。布施らがカタギの道を揚々《ようよう》と歩みつつあるとき、浅利は逮捕と裁判を経て、岐阜刑務所へと下獄した。

布施らに殺害された兄を持つ岩渕と、彼らによって拷問と長い懲役刑を科せられた浅利。テラ銭の強盗事件が、布施らの手によると何らかの手段で知ったのなら、ふたりは怒りを募らせただろう。彼らが岐阜刑務所を出所してから間もなくして、水上や塚元らが射殺されることになる。それをただの偶然と見なせるはずはない。

塔子から話を聞くかぎり、岩渕は反社会的な性格であり、兄の菱塚と同じく、裏街道を歩んできた者特有の暗い目つきを写真ではしていた。かつて茨城の牛久閻魔族なる暴走族にも属していた——首都高湾岸線では、一〇〇〇ccのアメリカンバイクを駆り、二人乗りで布施や美波らが乗る車を蜂《はち》の巣にした。

無謀な攻撃であり、布施の命《タマ》を取るには到らなかったが、犯人たちの逃げっぷりは腹立たしいほど鮮やかだった。相当のバイクの運転技術がなければ不可能な退却ぶりだった。

その岩渕の〝彼女〟である浅利正好は、謂《いわ》れのない拷問を受けたとはいえ、自分の兄貴分たちに復讐して死に至らせ、刑務所でも刑務官に対して暴行を働いている。ヤクザ社会にも戻れないだろうが、粛々《しゆくしゆく》とカタギの道に進むとも思えない。

美波は耳に痛みを覚えた。興奮のあまり携帯端末を耳に押しつけていた。携帯端末の液晶画面が汗で濡れている。

「出所後の浅利は」

〈出所後の一か月は、南千住《みなみせんじゆ》の簡易宿泊所に泊まっていたようね。刑務所のなかで自動車整備士の資格を取得している。宿泊所で過ごしながら、就職先を探していたらしいわ〉

「自動車整備士……」

思わずオウム返しに尋ねる。

〈岩渕が土建会社を退職したのと同じ時期に、その簡易宿泊所から行方をくらましてる。その先の足取りはまだ摑めていないみたい〉

美波は低くうなった。

事件の全容は明らかになりつつある。犯人らの姿が見えてきた。しかし、それだけに肝心な住処がわからないのが歯がゆい。犯人らと布施が衝突するのは時間の問題だった。もしかすると、すでにぶつかりあったのかもしれない。犯人が勝とうと、布施が返り討ちにしようと、いずれにしろ美波たちＰＯの敗北を意味している。なんとしてでも、布施と犯人らが接触するのを止めなければならなかった。

犯人の凶行はもちろん、布施にもケジメをつけさせる。昨日まで身体を張って守ってきた人物に対し、今度は手錠を掛けなければならないのは気が重かった。

急速に衰退が進む極道社会から足を洗い、カタギに生まれ変わってやり直したい。布施のように願う者は少なくない。暴力団からの離脱者を支援する財団法人などが、就労支援やアフターケアに動いているが、一般企業が離脱者を見る目は厳しい。

ある暴力団員が、面接を受けた会社の数は百三十にも上ったという例もある。次から次へと門前払いを喰らい、絶望して暴力団に戻る者もいる。また、脱退届を出したとしても、カタギと認められるには五年の年月が必要だ。

極道社会に留まるにしても、そこから脱退するにしても、どちらにしても茨の道が待っている。それが今のヤクザを取り巻く環境だった。まっとうな一般人になるため、テラ銭の強奪に動いた布施たちの行動は理解できなくもない。元ヤクザと睨まれながらも、事業を成功させるのは並大抵の努力ではなかっただろう。犯人からの執拗な嫌がらせや襲撃に、布施は愚直なまでに耐えた。自分の盾になってくれた弟分や、犯人に殺された強盗仲間の名誉を守るためか、長いこと過去を封印し続けた。

布施は敬意を払うに値する人物だった。それゆえ、これ以上の罪を重ねさせたくはない。

車から降りて深呼吸をした。木々が多いエリアとあって、空気は悪くなかった。冷気が肺にまで染みわたる。

「絞られてきたわね」

〈そういうこと。みんなを心配させた罰として、布施さんにはあなたの後ろ回し蹴りを喰らってもらわなきゃ。私のときみたいに失神させるほどの威力じゃなくていいから〉

本田が割って入った。

「来ました」

一台のセダンがエンジンを唸《うな》らせて近づいてきた。

警官が運転しているにもかかわらず、速度制限を超えている。急ブレーキをかけ、片桐班が乗るミニバンの後ろで停車した。運転しているのは、同じ片桐班の今井だった。シートベルトを外し、転がるように外へ出た。塔子に断りを入れて電話を切る。

「遅くなりました」

今井の手には封筒があった。布施が利用していたトランクルームの捜索差押許可状だ。

「お疲れ様」

彼の手から封筒を受け取った。

部下たちも車を降りると、二十四時間営業のトランクルームへと向かった。つねにスタッフが常駐しているタイプのもので、すでに美波らの訊きこみには答えている。この麹町店の店長は一連の襲撃事件を知っており、協力的に答えてくれた。布施の利用歴は長く、約八年にもなると。約三週間前から、ひんぱんにこの場所を訪れているのも教えてくれた。そして昨夜、布施らしき男性が訪れているのを認めている——刑事部長を始めとして、捜査一課長や各所轄署長たちが集まり、会合を開いていたころだ。

彼のトランクルームのなかや、防犯カメラの映像を確認したかったが、なかを漁るには令状が必要だった。物流会社側としても、令状もないままホイホイとなかを見せるわけにはいかない。裁判所が令状を発付するのを待ち続けた。

自動ドアを潜ってなかに入ると、ホテルのフロントのようなカウンターがある。小ぎれいな造りではあったが、やはり倉庫であって、空気清浄器やエアコンを稼働させていたが、タイヤのゴムや、古雑誌のインク、段ボール箱のボール紙が混ざり合った複雑な臭いが漂っている。

中年の店長と若いスタッフが緊張した顔で待ち構えていた。事前に、夜明け近くの時刻に家宅捜索をすると伝えていた。美波が令状を見せると、彼は神妙にうなずいてみせた。

美波は腕時計に目を落とした。

「午前四時十一分。捜索を開始します」

本田たち部下らは、若いスタッフをともなってトランクルームへと進んでいった。通路の横にはドアがずらりと並んでおり、約一畳分の倉庫には、それぞれ顧客の私物が納まっている。布施はそのひとつを借りていた。スタッフはドアの前で止まり、カードキーで開錠した。

部下たちには、容疑者の居場所を示すような手掛かりを最優先に探せと伝えている。それは同時に布施の目的地を突き止めることにもなる。

トランクルームになにがあるのかはわからない。秘書の坂口の口ぶりから、重要ななにかと思われた。明らかなのは、家族や社員には見せられない類のものだということだ。

店長は、美波をカウンターの裏にあるスタッフルームに案内してくれた。二畳程度の小さな部屋で、そのなかにデスクやパソコン、電話やファックスが置かれている。壁には注意書きや予定表を記した紙などがベタベタと貼られてあった。人間ふたりも入れば満杯になる。

店長は申し訳なさそうに首をすくめ、デスク上のディスプレイを、美波の見やすい角度に動かしてくれた。

画面上には、トランクルームの通路に設置された防犯カメラの映像が映っていた。画面の上部には月日と時刻のテロップが表示されている。昨夜の午後十時過ぎだった。品川の自宅から姿を消して、すぐにここへやって来たらしい。

「ありがとうございます」

美波は礼を述べた。

画面は、通路を歩む布施の姿をはっきりと捉えていた。家宅捜索に合わせて、店長はあらかじめ布施がやって来た時刻の映像を準備してくれたのだ。

布施はダークグレーのコートに、濃紺のスーツを着ていた。顔を隠すようにマフラーを巻き、コートと同じ色のソフト帽をかぶっていた。隙のない着こなしで、コートもスーツも値が張りそうだったが、闇夜にまぎれるためのような暗色系で統一されている。

マフラーで顔半分が隠れているため、布施の表情は読み取りにくい。

画面の布施はときおり咳をする動作を見せた。背中を丸めて口を押さえる。防犯カメラは音声まで収めてはいなかったが、彼の苦しげな咳が耳に届きそうだった。彼の体調は美波たち以上に悪く、極度の疲労とストレスにより、咽頭炎と発熱に苦しめられているはずだった。

歩行すらもつらいはずだが、通路を進む姿はいつもの布施だ。背筋を伸ばし、胸を張って歩む。警察の目をくらまして逃亡者と化したというのに、恥じるところはなにもないとばかりに堂々としている。マフラーとソフト帽で顔を隠しているが、こそこそとした卑屈さはない。

布施はカードキーを使ってドアを開けた。防犯カメラは、通路の出入口付近に設置されているため、トランクルームのなかまでは映っていない。ただ、なかにあるなにかを倉庫から引っ張り出していた。

彼は通路の床に片膝をついて、なかから革製のアタッシェケースを取り出した。ラッチを外して、アタッシェケースのなかを確かめる。

美波は思わず息を呑んだ。なかには、帯封のついた札束がぎっしりつまっている。布施はそのひとつを手にすると、パラパラとめくって確かめて、再びアタッシェケースへと戻した。ケースの大きさからすると、億もの現金が入っているものと思われた。

アタッシェケース以外はよく見えなかった。防犯カメラを意識しているのか、トランクルームの室内に踏み入り、ごそごそと倉庫内を漁る。現金のつまったアタッシェケース以外に持ちだしたものは見えない。五分もしないうちに、彼はトランクルームを後にした。

「なんてバカなことを」

美波は小さく呟いた。

彼は警察の目をかわし、犯人と取引をする気でいる。浅利らが布施を許す可能性などないのは明白だ。そもそも、カネでカタがつくようなら、警察が血眼《ちまなこ》で追っている布施本人を動かして現金を受け取る必要はないのだ。架空口座を用意して、それこそ探偵でも介してカネを振り込ませるように指示するほうが、安全かつ確実に受け取れるだろう。

また、アタッシェケースには大金が入っていた。しかし、ざっと見ても一億程度だ。布施らが首藤組から奪ったテラ銭は、坂口の証言によれば七億にもなる。そのカネを元手に実業家として成功した布施からは、七億以上のカネを要求しなければ割りには合わないだろう。犯人はクレイジーだが、恐ろしいまでに狡猾でもある。日本全国を騒がせたツケとして、残りの人生をずっと逃亡し続けなければならないことも理解しているはずだ。

それを考えれば、布施のアタッシェケースの現金など、はしたガネでしかない。浅利たちが欲しているのは、布施の命そのもののはずだ。

もっとも、布施自身もわかっているだろう。彼は、ケガをしているはずの左腕でアタッシェケースを担いだ。相当な重さの荷物になるというのに、それでも利き腕である右手はフリーにしておく。穏便にカタをつける気がないのは、布施も同じようだった。

「班長」

本田に背後から声をかけられた。

白手袋を嵌《は》めた彼の手に、ボール紙の箱があった。箱には英文字が記されてある。英文字を訳すまでもない。拳銃の実包を入れた紙箱だ。アメリカではスーパーや銃砲店で、この手の紙箱に入った弾薬が手軽に販売されている。

スタッフルームからトランクルームへと向かった。

「箱の中身とコレは？」

手でピストルの形を示した。本田は首を横に振る。

「見当たりません。ただし、なにかを包んだ形跡のある油紙が二枚でてきてます」

おそらく、ここを出て行った布施は、拳銃を懐に忍ばせていたのだろう。

ただし、手にした武器は、拳銃のみとは限らなかった。過去に日本最大の暴力団のテラ銭を強奪したのだ。カタギとして牙《きば》を隠してきたが、凶暴性に関しては、犯人と負けず劣らずといったところかもしれない。

彼は心のなかに抜き身の匕首《あいくち》を潜ませていた。殺《や》るか、殺《や》られるか。飲食業界の社長として振る舞いながらも、まるで抗争中のヤクザのような緊張感を持ち続けた。敵を水面下で調べ、正体に迫りつつも、過去の弱みを握られ、自分だけでなく、ともに身体を張ったメンバーたちは次々に消された。そのうえ、家族をも狙われている。

布施は美波たちを騙し続けたとも言えた。最初からすべてを打ち明けていれば、家族に対する嫌がらせや、近隣住民を震え上がらせるような狂騒はなく、自宅周辺の空を報道ヘリが飛ぶような事態は招かずに済んだかもしれないし、首都高速でのカーチェイスや銃撃戦も避けられただろう。

だが、彼を憎む気にはなれなかった。それは彼が紳士で人当たりがよかったからではない。ヤクザ社会という地獄から抜け出そうと考えた人間のなかで、まっとうかつ幸福な道を歩めた者が少ないからでもある。

また、限界に追いこまれた布施は、ついに美波たちに菱塚の名を告白している。あの首都高での襲撃がなければ、テラ銭の強奪からすべてを話してくれたかもしれない。

美波はトランクルームのなかを覗いた。思わず目を見開いた。約一畳分のスペースには、バインダーやファイルが所狭しと棚に並んでいた。

「布施《マルタイ》の裏面史と言えますかね」

友成から一冊のファイルを受け取った。A４サイズの緑色のファイルだったが、かなりの年月が経っているらしく、日に焼けて茶色く変わっている。

なかには、新聞や雑誌のスクラップ記事が貼りつけてあった。布施の筆跡らしく、マジックペンで年月と新聞、雑誌名が記載されてあった。記事の文章に蛍光ペンでラインが引かれているところもある。

スクラップされた記事は、水上が属していた首藤組の暴力沙汰や制裁に関するものだった。実話雑誌による若頭の絶縁処分に関する記事。そして新聞記事は、その若頭が舎弟たちにリンチを加え、傷害致死容疑で逮捕されたことを伝えていた。

布施はカタギになって実業家に転身しても、つねに首藤組やその上部団体である華岡組を中心に、極道社会をチェックしていたようだ。また、別の真新しいファイルを手に取ってみると、水上夫妻の殺人事件に関する記事が収まっている。ファイルすべてに興味があったが、中身すべてを調べる時間はない。

「班長、これを」

本田は強張った表情で、一冊のバインダーを差し出した。最初に受け取ったファイルとは異なり真新しい。新品同然のプラスチックの香りがした。本田はバインダーを指さす。

「探偵の報告書とともに、ネットからプリントアウトしたと思しきチラシが。中古車販売店です」

バインダーには、探偵事務所が作成したと思しき報告書があった。報告書を速読して内容を確かめたが、塔子から聞いた情報と一致していた。言い換えれば、塔子がすべてを探偵から吐きださせたためか、新しい情報が報告書に盛り込まれているわけではない。岩渕と浅利の男色関係や彼らの経歴、出所後の足取りなどが記載されている。また、牛久闇魔族の集合写真も添付されてあった。きついパーマをあて、特攻服に身を包んだ菱塚と岩渕が、そろって肩を組んだり、レンズを睨む写真が何枚もある。兄弟の絆の強さを感じさせた。

バインダーには確かに、報告書とは別に何枚かのチラシが挟まっていた。新聞の折り込みチラシとは紙質は異なるが、派手な色使いや大きな文字で、〝在庫一掃セール〟〝即決大バーゲン〟なるキャッチフレーズが躍《おど》っている。

〝ベイシティ・カーワールド〟なる新木場《しんきば》にある中古車販売店であり、古いアメ車から軽自動車まで幅広く扱っているようだった。塔子の言葉が蘇る。

――刑務所のなかで自動車整備士の資格を取得している。宿泊所で過ごしながら、就職先を探していたらしいわ。

犯人は犯行時にもっぱら盗難車を使用している。布施と坂口を襲ったのも、食品会社から奪った盗難車だ。中古車販売店であれば、隠しておけるスペースもあるし、指紋や毛髪をきれいに掃除できる道具もある。

浅利なる男は、最初から逃走手段を確保するために、自動車整備士の資格を取ったのではないかとさえ思う。長い懲役生活では、布施らを地獄に落とすプランを練る時間はたっぷりあるはずだ。布施らを痛めつけるには、銃火器はもちろんだが、車を盗んで確保する技術も必要になる。

チラシには代表者名が記載されていた。松藤哲生《まつふじてつお》とあった。

美波の携帯端末が震えた。上司の新谷からだった。

〈調子はどうだ〉

「新木場にある中古車販売店の『ベイシティ・カーワールド』、その代表者の松藤哲生という男を洗ってもらえませんか。生年月日、本籍地は不明ですが」

渡りに船とばかりに、新谷に照会を依頼する。松藤哲生の漢字と、中古車販売店の住所を伝えた。

〈わかった〉

新谷は理由を尋ねなかった。

中古車販売店と知ってピンと来たのだろう。塔子が探偵から聞きだした情報は、すでに捜査員たちの耳に届いているはずだ。いったん電話を切ったが、すぐに携帯端末が震えだした。

〈当たりのようだ。松藤哲生。四十八歳。車両の違法改造と共同危険行為による道交法違反、凶器準備集合、傷害などの前科がある。現住所は江東区豊洲《とよす》だが、本籍地は茨城県牛久市にある〉

新谷の声には熱がこもっていた。

「牛久市の暴走族《マルソウ》といえば――」

警察庁が保有するスーパーコンピューターには、暴力団員や前科者だけでなく、暴走族のメンバーも記録されている。

〈牛久閻魔族の元幹部で、岩渕隆之の後輩にあたる。合同捜査本部を通じて湾岸署と深川《ふかがわ》署に連絡を取る。君らも――〉

「速やかに向かいます。たとえ布施《マルタイ》が変装しても、ともに数日間を過ごした我々の目はごまかせませんから」

積み重なった疲労が、急速に吹き飛んでいくのを感じた。

18

ミニバンは赤ランプを灯らせて首都高を疾走した。夜明け前の空を赤く染め上げる。午前五時とあって、首都高はガラガラだ。さらにサイレンも鳴らして、立ちはだかる車やトラックを隣の走行車線へとどかす。ハンドルを握るのは、片桐班きっての運転技術を誇る友成だ。

アクセルペダルをベタ踏みで、カーブの多い首都高を百五十キロで走り続けた。まともに会話ができないほど、ミニバンのエンジンはすさまじい音を立てていた。そのうえ、サイレンまで鳴らしているため耳が痛む。

バブル期のルーレット族を彷彿《ほうふつ》とさせる危うい走行で、助手席に乗っている本田は、勇敢に犯人らと銃撃戦を繰り広げたというのに、固く目をつむって歯を食いしばっていた。顔は涙と鼻水で濡れている。ジェットコースターにうっかり乗ってしまった少年みたいな顔だ。

9号深川線から辰巳《たつみ》ジャンクションへと入り、ミニバンは湾岸線へと合流した。スピードを出していたトラックらが怖れをなして、速度を落とす。

友成が本田に語りかけた。

「先輩のテクニックを信頼しろ。警官じゃなきゃ味わえない貴重な体験だぞ」

美波は後部座席に胸を張って腰かけた。

カーブに差しかかるたびにミニバンの車体は傾き、横倒しになるのではないかと胃が痛むが、部下のハンドル捌《さば》きよりも、布施の安否が気になる。

布施の失踪をメディアが報じたとの情報は入っていない。しかし、品川の彼の自宅での喧噪《けんそう》など、アンテナを立てていれば、彼が行方をくらました事実を把握するのは難しくはない。布施の自宅や会社周辺は、警視庁も監視を強め、家族や社員には情報管理の徹底を呼びかけている。

だが、犯人がやはりこの湾岸線で襲撃したことを考えると、連中は独自の情報ルートを確保していると見てよかった。なにより麴町のトランクルームでは、現金をつめたアタッシェケースを持った布施の姿が防犯カメラに映っていた。犯人側と布施が直接やり取りしているものと思われた。

友成はサイレンを止めて、赤色灯のランプを消した。早くも目的地の新木場に近づいた。新木場インターチェンジの出口を降り、一般道を下る。麴町から突っ走り、約十六キロの行程を十分足らずで走ったことになる。

〈音が静かになったな〉

イヤホンから新谷管理官の声が聞こえた。

ミニバンに乗りこんださいに、携帯端末ではなく、全員が警察無線の携帯送受信機を身につけた。防弾ベストとともに。警視庁本部にいる新谷ら幹部たちとは、つねに会話ができる状態にある。

「目的地の『ベイシティ・カーワールド』には、間もなく到着します。そちらや所轄の動きは」

〈深川署員、それに湾岸署員も応援で豊洲のほうに向かっている〉

「なにか起きたのですか」

豊洲には、中古車販売店の代表者である松藤哲生の自宅がある。

〈複数の通報があった。松藤の部屋から、男女が叫んで暴れていると。近隣の住人から〉

「銃声は」

〈まだ確認できていないが、合同捜査本部は、捜査一課特殊犯捜査係《SIT》の出動を要請している〉

豊洲に犯人らがいるかどうかはわからない。ただし、犯人側は自動拳銃を所持した凶悪犯だ。そして布施も銃火器を持っている可能性が濃厚だ。所轄署員のみでは心許ないのは明らかだ。

捜査一課特殊犯捜査係《SIT》は、捜査一課内で人質立て籠《こ》もり事件や誘拐事件、企業恐喝事件などを担当。特殊部隊のようにサブマシンガンや、特殊閃光弾《せんこう》などの重装備で出動し、犯人が説得に応じない場合は逮捕するために強行突入を行う。いくら犯人が拳銃を振り回す凶悪犯とはいえ、まともにぶつかればアリと象の戦いになるだろう。

新谷に早口で尋ねた。

「では、我々も豊洲に向かいます」

〈いや、このまま新木場へ行ってくれ〉

新谷は即答した。

美波が息を呑むと、同じくイヤホンをつけた友成が、バックミラーを通じて行き先を目で尋ねてくる。従来通りに新木場の中古車販売店に向かうように視線で伝える。

即答はしたものの、新谷自身も迷っているのか、彼の口調は重たそうだった。

〈犯人《ホシ》の協力者と思われる人物の自宅で、通報があったとなれば見逃すわけにはいかない。豊洲こそがアジトと見て、なるべく多数の所轄署員や捜査員を急行させ、水も漏らさぬ包囲網を形成すべきなのだろうが……これまでの通り、犯人《ホシ》は暴力一辺倒の単細胞ではない。布施の子供に近づいて、盗聴器を仕かけるような寝技師だ。布施の失踪は当然ながら把握しているうえ、布施とじかにコンタクトを取っているだろう。そう考えると、この時間に豊洲から通報が入るというのは〉

「タイミングがよすぎますね。あまりにも」

新木場駅近くにある千石橋北《せんごくばしきた》交差点に入った。

巨大な配送センターや材木店が軒を連ねるなか、高々と看板を掲げる中古車販売店が視界に入る。

いかにもロードサイドの店舗とあって、ドライバーの目に入るよう、〝中古車〟と大きな文字で記されてあり、その下に店名がサブタイトルのように書かれてある。フロントガラスに価格が提示された中古車が、アスファルトの地面のうえに展示されてあった。

〝ベイシティ・カーワールド〟だ。アメ車のクラシックカーを飾る屋内展示場や、複数のリフトジャッキを抱えた大きな工場棟もある。

シートベルトを外して新谷に伝えた。

「現場に到着しました。調べてみます」

「すでに先客がいるようですが」

友成が前方を指さした。中古車販売店に接する公道の路肩には、パトカーが一台停まっていた。

大半の警官は通報を受けた豊洲に向かったようだが、中古車販売店のほうにも湾岸署の警官がすでに駆けつけているようだ。新木場駅から〝ベイシティ・カーワールド〟までは約百五十メートルといった近さだが、駅の前には交番があり、そこに詰めている警官や湾岸署員が先にいてもおかしくはない。パトカーの屋根には、湾岸署所有の車を示す「湾」

の文字が入っている。

美波らを乗せたミニバンは、到着済みのパトカーの後ろに停車した。警察車両は目撃したものの、肝心の警官たちの姿が見当たらない。パトカーには誰も乗っていなかった。ふいに心臓の鼓動が速くなる。

午前五時過ぎとあって、現場周辺は静けさに包まれていた。厚い雲に覆われているためか、日の出の時間が近づきつつあるにもかかわらず、まだ闇が色濃く残っている。

美波は部下たちの顔を見渡した。あまりの静寂に、部下たちも一様に緊張している。前方の友成や本田を後ろに振り向かせ、隣の今井と合わせて、小さな円陣を組んだ。

「我々はＰＯ。犯人《ホシ》よりも、布施《マルタイ》の確保を最優先にすること。犯人《ホシ》が持っているのはトカレフだけとは限らないから、西部劇のような応戦をせず、ＳＩＴの手を借りること。いい？」

本田の紅潮した顔を見た。走り屋じみたミニバンの疾走には大いに怯えきったものの、将来の職業としてプロレスラーを夢見る血の気の多い若者だ。友成が彼に念を押す。

「班長はお前に言ってんだぞ」

彼はむっとした表情で尋ねてきた。

「わかってますよ。二度と鉛玉を喰らうのはごめんですから。ただ、布施《マルタイ》がこっちに銃向けてきたら、どうすりゃいいですか。あの人を守るのが、おれたちの仕事とはいえ」

美波は一瞬、答えにつまった。ＰＯは、ヤクザや愚連隊の嫌がらせや暴力から、対象者を守るのが任務だ。とはいえ、対象者から危害を加えられるケースまでは想定していない。

「当然ながら、銃を持った危険な暴力犯として扱うだけよ」

ベテランの友成と今井を組ませ、美波は本田を引き連れてミニバンを降りた。

とたんに身を切るような海風が吹きつけてくる。すぐ目の前には貯木場と運河があり、潮と木材が混ざり合った匂いが鼻に届く。

友成らにはシャッターが下りた工場棟に向かわせ、美波らは展示された車に身を隠しつつ、敷地の奥にあるオフィスとの兼用と思しき屋内展示場に近づく。

〝ベイシティ・カーワールド〟には、二十台以上の車が陳列されていたが、灯りはついていなかった。犯人や布施の姿はないが、到着しているはずの警官らの姿もない。マイクを通じて新谷に報告する。

「〝湾2〟なるパトカー《PC》が到着していますが、警官《PM》の姿が見えません」

〈なんだと〉

新谷が息を呑むのがわかった。

「引き続き現場付近を調べます」

報告を終えてから、美波は敷地内のアスファルトを睨んだ。敷地には、屋内展示場へと続く通路があったが、タイヤの黒いブレーキ痕がいくつも残っていた。

「班長」

本田が小声で屋内展示場を見やった。

建物内は非常灯が、一九五〇年代のシボレーを照らしている。シボレーのなかに人の姿のようなものが見えた気がした。暗闇に目が慣れていないため、確証は持てない。視力抜群の本田に尋ねる。

「人？」

「ですね」

シグＰ２３０を地面に向けながら屋内展示場へと進んだ。銃のセキュリティレバーを外し、いつでも弾丸を発射できるようにする。

シボレーのなかにいる人物は、シートに横たわっているのか、顔などはわからない。両手だけが映る。じたばたともがいているようで、シボレーが上下に激しく揺れていた。思わず本田と顔を見合わせる。

屋内展示場の出入口はガラス製の自動ドアだった。電源は落とされていたが、自動ドアのロックは外されてあった。本田とともにドアを人力で開き、建物のなかへと入る。

シボレーやフォードのクラシックカーに合わせ、壁にノーマン・ロックウェルの画やコカ・コーラの看板を飾り、骨董品のようなジュークボックスを置くなど、古き良きアメリカを演出している。車も絵画もぴかぴかに磨かれており、洒落た空間を作り上げていたが、天井のライトが砕け、ガラス片が床に散らばっている。

また、フォードのタイヤのひとつがパンクしており、車体が斜めに傾いていた。異常事態が発生しているのは明らかだ。ワックスやオイル、それらを打ち消す芳香剤の匂いが漂っていたが、小便らしきアンモニア臭や火薬の臭いが鼻に届く。

建物内には、人間が潜める場所は無数にあり、美波と本田はシグを水平に構えつつ、ギシギシと揺れているシボレーへと向かう。エアコンが効いているわけでもなく、建物内は冷え切っていたが、身体から汗が噴き出てくる。

シボレーにすり足で近寄り、後部座席に目をやった。なかにいたのは中年の制服警官だった。湾岸署員と思われた。着衣に乱れはなく、流血などは見られないが、両手を手錠で縛められ、口はダクトテープで封じられていた。

シボレーのドアを開け、口のダクトテープを剝《は》ぎ取った。高い粘着力のためか、湾岸署員は痛みに顔を歪める。美波はすかさず尋ねた。

「本庁組対三課の片桐です。なにがあったの」

「ふ、布施隆正です。命を……救われました」

本田が声をあげた。

「こっちにもいます！」

巨大なフォードの下に、後ろ手に手錠をされた若い湾岸署員が横たわっていた。彼もまた口をダクトテープで封じられている。

「救われたとは？」

美波が尋ねると、湾岸署員がまくしたてた。きつい汗の臭いを漂わせながら。

「合同捜査本部からの指令を受け、湾岸署からここに向かいました。人気はないと思われましたが、車の陰に隠れた犯人《ホシ》二人組に、ラ、ライフルらしき銃を突きつけられて……」

制服警官は、唾を呑みこみながら必死な顔で報告をした。かけられた手錠を外すのも忘れて。鍵は助手席のステップに落ちており、美波は拾い上げて制服警官の両手を解放した。

本田もまた、もうひとりの警官の縛めを解いた。彼はオフィスのほうを覗いたが、人気はないらしく、すぐに屋内展示場のほうに引き返してきた。

ふたりの証言によれば、この中古車販売店の敷地内に入ったところ、外に展示された車の陰に潜んでいた二人組の男たちに、襲われたという。背格好などの特徴から、連続殺傷事件の犯人とわかったが、抵抗できずに屋内展示場へと進むように命じられた。

犯人は建物内で湾岸署員たちを射殺する気でいたらしい。手錠で彼らを縛《いまし》め、ダクトテープで口を封じると、犯人のひとりが、ライフルからトカレフに持ち替えた。銃口にペットボトルをダクトテープで巻きつけている。

それは簡易式の減音器《サプレッサー》であり、銃声の音量はたいして下がらないものの、シャンパンの栓を抜いたような音に変化させ、周囲に銃声と気づかれないようにするやり方だ。トカレフを頭に突きつけられたとき、布施が建物内に乗りこんで、拳銃で犯人らを撃ったのだという。照明やタイヤが破損しているのは、布施の銃弾によるものらしい。

「二丁の自動拳銃を持って。聞いたことのない銃声でした。おそらく、布施隆正も実銃を所持していたうえに、減音器《サプレッサー》をつけていたものと思われます。布施の弾を喰らった犯人らは、バイクで逃走。布施は犯人たちを追走していきました」

布施は警官たちの味方とも言い切れなかった。手錠をほどくように懇願したが、逆にシボレーのなかへと押しこまれた。まるで、戦いの邪魔をするなと言わんばかりに。

「犯人《ホシ》はどの方向に」

湾岸署員が指を差そうとしたときだ。銃声が轟き、思わず身体をすくめた。湾岸署員は頭を抱える。

銃声は遠かった。中古車販売店の敷地内ではないようだが、拳銃とは思えない重たい音がした。湾岸署員の証言を裏づけるかのように、ライフルか散弾銃らしき発砲音だ。

本田が北側を睨んだ。

「夢の島ですね」

美波がいるのは、新木場駅南口から約百五十メートルに位置する中古車販売店だ。同駅の北口には広大な夢の島公園がある。

　美波らは建物の外に出た。車が並ぶ外の展示場には、友成たちも血相を変えてミニバンへと駆けていた。美波らも後に続いて乗りこみ、無線で新谷に報告をした。残念ながら予感が的中したと。

　ミニバンが再び猛然と走り出すなか、イヤホンを通じて新谷の苦渋に満ちた声が届く。

〈こちらも伝えなきゃならない。してやられたよ。豊洲のほうには、住人である松藤哲生と情婦がいたが、きゃあきゃあ喚《わめ》いて、ＳＩＴや所轄署員を目いっぱい引きつけていた。ふたりの住処《ヤサ》に踏みこんだところ、覚せい剤《シャブ》と注射器《ポンプ》が発見されている〉

「松藤は、岩渕と浅利を匿《かくま》っていたのですか」

「どちらも凶暴なムショ帰りだ。正確に言うなら、無理に匿わされたというべきか」

　ミニバンは、首都高湾岸線やＪＲの高架橋を潜り抜け、夢の島公園へと入った。複数の野球場や競技場、熱帯植物館や第五福竜丸《ふくりゅうまる》展示館など、約四十三万平方メートルにもなる巨大な総合公園だ。

「あれだ！」

　友成が前方を指さした。

　総合公園の南東側に位置する競技場。その前には木々が植えられ、ゆったりとした遊歩道があった。遊歩道には中型バイクが横倒しになっていた。タンクからオイルが漏れて、灰色の遊歩道を黒く汚している。公道の路肩には黒の軽自動車が停まっていた。誰も乗ってはいなかったが、助手席のサイドウィンドウが砕けている。

新谷が熱っぽく告げた。

〈あと数分で重装備の警官が駆けつける〉

再び銃声がした。拳銃らしき乾いた音だ。火薬が炸裂《さくれつ》する光が目に入る。競技場の正面入口近くだった。

「布施さん」

思わず声が漏れた。

正面入口付近には、自動拳銃を構えた布施がいた。湾岸署員の証言では、減音器《サプレッサー》をつけていたというが、今はつけていない。

美波らが持つシグと似たような小型拳銃だ。彼は銃口を競技場の正面入口に向けていた。アメリカの刑事などが好むウィーバースタンスだ。半身になって構えるため、被弾しにくくなる。精密射撃には向かないが、布施の姿勢は堂に入ったものだった。ろくに訓練する機会もない警官よりも、よほど射撃の腕利きのように映る。

彼が撃った先には人が倒れている。正面入口のガラス扉に背中を預け、地面に尻餅をついている。

夜明けが近づいたために、視界がわずかにだがよくなりつつあった。尻餅をついているのは、前頭部が禿げあがった福耳の男――岩渕隆之のようだ。負傷しているのか、死亡しているのか、ガラス扉にもたれたまま動かない。無線で救急車を要請する。

布施はじりじりと岩渕に近づきながらも、周囲を確認していた。もうひとりの敵である浅利の姿を捜している。美波のミニバンに気づいているはずだが、布施はこちらに目もくれなかった。ミニバンには背を向け、北側の広場のほうを見やる。

片桐班全員がミニバンから降りた。美波らはシグを握りながら布施のもとへと駆けつける。浅利の姿を捜しながら。

布施は背を向けながら叫んだ。

「近づかんでくれ！」

全員が停止する。

「布施さん」

布施は、半身で自動拳銃を構えつつ遊歩道を北側へと進んだ。弾薬のつまった拳銃は、いくら小型とはいえ重量がある。高熱に侵された病人のはずだが、感情の高ぶりや訓練の賜物か、拳銃の重さに負けることなく狙い続けている。

「見てのとおりだ。あなたがたに守られるべき人間ではない。私はただの悪党だ。撃ちたければ撃て。ただし、銃を捨てる気はない」

布施は背中を向けたまま話した。表情はわからないが、声には今までにないほどの憤怒《ふんぬ》がこめられている。

ガラス扉にもたれている岩渕は、右肩と右脚から血を流しており、犯人のトレードマークだったトカレフが、岩渕から数メートルの位置の地面に転がっている。

布施に撃たれたらしく、虚ろな目をしながら苦しげに呼吸をしている。生きてはいるようだ。

美波はそっと息を吐いた。真相を知るためには、生きて捕えられるべき男だが、なにより布施を人殺しにしたくはない。

「片桐さん、もうひとりはポンプ式ショットガンを持ってる。弾は鹿撃ち用のでかい鉛玉だ。頭はむろん、手足に当たれば粉々になる。引き返せ」

「それはこちらのセリフよ。警官に言うことじゃない。あなたが引き返すの」

そのときだった。北側の遊歩道で動くものが見える。

布施の斜め前方。植えられた木々の陰から人が飛び出し、ショットガンを構えた——青いツナギを着用した浅利正好と思しき男だ。

美波の身体が反応した。布施へとダッシュし、ラガーマンのごとく肩からタックルして、彼を路上に押し倒す。ショットガンの轟音《ごうおん》が鼓膜を響かせ、頭上を無数の散弾が通り過ぎる。

「クソッ」

浅利は呪詛《じゅそ》を吐き、先台をスライドさせて排莢《はいきょう》した。

しかし、その間に片桐班の男たちが、距離をつめて浅利に銃口を向け、一斉に怒鳴った。銃を捨てろ！　全員の指がシグのトリガーにかかっていた。本田や友成らが、捨てなければ射殺すると脅し上げる。

浅利は引き締まった体格の男だが、三十代後半とは思えない幼い顔立ちだ。子供がそのまま大きくなったような。親におもちゃでも取り上げられたみたいに、ふて腐れた顔をすると、ショットガンを地面に置く。

「まあ、いい。これでてめえもおしまいだ。刑務所《ムショ》で待ってるぜ。あっちでお互い仲良くやろうや」

浅利はニヤニヤと笑った。凶暴かつ狡猾という犯人像は間違ってはいないようだ。

「華岡からカネを盗《ぎ》った事実もめくれるだろう。おれが手を下さなくとも、てめえは――」

浅利が言い終わらないうちに、今井が猪のように突進した。浅利の足に絡みついて倒すと、すばやく袖車絞《そでぐるまじ》めをかけた。

「取り調べでゆっくり聞いでやっがら、今は口閉じどげ」

片桐班のなかでは、もっとも無口で感情を出さない男ではあったが、心のなかには他の刑事と同じく激情を秘めている。浅利はあっという間に泡を噴いて失神する。

総合公園内に大量の車がやって来た。薄いブルーの警察車両や白黒のパトカーが続々と駆けつけてくる。

「なぜです」

布施が床に倒れたまま尋ねた。美波の額に貼っていたガーゼが取れ、再び傷口から血が流れ出した。

「なにが」

「なぜ、私のような悪党のために命を張るんです。危うく死ぬところだった」

「私はPO。ワルに危害を加えられそうな人を守るのが任務。あなたは私たちに銃を向けなかった。それで充分よ」

「……道を誤りました」

布施は空を見上げながら言った。

「あなたはもう悪党ではない。だけど、バカだとは思う」

美波の身体から急速に力が抜けていった。偉そうなことを言ったものの、恐怖で身体が硬直したのか、布施の身体にしがみついたまま離れられなかった。

エピローグ

美波はオフィスコンビニの前で待機した。十五分ほど待ったところで、店内から亜沙子が早足で出てきた。

「すみません、お待たせしちゃって。こんなに手間取るくらいなら、最初から区役所に向かうべきでした。寒くありませんか？」

「大丈夫です。むしろ暖かいくらいで」

亜沙子は恐縮したように何度も頭を下げた。

手には封筒があり、そのなかにはオフィスコンビニでプリントアウトしたばかりの離婚届がある。同届の用紙は、自宅のパソコンで手軽にダウンロードできるが、あいにく彼女の自宅のプリンターは故障中だった。近所のオフィスコンビニに立ち寄って離婚届を入手したのだ。入手した書類が書類だけに、湿っぽくなるかと思えば、亜沙子はＡＴＭにでも立ち寄ったかのようにサバサバとしていた。布施が逮捕された後、夫婦間で最初に決めたのが婚姻関係の解消だった。

美波らは、公道の路肩に停めていたミニバンに乗りこんだ。美波がハンドルを握り、亜沙子は助手席に乗った。

ミニバンの後部座席には紙袋があった。勾留されている布施のためのもので、下着や衣類、彼が好きな時代小説や車雑誌が入っている。それに手紙や写真なども入っている。

布施が逮捕されてから二週間が経った。現在は警視庁本部に勾留されているが、亜沙子は毎日のように面会をしに行っている。今ではもはや日課となりつつある。

亜沙子のバッグのなかにある携帯端末が震えた。しかし、彼女は取り出そうともせずに無視した。三分に一度は電話がかかってくるため、あっという間に携帯端末のバッテリーがなくなってしまうという。たいていはメディアからの取材の申し込み、もしくはイタズラ電話ばかりらしい。本当に親身になってくれる友人や警察、弁護士や娘の学校など、出るに値する電話は着信音や震動のパターンを変えている。

布施一家を悩ませていた凶悪犯は、片桐班やSITによって逮捕された。しかし、それは布施ら被害者たちの過去が暴かれることを意味していた。加えて布施と秘書の坂口は、極道時代のコネを利用し、ひそかに自動拳銃や減音器《サプレッサー》を入手するなど、被害者から一転して犯罪者として逮捕された。銃刀法違反と傷害の現行犯だ。

ムショ帰りの凶悪犯と、元極道のやり手経営者による決闘は、もともと注目を浴びていた事件だったが、ついに海外メディアでも取り上げられている。

犯人らが逮捕されても、片桐班に休みはなかった。布施の家族の警護を引き続き行わざるを得なかった。じっさい、事件の熱に踊らされた愚か者が、〝パシオン・フードカンパニー〟の社員を襲うとＳＮＳに書きこんで逮捕されている。娘の愛海も登校が困難となったこともあり、亜沙子は品川のマンションを売り払い、新たな住居に引っ越す気でいた。今日も夫との面会を終えたら、不動産屋に寄る予定でいる。

布施は十年かけて築いたものを失いつつある。犯人たちの目的は果たされつつあった。一部雑誌は、布施らが華岡組から多額の現金を強奪した過去があると伝えた。ヤクザ社会に時効はなく、カネを盗んだ布施ら被害者の家族や会社に、華岡組のヤクザが落とし前をつけさせに来るケースも考えられた。しかし、布施の城である〝パシオン・フードカンパニー〟は、取締役会で布施を解任しているが。

亜沙子ら家族が、平穏な暮らしを得るには、ひとまず布施と離婚して姓を変え、愛海を新しい学校へ通わせる必要があった。

警視庁本部へ向かいながら亜沙子に訊いた。

「新しい引っ越し先は決まりそうですか」

「おかげさまで。五反野《ごたんの》でいい感じのアパートを見つけられました。築年数は経ってるけど、けっこう部屋も広いし、家賃も安かったので」

亜沙子の新しい住処は小菅《こすげ》近辺と決まっていた。東京拘置所の近くだ。いずれ、布施は同拘置所に長く拘留されるからだ。亜沙子は面会のために、小菅近くの物件を探していた。布施の判決が確定し、移送先の刑務所が決まれば、その施設近くに引っ越す気でいる。離婚という形は取るものの、布施を想う気持ちは揺らいでいない。浅利たちは、布施からすべてを奪い取った気でいるが、家族の絆までは持ち去れなかったようだ。メディアスクラムや世間の悪意にも負けず、夫を救うために行動を起こしている。

高級マンションや高級車、夫の会社の株券などの財産を処分して現金化し、刑事事件に強い検察ＯＢの弁護士たちを雇った。現役検事たちにとって、目の上のタンコブといった連中だ。

合同捜査本部は、布施ら被害者の過去を洗っていた。テラ銭強盗の主犯格で、熱海で死亡した菱塚明元について、布施と坂口を死体遺棄容疑で捜査しているものの、そちらの捜査は難航していた。

布施も坂口も取り調べには協力的であり、ふたりとも菱塚を殺害したのは、水上だと証言をしているが、死体を熱海に捨てたのは、それぞれ自分だと言い張り、供述に食い違いを見せていた。なにしろカネを奪われた首藤組が、テラ銭強盗を否定しているのだ。総長賭博で稼いだカネを、まんまと奪われたと世間に知られれば、組織のメンツに関わる。また、十一年前の事件とあって、物証が集まらないという。菱塚の死体遺棄に関しては、不起訴になる可能性が高くなった。

布施が、犯人と銃撃戦を繰り広げたのは、むろん許されるものではない。しかし、その一方で湾岸署員を助けている。彼らは、犯人に危うく処刑されかけたが、布施のおかげで救われたと証言していた。これはのちの裁判で有利に働く。弁護団は懲役六年以下の線を狙っているとの話だった。犯人たちの執拗な襲撃や脅迫行為を考慮すれば、さらに短い刑期で済むかもしれないと。たとえ、どれほどの長さになろうとも、亜沙子は夫の帰りを待つつもりでいるという。

「東京拘置所から、歩いて十五分くらいのところです。東武《とうぶ》線でも一駅だから、いつでも会いに行けます」

美波はふいに浅利を思い出した。彼は逮捕される寸前に布施を嘲笑《あざわら》っている——刑務所《ムショ》で待ってるぜ。あっちでお互い仲良くやろうや。

浅利の認識は誤っていた。ムショ帰りの男たちが、強盗に見せかけ、三人の人間を殺害。布施一家や美波らに襲いかかり、秘書の坂口を死の淵《ふち》に追いやった。

それだけ罪を重ねた悪党は、もはや刑務所に送られることはない。死刑判決を受け、拘置所の独房で残りの人生を過ごす。布施とはしばらく同じ拘置所で過ごすだろうが、顔を合わせることなどありえない。

布施と異なり、浅利と岩渕の犯行を裏づける物的証拠を、合同捜査本部は続々と入手していた。弾丸の線条痕や防犯カメラの映像、盗難車に残った衣服の繊維などなど。決定的だったのは、アジトとしていた松藤宅から、水上の高級時計や貴金属が発見された点だった。岩渕は取り調べで完落ちした。十一年前、兄の菱塚から現金強奪のプランを聞かされていたという。彼もメンバーに加わる予定だったが、未成年者へのわいせつ行為といった前科があり、警察からマークされていたため、断念せざるを得なかったという。悪党どもの犯行に振り回された警視庁だったが、なんとかメンツを保つことができた。

警視庁本部の地下駐車場にミニバンを停めた。

「布施さんは幸せ者ね」

亜沙子は首を横に振った。

「バカなんです……だから放っておけない」

亜沙子はうつむいて続けた。「今回の件で、ようやく布施は本当のカタギになれる気がします。名の知られた実業家になったとはいえ、ずっと過去に復讐されるのではないかと、あの人は恐れていました。その恐怖からやっと解放される」

「そうかもしれませんね」

「すみません。ひどく身勝手な話です。水上さんや塚元さんが殺され、片桐さんたちまでもが危険な目に遭ったというのに」

「いえ……我々にとっても貴重な経験となりました」

亜沙子に手を差し出した。

美波とは比較にならないほど小さな手だった。しかし、固い握手を交わした。美波たちにとっても、緊張と恐怖を強いられる辛い戦いだったが、片桐班はより強固な壁となり、これからも対象者《マルタイ》を暴力から守ることができるだろう。

亜沙子を二階の留置場の待合室まで見送った。夫との面会を済ませる間、美波は一階に降り、自動販売機のコーヒーをする。

「あら、珍しくサボり？」

背後から声をかけられた。塔子だった。美波は肩をすくめる。

「そう。サボり」

「羨《うらや》ましい身分ね。こっちは十年以上も前の事件《ヤマ》に、ひいこら言ってるってのに」

現在の塔子は、布施ら被害者たちのテラ銭強盗について調べていた。難航しているとはいえ、まずは凶悪犯ふたりが逮捕され、合同捜査本部は落ち着きを取り戻した。捜査員の数も減っている。

塔子に提案してみた。

「そのうち時間ができたら、もんじゃでも食べない？」

「あいにく、そっちと違って多忙なの。なにしろ、赤バッジの班長だから」

塔子はニヤリと笑った。

これまでの警察人生で、もっともハードな体験だった。散弾が頭上を通り過ぎる音を、このさき一生忘れることはないだろう。ただし、得られたものもたくさんある。この同期の仲間との溝も少しは埋まった。それは最大の収穫といえた。

解説――いま、ここを描く痛快警察小説

ミステリ研究家　霜月蒼《しもつきそう》

深町秋生《ふかまちあきお》が驀進《ばくしん》を開始した。二〇〇五年に『果てしなき渇き』でデビューして以来、深町は一年に一作弱という寡作《かさく》をつづけてきた。そのあいだに溜めに溜めてきたものを解放したかのように、二〇一六年の一年間に四作の新作を発表したのである。その勢いのまま、二〇一七年最初に刊行される最新長編小説が、本書『PO　警視庁組対三課・片桐美波』である。

――元暴力団員の男がふたり、立て続けに惨殺《ざんさつ》された。刃物でメッタ刺しにしてから拳銃で射殺するという残虐《ざんぎやく》な手口に色めきたつ警視庁をよそに、第三の事件が発生する。狙われたのはやはり元ヤクザの布施《ふせ》。その場にいた護衛役は重傷を負うが、ターゲットである布施はかろうじて難を逃れた。暴漢が使用したのは前の二件と同じ拳銃。同一犯による犯行だった。この重大事犯に対処することになったのは、警視庁のふたりの女性警官。連続殺人犯を追うことになった警視庁捜査一課の班長・難波塔子《なんばとうこ》と、「身辺警戒員」とし

て布施を襲撃犯から守る役割を負う組織犯罪対策第三課の片桐《かたぎり》美波《みなみ》である。事件のカギは布施ら被害者の過去にあるようだったが、カタギの実業家として真っ当な暮らしを送る布施は多くを語らず、襲撃者の影は執拗《しつよう》に布施と妻子の周囲にまとわりつく。

事件の背景を探るためにヤクザ社会に踏み込む塔子。一瞬も気の抜けない警護をつづける美波。同じ事件をそれぞれの側面から解決に導こうとするふたりのあいだには、しかし、重い因縁があった……。

美波の肩書きである身辺警戒員とは、公人の身辺警護をおこなうSPと異なり、私人の警護にあたる警官を指す。出世作《八神瑛子《やがみえいこ》シリーズ》や近作の『卑怯者の流儀』など、深町秋生は「刑事／警官」をしばしば主人公としてきたが、身辺警戒員をとりあげたことで、本書はとりわけヒリヒリしたサスペンスを獲得した。前半は心理戦の緊張感、後半は高速道路上の銃撃シーンをはじめとする見事なアクションの連続。ボディーガードを主人公とするミステリーは、「襲撃／防御／反撃」というアクションの妙味が生まれやすく、「互いの手の読み合い」というゲーム性も鋭く研ぎ澄まされるため、傑作が生まれる率が高い。ジェフリー・ディーヴァーの『限界点』、グレッグ・ルッカの『守護者』『奪回者』といったボディーガードものの快作群に、新たに本書が加わったことになる。

脇役もみな印象的だ。ことに美波の部下たちが出色で、プロ並みの運転技術を誇るドライバーの友成《ともなり》、寡黙《かもく》だがしゃべればベタベタの東北弁になる今井《いまい》など、それぞれに見せ場があり、ぜひとも再登場を願いたくなる連中ばかり。中盤で塔子と丁々発止《ちょうちょうはっし》のやりとりをする老ヤクザ、徳嶋《とくしま》も忘れがたい。もはやこれは一流の職人技である。

　そんな職人技があったればこそ、冒頭で述べたような二〇一六年の快進撃が可能になった。この一年間で深町が発表した作品は、『バッドカンパニー』『ショットガン・ロード』『卑怯者の流儀』『探偵は女手ひとつ』（これ以前の作品については、集英社文庫版『バッドカンパニー』の解説で杉江松恋《すぎえまつこい》が総括しているのでそちらを参照）の四作。このうち、謎の女性の配下としてトラブルの解決に奔走する二人の男を主人公とする連作『バッドカンパニー』と、やる気のない中年刑事がさまざまな事件をダーティーな手段で収める連作『卑怯者の流儀』の二作はユーモア味の強い連作で、暴力団と殺し屋チームの激闘を描く長編『ショットガン・ロード』は全編銃撃戦と殺し合いという超ヘヴィなノワール。直近の『探偵は女手ひとつ』はシングルマザーの私立探偵を主人公とした連作で、全編会話が山形弁（なのに読みやすい）という試みをしつつ、地方都市を舞台とした人情味の強いミステリーになっている。注目すべきは、作品それぞれに色合いを変えながらも、「深町秋生」という書き手の軸が少しもブレていないことだ。

　この軸とは何か。深町秋生の小説に一貫しているもの。それは何か。

　痛快であること、容赦ないこと、そして誠実であること。この三つだ。

　痛快であること。これは言うまでもないだろう。さまざまな社会問題や複雑な策謀を盛り込みつつも、どの作品も「悪いやつ」をぶっ倒す物語に手際よく収斂《しゅうれん》してゆく。『バッドカンパニー』や『卑怯者の流儀』での軽妙なユーモアは、読み心地を軽快にしてもいる。

容赦ないこと。これは「現実にはびこる悪」をきっちり見据えようとする深町秋生の態度に因《よ》るものだ。昭和の時代から代わり映えのしない「社会の暗部」ではなく、「いま、そこにあるリアルな闇」を深町秋生は取り上げつづけている。ミステリーは犯罪を描くものであり、犯罪はその時代を映す鏡だ。「いま、そこにある闇」を丹念にすくいあげ、その恐ろしさと狂気を臆さずに描く姿勢。それゆえに「悪」の強力さが説得力をもって浮かび上がりもするわけで、深町秋生の「容赦のなさ」は、「痛快さ」を増幅するものでもある。

そして誠実であること。深町秋生は安易に白／黒の線引きをしない作家である。世界には必要悪もあれば正論の害もある。「世界の下半身」である裏社会を誠実に描くとなれば、白黒の入り混じったグレーゾーンのなかの灰色の階調をしっかりと見定める必要が生じる。偏見や先入観をもとにワンフレーズで断罪するのは小説の役割ではない。世界や人間の曰《いわ》くいいがたい色調を見きわめ、描くことこそが小説の本領だからだ。

ヤクザのなかにも薄いグレーや黒に近いグレーがある。本書に登場する徳嶋の不思議な魅力などはその最たるものだ。ヤクザは悪いから悪い、といった短絡的な断定を深町秋生は回避する。登場人物ほぼ全員が裏社会の住人である『ショットガン・ロード』には明らかに灰色の濃淡がある。ヤクザだけではない。『探偵は女手ひとつ』では、元ヤンキーや水商売の女性たちが当たり前の生活人として描かれている。要するにフェアなのだ。人間のありようを、職業や性別のステレオタイプに押し込めるのではなく、「何をするか」「物事にどう対処するか」で測り、描く。そういうフェアで誠実な人間観が深町秋生の小説には一貫している。

もちろん本書もそうだ。本書の主人公ふたりはいずれも女性である。かつては「ハードボイルドは男のロマン」などと言われていた時代もあるが、ひとりの人間が世界の闇に立ち向かう物語に男女の差があろうはずがない。いまだに「女性である」ことがハンディキャップになる世の中なのだから、既得権にフリーライドする男性たちよりも、女性の生き方のほうがハードボイルドだとすら言えるだろう。深町秋生が生み出した現時点での最大のヒーローは、八神瑛子という女性刑事だった。本書でも、男社会の最たるものである警察組織のなかで女性が生き抜くための意志や苦闘があちこちに顔を出す。深町秋生は、安易な先入観に従うことを良しとしないクライム・ノヴェリストだということなのだ。

いま、ここにある世界と人間を誠実に見つめたがゆえに生み出される物語。それが深町秋生のクライム・ノヴェルである。それを見つめることで、私たちのいるこの世界が見えてくるはずだ。それは容赦なく、苛烈《かれつ》な世界ではある。でも心配には及ばない。現実世界とはちがって、深町秋生は痛快な結末を用意してくれるからだ。

（この作品は、『小説ＮＯＮ』（小社刊）二〇一三年十一月号から二〇一六年九月号に連載され、著者が刊行に際し加筆・修正したものです。また本書はフィクションであり、登場する人物、および団体名は、実在するものといっさい関係ありません）

ＰＯ　警視庁組対三課・片桐美波

一〇〇字書評

切・り・取・り・線

購買動機（新聞、雑誌名を記入するか、あるいは○をつけてください）	
□（　　　　　　　　　　　　　）の広告を見て	
□（　　　　　　　　　　　　　）の書評を見て	
□ 知人のすすめで	□ タイトルに惹かれて
□ カバーが良かったから	□ 内容が面白そうだから
□ 好きな作家だから	□ 好きな分野の本だから

・最近、最も感銘を受けた作品名をお書き下さい

・あなたのお好きな作家名をお書き下さい

・その他、ご要望がありましたらお書き下さい

住所	〒				
氏名		職業		年齢	
Eメール	※携帯には配信できません	新刊情報等のメール配信を 希望する・しない			

この本の感想を、編集部までお寄せいただけたらありがたく存じます。今後の企画の参考にさせていただきます。Eメールでも結構です。

いただいた「一〇〇字書評」は、新聞・雑誌等に紹介させていただくことがあります。その場合はお礼として特製図書カードを差し上げます。

前ページの原稿用紙に書評をお書きの上、切り取り、左記までお送り下さい。宛先の住所は不要です。

なお、ご記入いただいたお名前、ご住所等は、書評紹介の事前了解、謝礼のお届けのためだけに利用し、そのほかの目的のために利用することはありません。

〒一〇一 - 八七〇一
祥伝社文庫編集長　清水寿明
電話　〇三（三二六五）二〇八〇

祥伝社ホームページの「ブックレビュー」からも、書き込めます。

www.shodensha.co.jp/bookreview

祥伝社文庫

P O《プロテクションオフィサー》 警視庁《けいしちょう》組対三課《そたいさんか》・片桐美波《かたぎりみなみ》

平成29年3月20日 初版第1刷発行
令和 4 年8月25日 初版第2刷発行

著　者　深町秋生《ふかまちあきお》

発行者　辻　浩明

発行所　祥伝社《しょうでんしゃ》

東京都千代田区神田神保町3-3
〒101-8701
電話　03（3265）2081（販売部）
電話　03（3265）2080（編集部）
電話　03（3265）3622（業務部）
http://www.shodensha.co.jp/

印刷所　図書印刷
製本所　ナショナル製本
カバーフォーマットデザイン　芥 陽子

Printed in Japan ©2017, Akio Fukamachi ISBN978-4-396-34293-7 C0193

祥伝社文庫の好評既刊

深町秋生

PO《プロテクションオフィサー》 守護神の槍

警視庁身辺警戒員・片桐美波

日本最大の指定暴力団「華岡組」が分裂、抗争が激化。POの美波は元暴力団員・大隅の警護にあたるが……。

安達　瑶

傾国　内閣裏官房

機密情報と共に女性秘書が消えた！官と民の癒着、怪しげな宗教団体……本当の敵は！

安東能明

伏流捜査

脱法ドラッグの大掛かりな摘発が行われたが、売人は逃走しマスコミが騒ぎ出す。人間の闇を抉る迫真の警察小説。

香納諒一

新宿花園裏《しんじゅくはなぞのうら》交番　坂下《さかした》巡査

〝やつはヤクザで、おまえは警官だ〟会うはずのなかった世界、ヤバくて熱い夜——元球児の巡査、殺人に遭遇！

富樫倫太郎

特命捜査対策室

警視庁ゼロ係　小早川冬彦Ⅰ

警視庁の「何でも相談室」に異動になった冬彦。新しい相棒・寺田寅三《てらだとらみ》とともに二十一年前の迷宮入り事件に挑む！

矢月秀作

死桜《しざくら》

D1警視庁暗殺部

無数の銃弾が暗殺部員の身体を裂く。標的にされた仲間が迎えた非業の死。怒りのシリーズ第五弾！